OLAF MÜLLER

Rurschatten

DAS GRAUEN FLIESST MIT Feuerwerk auf der Annakirmes in Düren. Eine mysteriöse Nachricht lockt den 88-jährigen Alexander Rütters in die Geisterbahn – doch die Fahrt endet tödlich. Die Aachener Kommissare Fett und Schmelzer nehmen die Ermittlungen auf. Der Papierfabrikant Rütters lebte in einer Seniorenresidenz, wo es zu Unregelmäßigkeiten kam. Andere Spuren führen zum Camp Vogelsang, zu einem Beinahe-GAU der Kernforschungsanlage Jülich und zu dubiosen Immobiliengeschäften um ein Wasserkraftwerk am Rursee. Oder wurde Rütters doch noch von seiner Kriegsvergangenheit eingeholt? Die geheimnisvolle Marie Utzerath weiß mehr. Sie ist die uneheliche Tochter einer flämischen Widerstandskämpferin, die im Krieg als Zwangsarbeiterin bei Rütters arbeitete. Und plötzlich kommt auch noch der belgische Geheimdienst ins Spiel. Die Kommissare Fett und Schmelzer können nur durch die Zusammenarbeit mit den Kollegen Didier und Kalumba in Lüttich den grenzüberschreitenden Fall entwirren. Die vier Ermittler stoßen auf Staatsgeheimnisse, nähern sich dem Mörder – und den Schatten der Vergangenheit.

© Tadeuz Müller

Olaf Müller wurde 1959 in Düren geboren. Er ist gelernter Buchhändler und studierte Germanistik sowie Komparatistik an der RWTH in Aachen. Seit 2007 leitet er den Kulturbetrieb der Stadt Aachen. Sprachreisen führten ihn oft nach Frankreich, Italien, Spanien sowie Polen und Austauschprojekte in Aachens Partnerstädte Arlington (USA), Kostroma (Russland) und Reims (Frankreich). Olaf Müller hält Vorträge u.a. zum Thema Heimat und Identität. Als Segelflieger kennt er die Eifel aus der Luft. »Allerseelenschlacht« ist sein zweiter Kriminalroman im Gmeiner-Verlag nach »Rurschatten«.

Bisherige Veröffentlichungen im Gmeiner-Verlag:
Allerseelenschlacht (2019)
Rurschatten (2018)

OLAF MÜLLER

Rurschatten

Kriminalroman

GMEINER

An die Fliegerin Liesel Bach, geboren in Bonn, eine der erfolgreichsten Kunstfliegerinnen zwischen 1930 und 1970, wird in diesem Roman erinnert. Nachfahren konnten nicht ausfindig gemacht werden.

Im Ehnried 5, 88605 Meßkirch
Telefon 07575/2095-0
info@gmeiner-verlag.de

5. Auflage 2020

Lektorat: Claudia Senghaas, Kirchardt
Herstellung: Mirjam Hecht
Umschlaggestaltung: U.O.R.G. Lutz Eberle, Stuttgart
unter Verwendung eines Fotos von: © fotofreakdgy / Fotolia.com
Druck: CPI books GmbH, Leck
Printed in Germany
ISBN 978-3-8392-2331-4

Personen und Handlung sind frei erfunden.
Ähnlichkeiten mit lebenden oder toten Personen
sind rein zufällig und nicht beabsichtigt.

Für meinen Sohn Tadeusz, den ersten Zuhörer …

»Zacki, zacki, zacki, zacki! Neue Fahrt, neues Glück! Kommen Sie ran hier. Das macht Freude, das macht Spaß. Sie auch, junger Mann mit Basecap. Ran hier! Das geht ab. Heute auch ohne Viagra. Alsoooooooo! Jetzt geht's loooooos hier! Ou-ou-ou-ou-ou-ou-ou. Schöne Maus im Morgenmantel – alles rodscha in Kambodscha? Let's go, baby!«

Die Anheizer auf der Jaguarbahn und dem »Goldenen Looping« gaben an diesem Abend Vollgas.

Das Feuerwerk raste seinem Höhepunkt zu. Immer am Freitagabend der Annakirmes explodieren die Raketen und erleuchten den Himmel über Düren: Annaoktav, Annakirmes, Rummel. Eine Million Besucher. Und am Freitag kommen alle. Alle aus Düren, Kreuzau, Langerwehe, Heimbach, Merzenich und Nörvenich, Jakobwüllesheim und Jülich, aus Schlich und Weisweiler und manche auch aus Aachen und Köln.

Düren – Wirtschaftsgeografen, sogenannte Citymanager, alle, die irgendwas mit Marketing, Handel, Wandel zu tun haben, würden diese Stadt als ein Mittelzentrum bezeichnen, in der Mitte gelegen eben. In ihrem Englisch für Newcomer nennen sie es »In-between«. Düren liegt in der Mitte des Weges von Köln nach Aachen und umgekehrt. Diese Dürener Kirmes hat eine ziemlich große Geschichte, die etwas mit dem Diebstahl des Anna-Reliquiars im Jahre 1500 zu tun hat. In Mainz entwendet, gelangte die Reliquie nach Düren. Und zu Ehren des Annahauptes wurden ab 1510 jährliche Wallfahrten durchgeführt. Daraus ging die Kirmes hervor. Wer bei dieser Kirmes an Schießbude, Bierzelt und Kinderkarussell denkt, der liegt falsch. Manchmal dreht sich ein fünffach Looping, die Boxbude mit dem legendären Ostzonenmeister kam bis zum Fall der Mauer regelmäßig. »Steile Wand«, Geisterbahnen und »Hau-den-Lukas« tauchen immer auf.

Düren: Die Stadt wurde im November 1944 total ausradiert. Neben der Annakirmes ist Düren heute bekannt für ein ansehnliches Kunstmuseum, den Brandbomben knapp entkommen, ein Papiermuseum fürs Papier, das Erzeugnis, dem Düren den Wohlstand früherer Zeiten verdankt, einige bekannte Fußballspieler (Karl-Heinz Schnellinger und Schumacher Toni). Früher konnte man in Düren sogar in den D-Zug Paris-Moskau einsteigen. Heute halten nur noch Regionalzüge und die Bimmelbahn nach Heimbach und Linnich. Dies sind, kurz gesagt, die Besonderheiten. Vielleicht noch der Badesee. Düren, das Tor zur Eifel: Nur hat niemand dafür einen Schlüssel, und Hotels gibt es auch nur eins. Düren also ist bekannt durch die Annakirmes, das größte Volksfest dieser Inbetween-Region.

Im Polizeipräsidium in Aachen schob Kriminalhauptkommissar Michael Fett die Spätschicht der Mordkommission. Keine besonderen Vorkommnisse. Im Westen nichts Neues, dachte er beim Sortieren der Akten. Kein Spiel von »Alemannia«. Keine Rockerkriege, höchstens Beziehungstaten. Könnte ruhig werden. Könnte.

Aachen ist seit zehn Jahren für die Kriminalfälle in der Region zuständig. Tote Gyrosverkäufer, Mord unter Eheleuten, schlimm die Fälle mit Kindern. Daran konnte er sich nie gewöhnen.

SEE MY BABY JIVE

In dem Dunst aus Autoscooter-Musik, heute war Oldie-Abend mit »See my Baby Jive«, knallendem »Hau-den-Lukas« und dem Hardcoresound der »Steilen Wand«, trabte das Dreierteam der Polizei Düren über den Annakirmesplatz. 22.15 Uhr. Freitag, 1. August 2008. Traben, na ja. Sie schoben sich freundlich durch die Menge. Für die Songs waren sie zu jung. Die Spritzer von Currywurst, Bier und Backfisch auf den neongelben Jacken kaum zu übersehen. »So ein Tag, so wunderschön wie heute« – grölende Jungmänner bei der »Schwarzwald-Christel«, Backfischmädchen an der Jaguarbahn. Sommerhitze, Alkohol, Fettgebäck, gebrannte Mandeln, Reibekuchen und Bratwurst, verschwitzte Gesichter und schrilles Schreien, dazwischen Sabine Höllerath, Kommissarin, Wolfgang Niebergall, Anwärter und Thomas Weidenpesch, Hauptkommissar. Sie waren von der Menge an diesem warmen Freitag Anfang August 2008 überrascht und schauten in schweißüberströmte Gesichter. Kindern tropfte Eis auf das Shirt, karierte Hemden, knappe Höschen, Tattoos oben, unten, kauende Münder, das Kreischen der Fahrgäste auf der Wildwasserbahn – alle warteten auf das Feuerwerk.

»Wow-wow-wow-wow-wow. Hereinspaziert, immer ran hier an die Bühne. Das geht ab hier, das macht Laune. Männer und Frauen ohne Furcht. Die ›Steile Wand‹. Das ist Spitze, das ist Spannung. Fahrt auf Leben und

Tod. Kein Netz, keine doppelte Sicherung. Alles hautnah. Kommen Sie ran hier. Heute auf allen Plätzen drei Euro – Ermäßigung.«

»Bingo-Bingo-Bingo-Bingo-Bingo. Wieder ein Hauptgewinn hier. Wieder ein Original-Alf hier. Wieder 10.000 Punkte. Jetzt die Lose kaufen. Jetzt gewinnen. Mitmachen hier! Keine Nieten. Punkte sammeln. Bong-Bong-Bong. Wieder ein Alf für die süße Maus da vorne.«

NEUE FAHRT, NEUER TOD

Im Geisterschloss klappten die Bügel herunter. Neue Fahrt, neues Glück – eher Horror und Schreck. Das Geisterschloss kam seit 15 Jahren zur Annakirmes. Dauergast. Horror für vier Euro, Kinder bis zwölf die Hälfte. 22.20 Uhr. Die Raketen explodierten, zischten, knatterten: neueste Modelle aus China. Oh und ah. Die Schlangen an den Fahrgeschäften wurden kürzer. Alle schauten in den Himmel. 15 Minuten Feuerwerk. Menschen lieben Spektakel. Die drei Polizisten aus Düren checkten die Biertheken, schauten auf Umhängetaschen, flinke Jugendliche und torkelnde Männer: 22.23 Uhr.

Ruckelnd und zuckelnd kamen die Gondeln aus dem Geisterschloss mit ihren Horrorfratzen. Die meisten Insassen hielten die Hände vor das Gesicht. Für vier Euro Erschrecken. Kopfschütteln, Aufatmen. Weiterer Knall. 22.25 Uhr. Eine Monstergondel krachte durch die Exit-Tür des Geisterschlosses. Nur ein Mann drin. Er liegt schräg im Wagen. Blut im Gesicht. Blut auf dem Sitz. Als der Wagen zum Ausstieg vorfährt, bleibt der Fahrgast liegen. Der junge Mann zum Mitreisen, Mirco aus Rumänien, der schauen muss, ob niemand sich erbrochen hat, und der beim Ausstieg hilft, tippt ihn an die Schulter und springt zurück: »Chefe!«

NOT-STOPP

Der Not-Stopp für die Bahn wurde um 22.26 Uhr gedrückt. Mehrere Passagiere beugten sich über die Gondel mit dem blutenden Passagier. Kurze Schreie. Draußen schoben sich die Massen immer weiter.

»Jemandem ist schlecht geworden. Geld bekommen Sie zurück.« Maria Losen, Inhaberin der Geisterbahn, schickte ihre rumänischen Helfer in die Bahn.

»Alle Lichter an. Störung. Sorry. Kommen Sie. Hier raus. Dort lang«, riefen die Helfer, und die Bahn leerte sich ziemlich schnell, während verspätete Raketen in den Himmel über Düren zischten.

Maria Losen rief die Hauptwache auf dem Kirmesplatz an. Die verständigte per Funk das Dreierteam. Schluss mit lustig. Noch immer knallten letzte Raketen, als um 22.30 Uhr die drei Polizisten an der Gondel auftauchten.

»Kein Puls, Rettungssanitäter kommt schon, nein, kein Puls, Blut am rechten Hinterkopf. Ein Unfall?«

»Nein«, sagte Thomas Weidenpesch, »sieht nicht so aus. Ruft mal in Aachen an.« Ruhig betrachtete er das schwarze Einschussloch am Hinterkopf des alten Mannes.

SPEED

Um 22.35 Uhr klingelte das Telefon von Hauptkommissar Michael Fett.

»Düren, Annakirmes, toter Mann in einem Wagen der Geisterbahn, Schusswunde am Hinterkopf.«

»Wir kommen.« Fett winkte seinem Kollegen Schmelzer. Sie nahmen ihre Sakkos und liefen zum Dienstwagen. Von der Hubert-Wienen-Straße in Aachen bis zum Annakirmesplatz, fast zum Annakirmesplatz, schafften sie es in 20 Minuten. 180 auf der Autobahn A 4. Heat, dachte Fett. Mit Al Pacino und Robert de Niro. Abfahrt Düren, die Kläranlage stank.

»Düren riecht man immer«, murmelte Kollege Bernd Schmelzer und störte Fett wieder einmal in seinen Gedanken.

In Fetts Kopf lief das Standardprogramm ab. Konzentrier dich, pochte es in seinem Kopf: Annakirmes. Geisterbahn. Ein Mann, angeblich sehr alt, alleine im Wagen, tot, erschossen. Freitagabend. Feuerwerk, alles voll, laut. Warum sitzt ein alter Mann am Freitagabend allein in einer Geisterbahn? Warum nicht? Fett denkt, Kollege Schmelzer lenkt.

»Fahren Sie über die Eisenbahnstraße«, sagte Fett. »Ich kenne mich hier aus. Geht schneller.«

»Verdammt. Wie kommen wir dahin. Tausende Menschen.«

»Stellen Sie den Wagen an der Landwirtschaftsschule

ab. Wir laufen. Sonst liegt einer mit gebrannten Mandeln auf der Kühlerhaube.«

22.55 Uhr. Die Geisterbahn ist abgesperrt.

»Wir leiten die Leute um«, sagte Weidenpesch, »bloß keine Panik, das fehlt uns noch.«

»Gut gemacht«, sagte Fett. »Keine Reporter? KTU schon drin?«

»Ja«, antwortete Weidenpesch lakonisch.

»Wer hat ihn gefunden?«

»Mirco, 23, Rumäne, reist seit drei Jahren mit.«

»Wer ist der Tote?«

»Alexander Rütters, 88 Jahre, aus Düren. Ausweis und Portemonnaie. Er hatte ein Handy für Senioren. Liegt da in der Plastikhülle.«

»Todesursache?«

»Wohl ein Schuss in den rechten Hinterkopf. Was macht ein 88-Jähriger am Feuerwerksfreitag um 22.20 Uhr in der Geisterbahn?« Weidenpesch war irritiert.

»Habt ihr alles abgesucht, gesperrt?«

»Ja, so gut es ging. Hier sind geschätzt 20.000 Menschen unterwegs. Darunter auch der Täter.«

»Der oder die Täter müssen ihn irgendwo da drinnen erwischt haben. Die KTU soll die Stelle suchen, da muss Blut an der Bahn kleben«, sagte Fett leicht genervt von dieser Mischung aus Lärm, Schweiß, Discomusik, »also vor circa 35 Minuten ist es passiert?«

»Gegen 22.25 Uhr. Der wird ja nicht tot in den Wagen gesetzt worden sein. Außerdem ist hier alles voll Blut. Erschossen in der Geisterbahn.« Weidenpesch schüttelte den Kopf. »Lösen Sie eine Ringfahndung aus?«

»Wonach? Wollen Sie 20.000 Menschen kontrollieren? Achten Sie darauf, dass hier alles in Ruhe abläuft. Unfall.

Verstanden? Wenn hier das Gerücht über einen Mörder auftaucht, dann rennen sich die Leute über den Haufen. Kein Blaulicht. Der Tote wird hinten raus abtransportiert. Verstanden, Weidenpesch?«

»Ja, Herr Fett.«

»Angehörige? Vermisst den Toten jemand?«

»Moment. Wache, gibt es Vermisstenmeldungen?« Weidenpesch horchte in sein Funkgerät und sprach das Ergebnis nach: »Alexander Rütters, 88, wird von seiner Tochter und dem Schwiegersohn vermisst. Seit 22.30 Uhr. Danke.«

»Wo sind sie jetzt?«, fragte Fett.

»Noch auf der Wache.«

»Wir kommen. Danke.«

BRAUWEILERS BIERSTAND

»Fett, guten Abend. Kripo Aachen. Sie sind die Eheleute Hoven?«

»Ja, meine Frau Anne und ich. Wieso Kripo? Wir vermissen unseren Vater, also meinen Schwiegervater.«

»Wann haben Sie ihn denn zuletzt gesehen?«

»Wir waren so gegen 22.10 Uhr am Bierstand ›Brauweiler‹. Gemeinsam wollten wir das Feuerwerk anschauen. Was ist denn mit Vater?«

»Und dann?«

»Er schaute aufs Handy. Wohl wegen der Uhrzeit. Sagte, dass er kurz noch ein paar Reibekuchen holen wolle. Seitdem vermissen wir ihn. Oder, Anne?«

»Ja. Was ist denn nun?«

»Es tut mir sehr leid. Ihr Vater wurde tot in der Geisterbahn aufgefunden. Vor ungefähr 45 Minuten. Wir ermitteln noch die Ursache. Bitte kommen Sie mit nach nebenan.«

»Wie – tot? Was ist passiert? Das muss eine Verwechslung sein.«

Den Blick der Tochter würde Fett so schnell nicht vergessen. Er sammelte diese Blicke der nahen Verwandten, wenn er den schlimmsten Teil seines Jobs machen musste: den Angehörigen die Todesnachricht überbringen. Auch dann noch musste er sich voll konzentrieren. Gesichter sprechen, Augen sprechen, Gesten sprechen, der ganze Mensch spricht, so hatte es Fett gelernt. Und es stimmte.

Hier sprach nur ungläubiges Entsetzen aus den Augen der Tochter. Mit dem Mord hat sie nichts zu tun. Fett war sich sofort sicher.

SCHLECHTER SCHLAF UND VIEL PAPIER

Fett schlief schlecht. Wenige Stunden nur. Die Kakofonie der Geräusche, die Bilder aus der Geisterbahn, all die Menschen, die Gesichter. Ein Albtraum. Die Spurensicherung hatte die Stelle in der Bahn eruiert, wo Alexander Rütters erschossen worden war. Mord. Kein Zweifel. Eine Patronenhülse wurde nicht gefunden. Der alte Mann saß in einem Wagen, wurde erschreckt von Skeletten, Piraten, Zombies, Vampiren und Hexen und auf einmal, rums. Die Pistole war nicht aufgetaucht. Keine Spuren. Kein Raubmord. Niemand hatte etwas gesehen. Als ob der Alte von einem Geist ermordet wurde. Aber Geister tragen keine Pistolen.

Kurzer Lauf über den Lousberg, Kaffee, Brötchen, Marmelade. Fett, der alte Junggeselle, brauchte nicht viel. Vor allem keinen Aufschnitt.

Samstag, 2. August, 9.00 Uhr.

»Hört mal zu.«

Fett sprach zu seinem Team.

»Was haben wir? Anne und Peter Hoven fahren gestern Abend gegen 21.20 Uhr mit ihrem Vater Alexander Rütters, 88, Vater von Anne, zur Annakirmes. Feuerwerk gucken. Nach einem Rundgang landen sie um 22.00 Uhr bei der ›Brauweiler-Kneipe‹. Circa 100 Meter vom Geisterschloss entfernt. Dort bekommt Alexander Rütters eine SMS, die er liest. Wir haben das Passwort des Handys geknackt, war nicht schwer, hieß ›Anne‹. Die

Nachricht lautet: ›Rurschatten. 22.20 Uhr im Geisterschloss. Nimm einen Wagen.‹ Er nimmt einen Wagen. Und kommt um 22.25 Uhr erschossen raus. Erschossen mit einem Colt M1911, einer amerikanischen Pistole Kaliber 45. Die wurde im Zweiten Weltkrieg von Offizieren getragen. Das Besondere, so unsere Ballistiker, sie hatte einen Schalldämpfer. Die Waffe scheint nicht registriert zu sein. Keine weiteren Spuren. Die Kriminaltechnik hat die ganze Nacht dran gearbeitet, sonst hätten wir das jetzt noch nicht. Das Personal der Geisterbahn wurde überprüft. Alle aus Rumänien. Ordentlich angemeldet. Drei Mann. Zwei beim Einstieg und der Kartenkontrolle. Einer beim Ausstieg. Mirco. Der hat ihn auch gefunden. Kein Angestellter war in der Geisterbahn. Kein Erschrecker oder Zombie oder so. Zugang gibt es durch mehrere Türen von hinten, die auch für die Flucht optimal geeignet sind oder wenn die Bahn brennt. Nirgendwo Auffälligkeiten. Und der Abstand zwischen den Wagen beträgt ungefähr 25 Sekunden. Der vorausfahrende Wagen war leer, im folgenden Wagen ein Liebespaar, alle wollten das Feuerwerk sehen. Vielleicht saß der Mörder in einem Wagen vor Rütters. Dann muss er ihn abgepasst haben. Vermutlich ist er aber durch einen der ungesicherten Notausgänge in die Bahn gelangt. Die Geisterbahn hat keine Videoüberwachung. Erinnern kann sich Frau Losen nicht mehr, was bei dem Feuerwerk kein Wunder ist. Handyortung nicht möglich. Eine Prepaid-Gurke. Keine vergleichbaren Fälle auf den großen Jahrmärkten. Nichts weist auf einen Serientäter hin. Rütters wurde zum Mord in die Geisterbahn bestellt.«

BITTE, SCHMELZER

»Alexander Rütters. Bitte, Schmelzer.« Fett gab seinem jüngeren Kollegen das Wort.

»Geboren 1920, Sohn des Papierfabrikanten Oskar Rütters. Hat 1938 Abitur gemacht. War in der NSDAP. Nicht Soldat, weil er die Papierfabrik ab 1942 leitete. Die war kriegswichtig. Der Vater, Oskar, war wohl nicht richtig linientreu. Die Nazis setzten Alexander ein. Nach dem Krieg entnazifiziert. Die Alliierten brauchten auch Papier. Wiederaufbau. Saß Ende der 70er-Jahre im Stadtrat von Düren. Verkaufte die Fabrik 1990 an japanische Investoren, alle Mitarbeiter wurden übernommen. Seit 2000 lebte er in dem exklusiven Seniorenstift Sankt Irmgardis. Seine Ehefrau starb sehr früh in den 80er-Jahren. Die gemeinsame Tochter ist Lehrerin, 1962 geboren, verheiratet mit Peter Hoven, Jahrgang 1957, Chemie-Ingenieur in Leverkusen. Beide wohnen in Merzenich bei Düren, keine Kinder. Regelmäßig besuchten sie Alexander Rütters im Seniorenstift. Zur Annakirmes fuhren sie jedes Jahr gemeinsam mit dem Alten. So was wie ein Ritual. Motiv: Fehlanzeige. Die Tochter steht noch unter Schock. Ihr Mann bestätigt den Ablauf des Abends. Sie ist das einzige Kind. Im Seniorenstift keine besonderen Vorkommnisse.«

WAS WIR WISSEN

Fett fasste den Stand zusammen:

»Wir haben die SMS. Jemand hat Alexander Rütters in die Geisterbahn gelockt. Ihm muss etwas so wichtig gewesen sein, dass er der Aufforderung nachkam. Der Täter duzte den Ermordeten. Da könnte es eine Vorgeschichte geben. Rurschatten, Rurschatten. Was heißt das? Fragt nach beim Wasserverband, Stadtarchiv, Angelverein. Irgendwas hat Rütters so gedrängt, dass er alleine zur Geisterbahn aufbrach. Durchsucht sein Zimmer im Seniorenstift. Die Unterlagen der Papierfabrik. Da gibt es einen Schatten. Noch ermitteln wir in alle Richtungen. Und, Kollegen, kein Wort zur Presse aus ermittlungstaktischen Gründen.«

»Die Geisterbahn fragt an, wann sie wieder fahren darf.« Schmelzer schaute zu Fett.

»Erst, wenn alles geprüft ist. Vielleicht ist der Täter irgendwo hängen geblieben und wir finden ein Stück von der Jacke oder die Patronenhülse in den Zähnen eines Skeletts, weiß der Teufel was. In der Dunkelheit kann der Täter die Hülse unmöglich sofort gefunden haben. Alles wird heute geprüft. Die Zombies haben eben Urlaub. Wir haben einen Toten.«

SUITE 103

Nach der Lagebesprechung fuhren Fett und Schmelzer zum Seniorenluxusstift am Ortsrand von Gürzenich bei Düren, Südlage, Golfplatz in der Nähe. Sie trafen auf Helene Schulz-Weißenbach, die stellvertretende Leiterin des Domizils, wie sie mehrfach betonte. Ein Domizil für ältere Gäste. Der Leiter, Fred Strack-Zimmermann, komme erst in drei Wochen. Er sei auf Mallorca, wandern und so, Flucht vor der Annakirmes. Helene Schulz-Weißenbach führte Fett und Schmelzer durch das Domizil. Ja, Herr Rütters sei ein besonderer Mensch gewesen, sagte sie ohne erkennbare Regung. Der Tod sei hier ja quasi stets zu Gast und am Tisch. Sie versuchte, mit einer Portion Halbphilosophie das Domizil zu verklären, und kam dann zum An- und Abwesenheitsbuch. Herr Rütters habe am Freitag gegen 19.00 Uhr ausgecheckt. Er wollte zur Annakirmes, zu Tochter und Schwiegersohn. Alles wie in jedem Jahr. Nichts Ungewöhnliches. Er war sehr gut beisammen. Rüstig, durchtrainiert, ein Langstreckenwanderer. Da sei Strack-Zimmermann nicht mitgekommen, wenn sie das so sagen dürfe. Das Zimmer, ja dort, die Suite 103, geräumig, mit Blick auf die Eifel. Natürlich bleibt sie verschlossen. Wann wird sie wohl wieder vermietet werden können? Sie wissen, das Budget, die Kosten und so.

Helene Schulz-Weißenbach säuselte zu den beiden Kommissaren: »Bitte, sprechen Sie doch sehr sanft mit unseren Gästen. Sie sind leicht erregbar, ach, was sage ich, erschütterbar. Wir sind eine geborgene Gemeinschaft, da schafft so ein Verbrechen Unruhe und Aufregung. Wir brauchen doch alle unsere Mitte, unser Vertrauen, unseren inneren Klang, nicht wahr, Herr Kommissar.«

»Danke, wir schicken heute noch die Kriminaltechnik. Bestimmt in 14 Tagen, da kann wieder jemand ins Domizil.« Fett war kurz angebunden. Nun sagte er auch schon Domizil, bemerkte er selbstironisch. »Danke, und es kann sein, dass wir uns wieder melden. Wir werden Ihre Ruhe nicht unnötig stören. Es sei denn, einem Ihrer Bewohner fällt noch etwas Wichtiges ein.«

Nachmittags war die Kriminaltechnik bereits in der Suite. Sie stellten alles auf den Kopf, fanden aber nichts von Bedeutung. Gar nichts. Auch das war merkwürdig. Keine Erinnerungsstücke, Fotoalben. Viele Wanderbücher, Karten und Bücher über die Region. Alle Kreisjahrbücher seit 1960. Kaum Medikamente. Kein Hinweis, der sie weiterbrachte. Als ob Alexander Rütters geschichtslos dort gelebt hätte.

DIE TOCHTER

»Guten Tag, Frau Hoven. Wir haben da noch einige Fragen, auch wenn es bestimmt sehr schwer für Sie ist.« Fett hatte in Merzenich bei Rütters Tochter geklingelt, und Anne Hoven hatte mit Ringen unter den Augen die Tür geöffnet. Sie sagte nichts und ging langsam voraus zum Wohnzimmer des Bungalows aus den 80er-Jahren. Samstagnachmittag in der Siedlung am Rande des Dorfes, relativ neue Bauten, Mittelklassewagen, ab und an Oberklasse. Hier wohnt man preiswerter als in Köln oder Frechen, die Autobahn ist nahe, die Eisenbahn auch. Und doch ein Dorf. Einige Autos wurden gewaschen, auch wenn dieser samstägliche Nationalsport langsam ausstarb.

Peter Hoven kam aus dem Keller hoch, begrüßte mit einem stummen Nicken Fett und Schmelzer und bot Kaffee und Wasser an.

»Nein danke. Wir möchten nicht lange stören. Aber bitte, jetzt kann jeder Hinweis sehr wertvoll sein. Ist Ihnen etwas aufgefallen an Alexander Rütters, wurde er bedroht, gab es etwas Besonderes in letzter Zeit?« Fett blickte beide interessiert an.

Anne Hoven schaute zu ihrem Mann und beide antworteten fast zeitgleich: »Nein, nichts.«

»Wer tut so etwas, Herr Kommissar?« Anne Hoven erwartete wohl kaum eine Antwort, und Fett konnte auch keine geben.

»Frau Hoven, Herr Hoven, wir stehen am Beginn der Ermittlungen. Wir haben alles abgesucht, die Kameras auf der Annakirmes werden noch ausgewertet, wir sind am Anfang. Sagt Ihnen vielleicht das Wort Rurschatten etwas?«

Fett und Schmelzer schauten prüfend in die Gesichter. »Nein, nichts.« Wieder kam aus beiden Mündern zeitgleich die Antwort. Komischer Ehepaartick, dachte der Junggeselle Fett.

»Gab es irgendwas in der Vergangenheit Ihres Vaters, was wir wissen sollten?« Fett musterte Frau Hoven.

»Er war der beste Vater der Welt. Auch noch, als meine Mutter gestorben ist. Ich konnte immer auf ihn zählen.«

»Frau Hoven, gab es etwas in der Vergangenheit, als Sie noch nicht geboren waren? Hat Ihr Vater aus seiner Vergangenheit oder von Problemen im Betrieb oder mit Konkurrenten berichtet?«

»Mein Schwiegervater hat fast nie von der Vergangenheit erzählt. Er war froh, dass wir in Friedenszeiten leben, und wollte nicht an die Schrecken des Krieges und der Nazizeit erinnert werden.« Peter Hoven hatte konzentriert gesprochen. »So war es doch, nicht wahr, Anne?«

»Ja, Peter. So war es. Er war glücklich mit uns. Und auf die Annakirmes freute er sich wie ein kleines Kind. Nein, es gibt da keine Schatten. Fassen Sie den Mörder, bitte, Herr Kommissar. Entschuldigen Sie mich.« Hastig ging sie in den hinteren Teil des Bungalows.

»Das war es auch schon. Wenn Ihnen irgendetwas einfällt oder Ihrer Frau. Bitte nicht zögern. Rufen Sie uns an. Mich oder Herrn Schmelzer. Wir werden jede Spur verfolgen. Danke, Herr Hoven.«

»Ja, Herr Kommissar. Wir zählen auf Sie.«

Fett und Schmelzer standen auf und waren fünf Minuten nach Betreten des Hauses wieder im Freien.

»Mager«, stellte Schmelzer fest.

Fett nickte: »Komisch, alles schön, alles gut, nur ist der Herr Papa leider trotzdem ermordet worden.«

HÖFE UND FRIEDHÖFE

Fett kam nicht voran. Die Spurenauswertung, Obduktion, Befragung von Fahrgästen, Geisterbahnpersonal, Mitbewohner im Domizil – alle Untersuchungen verliefen im Sand. Die Mordwaffe blieb verschwunden.

Am Tag der Beerdigung von Alexander Rütters, wieder ein Freitag, 15. August, war halb Düren auf den Beinen. Fett stand auf dem Hauptfriedhof hinter einem der Gräber der Großindustriellen. Auch die Familie Rütters besaß ein Familiengrab. Seit Generationen lagen die Vorfahren des Ermordeten dort. Papiermagnaten. Papiermillionäre. Warum stehe ich hier?, dachte Fett. Die Trauer der Angehörigen ist echt. Die Worte der Honoratioren falsch. Alles Käse. Wir haben nichts. Die Geisterbahn ist auf den Kopf gestellt worden. Null. Niente. Nothing. Rurschatten. Wer hat dem Alten die SMS geschickt, warum ist er los zur Geisterbahn, was war im Vorfeld passiert? Eine Vorgeschichte gab es, da war sich Fett sicher.

War Rütters vielleicht in einer Verbindung, Freimaurer oder so was. Fett dachte nach. Dann ging er am Beerdigungscafé »Don Camillo« vorbei zu seinem Wagen.

Hatte Rütters im Altenheim Feinde? Gab es Feinde nach dem Verkauf der Papierfabrik? – Seine Kinder waren während des Mordes in der Kirmes-Kneipe geblieben, dafür gab es Zeugen.

Im Büro unterrichtete Fett den Kollegen Schmelzer. Der süppelte seinen Kaffee und wirkte müde. Er dachte sich sein Teil. Ein alter Toter. Der wäre eh bald gestorben. Warum so viel Aufwand. Rechtsstaat. Die Staatsanwaltschaft ruft an, der Polizeipräsident und was weiß ich wer noch. Schatten über der Annakirmes. Auch da Schatten.

RURSCHATTEN

Fast drei Wochen waren seit dem Mord vergangen. Fett stand mit leeren Händen da. Im Seniorenstift hatte es mal Krach im Bingoklub gegeben, aber Bingostreit als Mordmotiv? Ein Täter aus dieser Ecke kam nicht in Betracht, nicht bei dieser Form des Mordes. Die ehemaligen leitenden Angestellten der Papierfabrik waren gut abgefunden worden, keiner ins Bodenlose gefallen. Auch da kein Motiv. Rütters schien keine Feinde zu haben. War es eine Verwechslung? Ausgeschlossen. Alexander Rütters war gezielt in die Geisterbahn gelockt worden. Jemand hatte ihn dort erwartet. Im Wagen hinter ihm hatte ein Liebespaar gesessen, der Wagen vor ihm war leer. Also galt der Schuss mit dem Colt ihm. Ein stummes Paff, kein Lärm, die Waffe war fast aufgesetzt worden. Man könnte beinahe von einer Hinrichtung in der Geisterbahn sprechen. Fett war die Tour gefahren. Am Sonntag, dem letzten Tag der Annakirmes. Die kreischenden Zombies und Vampire hatten ihn tatsächlich erschreckt. An der Stelle, wo sich der Mörder positioniert haben musste, stand Schmelzer mit seiner ungeladenen Waffe. Paff. Ein Schuss, dann bog der Wagen um die Ecke und passierte noch einige Gespenster, ehe er ans Tageslicht kam. Das muss ein Profi gewesen sein, das schafft ein Rentner aus Sankt Irmgardis nicht. Wer war sich so sicher gewesen, dass der alte Mann einsteigen würde?

So ergebnislos wie die Ortsbesichtigung blieb Schmelzers Suche nach dem »Rurschatten«. Fett und Schmelzer saßen im Aachener Polizeipräsidium und kamen nicht voran.

Fett, der Junggeselle, addierte einen weiteren ungelösten Fall zu seiner Liste. Schmelzer, frisch verheiratet, kämpfte mit der Ratenzahlung für die Darlehen und mit den Handwerkern. Und dazwischen der Alte aus Düren. So ein Mist. Die Lokalmedien hatten zehn Tage wild spekuliert. Das alles war nicht gut: nicht für das Image der Annakirmes. Und nicht für das Image der Polizei.

FETT FÄHRT

Fett fuhr nach Düren. Dort war er aufgewachsen und zur Schule gegangen. Aus seiner Schulzeit kannte er noch einige, die mit ihm dort in den 70er-Jahren Abitur gemacht hatten. Sie gehörten nun zum Dürener Establishment. Vielleicht könnte ihm jemand helfen. Er musste neue Wege gehen. Wo war die Papierfabrik von Rütters? Er parkte am Dürener Bahnhof, lieh dort ein Fahrrad aus und fuhr die Rur entlang. Die Fabrik, die Rur, Schatten – die Begriffe tanzten in seinem Kopf. Die langsame Fahrt durch die Stadt und dann in Richtung Rur verschaffte ihm Luft und ließ ihn die Stadt etwas mehr spüren. Er sammelte die Eindrücke, die er später zu einem Mosaik zusammenfügen wollte. So ging er immer vor. Klar, manche Mosaiksteine musste er wegwerfen, manches Vorurteil beiseiteschieben.

An der Johannisbrücke bog er auf den linksseitigen Rurradweg flussaufwärts, dann ging es in Richtung Lendersdorf. Da standen die Papierfabriken. Direkt hinter dem Annakirmesgelände fing die Industriezone an. Sie erinnerte an bessere Zeiten. Düren war einst reich. Sehr reich. Dank des Papiers. Dank des milden Wassers der Rur. Schließlich erreichte er das Gelände der ehemaligen Fabrik Rütters. Hinter der alten Mauer standen moderne Hallen, kaum Arbeiter, alles automatisiert. Fett wusste nicht genau, warum er hier eigentlich radelte. Er kehrte um und fuhr zurück in Richtung Haltestelle Annakirmesplatz der Rurtalbahn. Er kam an Bauschutt und abgestorbenen Bäumen vorbei, eine Fußgängerbrücke führte auf die andere Rurseite, am Wegesrand stand ein zugewachsenes Metallkreuz. Er bemerkte einen leicht verwelkten Blumenstrauß davor.

KRIEGSWICHTIG

Schmelzer recherchierte unterdessen und trug Material über Alexander Rütters zusammen.

Rütters hatte in Düren das Abitur gemacht, war 1938 gemustert worden, hatte dann die Freistellung erhalten, um in der Papierfabrik seines Vaters Oskar mitzuarbeiten. Der war wohl nicht linientreu genug gewesen, war nicht Parteimitglied, wurde irgendwann 1941/42 aus der Leitung der Fabrik entfernt und blieb danach fast nur noch in seinem Wohnhaus in der Goethestraße, wo er 1944 beim Bombenangriff mit seiner Ehefrau starb.

Die Rütters Papier AG lieferte ihr feines Büttenpapier an die Reichskanzlei. Auch Göring und Goebbels bezogen die edle Ware. Sie wurde gebraucht für Urkunden und Auszeichnungen, die man bei den Nazis reichlich verteilte. Seit 1939 wurde vom Eisernen Kreuz II aufwärts jede Urkunde auf Rütterspapier gedruckt: Führerstandard. Selbst nach dem Bombenhagel am 16.11.1944, der Düren ausradierte, konnte Rütters nach 14 Tagen wieder liefern. Die Nachfrage nach Urkunden und Auszeichnungen blieb unersättlich. Orden statt Brot. Dann das Ende. Rütters stellte den Betrieb auf Nachkriegsbedarf um; er produzierte Packpapier, Kartonagen und Klopapier. Die Alliierten kauften bei dem jungen Unternehmer das Toilettenpapier für die Besatzungstruppen. Qualität und Preis stimmten. Geliefert wurde an die Engländer nach Mönchengladbach und an die Belgier vor Ort.

Der Betrieb lief wieder. Tochter Anne zeigte kein Interesse an der Fabrik. Sie wurde lieber Lehrerin. Deshalb entschied Rütters sich für den Verkauf. Schluss mit Rütterspapier aus Düren.

Fett kramte unterdessen in den Unterlagen, die Schmelzer zusammengetragen hatte, und fand die Adresse einer Haushälterin, die dem Alten einige Jahre im Haushalt geholfen hatte, bevor er im Jahr 2000 ins Altenheim umsiedelte. Marie Utzerath. Ob sie wohl noch lebt, überlegte er. Eine Haushälterin bekommt viel mit. Vielleicht kann sie weiterhelfen.

EIN FEINER HERR

Marie Utzerath lebte tatsächlich noch in Düren, Dr.-Overhues-Allee, direkt an der Rur. Über das Melderegister gelangte Fett an ihre Adresse. Als Fett den Besuch ankündigte, da klang sie so, als ob sie es erwartet hätte. Eine interessante Stimme, dachte Fett. Er fuhr an einem Augustmorgen wieder nach Düren, wieder an die Rur und stand vor einem stattlichen Haus. Marie Utzerath öffnete ihm, bevor er die Eingangstüre erreichte.

»Was für ein Schicksal!«, seufzte sie dem Kommissar entgegen.

Marie Utzerath, 67, hatte Alexander Rütters das Haus von 1985 bis 2000 besorgt. Ihre Schönheit zu dieser Zeit konnte sich Fett lebhaft vorstellen. Sie hatte sprechende Augen, bewegte sich sehr dynamisch und schien bestens in Form zu sein. Jahrgang 1941, sie war 21 Jahre jünger als Rütters und hatte im Alter von 44 die Stellung angenommen. 15 schöne Jahre seien es gewesen. Er habe sie stets sehr gut behandelt. Sie beschrieb ihn als humorvollen Mann:

»Wir haben viel gelacht.«

Rütters habe es ihr ermöglicht, ein Studium aufzunehmen. Sie sei nach Aachen gefahren und habe Geschichte und Politik gehört. Dass er ihr diese Chance gab, werde sie ihm nie vergessen.

»Sehen Sie, Herr Fett, das Leben besteht doch aus mehr als nur Hauswirtschaft, Empfängen, Martinsessen, nicht wahr. Wo kommen wir her, wo gehen wir hin, was für einen Sinn macht das, was wir gerade tun? Das sind ewige Fragestellungen. Mich trieb das immer um, während ich daneben kochte, putzte, Einkäufe besorgte und Kulturveranstaltungen aus dem Tageskalender heraussuchte.«

Manchmal habe Rütters sie eingeladen. Ja, auch zur Annakirmes. Riesenrad seien sie gefahren auf der Annakirmes. Und ein Weinchen bei der »Schwarzwald-Christel«. Feinde? Nein, Herr Rütters doch nicht. Ein sehr feiner Herr. Drohungen? Ach, was. Sie habe ihn oft besucht im Seniorenstift, und dann wurde von früher erzählt. Am letzten Samstag, vor Beginn der Annakirmes, da sei sie noch bei ihm gewesen:

»Da war er sehr aufgekratzt.«

»Hat er nie von Problemen, Drohungen, Konkurrenten oder vom Krieg erzählt?«

»Vom Krieg, nein. Alles sehr dunkel. Und mit Konkurrenten ist Herr Rütters souverän umgegangen. Drohungen hat er meines Wissens nie bekommen. Warum auch. Er war ein angesehenes Mitglied der Dürener Stadtgesellschaft.«

Er sei gerne gewandert. In der Eifel. Mariawald, Rursee, Vossenack. Als Vogelsang 2006 endlich, endlich geöffnet wurde, sei er sofort losgewandert – durch den ganzen Nationalpark. Dort habe er Ruhe gesucht, auch in der Jagdhütte seines Vaters bei Einruhr, am Rand des Sperrgebiets. Die Rur sei unsere Lebensader, das habe er immer wieder gesagt. Ohne die Rur, da wär hier nichts. Nichts. Nichts.

»Noch ein Kaffee, Herr Kommissar?«

»Nein danke und entschuldigen Sie bitte, Frau Utzerath, Sie wohnen hier in einem prachtvollen Haus in bester Lage.«

»Ich weiß schon, was Sie meinen, Herr Kommissar. Das

ist das Haus von Alexander Rütters. Die Tochter wollte es nicht übernehmen, und Rütters bat mich, hier wohnen zu bleiben. Er konnte die Vorstellung nicht ertragen, dass hier fremde Leute einziehen. Das Haus kaufte er wohl in der Kriegszeit oder kurz danach. Seine Eltern lebten ja in der Innenstadt, wo sie später beim Bombenangriff umkamen. So bin ich hier geblieben und hole, also ich holte ihn oft ab, und wir tranken hier zusammen einen Kaffee.«

Nein, sie selbst sei nicht verheiratet gewesen. Ein Drang nach Unabhängigkeit sei ihr eigen. Das sei ihr Problem gewesen, wenn er denn verstehe, der Herr Fett.

»Jaja«, murmelte Fett und verstand doch nicht so ganz. Ob denn Herr Rütters nach dem Tod der Ehefrau nicht noch mal sein Glück versucht habe.

»Wer, Herr Rütters? I wo. Nein.«

Er sei nach dem Tod der Frau sehr traurig gewesen und habe so, na, wie sagt man – platonisch, ja, genau, platonisch, gelebt. Sie müsse nun zum Tennis, ob er denn noch Fragen habe.

»Wir müssen das jeden fragen, Frau Utzerath. Wo waren Sie am Freitagabend, als der Mord passierte?«

»Mit meinen Freundinnen aus dem Tennisklub haben wir im Klubhaus einen Damenabend gefeiert. Es war sehr kurzweilig. Das dauerte etwa bis Mitternacht.«

»Eine letzte Frage. Rurschatten, sagt Ihnen das Wort etwas?«

Marie Utzerath hielt einen Moment inne.

»Nein. Nie gehört. Was soll das sein?«

»Nichts. Nur so ein Wort. Danke. Melde mich nochmals. Und viel Erfolg beim Aufschlag. Sie sehen sehr gut aus.« Da wurde Marie Utzerath rot. Michael Fett biss sich auf die Zunge. Er war überrascht. Über sich selbst.

Tennis – eigentlich kein Sport für eine Hausbesorgerin, arbeitete es nach im Gehirn von Fett. Obwohl – vom Aussehen her, da passt es. Alle können Tennis, nur ich wieder nicht. Fett erinnerte sich an sein Versagen im Sportunterricht. Wen man beim Tennis alles treffen kann, könnte, hätte treffen können. Fett konjugierte es durch. Sein Blick fiel auf die Bücherwand: Simmel, Böll, Grass, Lenz, dazwischen eine Goethe-Ausgabe, Hemingway, Faulkner, am Ende einige Franzosen. So viel konnte er an den Schutzumschlägen erkennen. Und Kataloge von Ausstellungen des Leopold-Hoesch-Museums. Ungewöhnlich für eine Hausverwalterin, dachte Fett. Oder von Rütters übrig geblieben. Nun, sie hat sich wohl selbst weiter gebildet. Warum sonst das Seniorenstudium. Marie Utzerath – Fetts Gedanken gingen in viele Richtungen. Diese Frau war für ihn nicht so einfach fassbar. Die Art, wie sie sich bewegte, die Freundlichkeit, die Ausstrahlung – faszinierend und geheimnisvoll. Er kehrte zurück von seinem gedanklichen Ausflug.

»Eine allerletzte Frage, Frau Utzerath. Verzeihen Sie, haben Sie Kinder?«

»Herr Kommissar«, ihr Ton bekam eine andere Färbung, härter und kälter, »mein Sohn Robert ist 1965 im Alter von fünf Jahren tödlich verunglückt. Das ist die Tragik meines Lebens. Er wuchs ohne Vater auf. Mehr werden Sie darüber nicht von mir hören. Guten Tag.«

»Entschuldigung, Frau Utzerath. Das tut mir sehr leid. Guten Tag«, sagte Fett relativ leise und mit gesenktem Kopf. Er ging nachdenklich davon.

ÖLIG, ETWAS ÖLIG

»Schmelzer, neu denken.«

»Was?«

»Neu denken.«

Fett buchstabierte.

»Vielleicht ein Geisteskranker aus der Forensik. Hat Rütters mal einen beschäftigt? Kümmerte er sich um Resozialisierung? Hat er schwererziehbaren Jugendlichen geholfen? Alles checken. Kontoauszüge noch mal durchforsten. Wohin ging die Knete? Auch wenn das alles nicht so richtig zu der professionellen Ausführung des Mordes passt, wir müssen immer noch alle Möglichkeiten und Motive überprüfen.«

Schmelzer maulte. Dann legte er los. Am Nachmittag meldete er sich fast triumphierend in Fetts Büro.

»Das Superluxusseniorenwohnheim, das kostet rund 4.000 Euro im Monat. Meister Rütters hat jeden Monat 5.000 überwiesen. Seltsam, oder?«

»Termin mit der Leitung machen, rapido«, sagte Fett. Mehr als drei Wochen waren seit dem Mord vergangen.

Ölig, etwas ölig und tiefengebräunt saß der Leiter des Seniorenstifts, Fred Strack-Zimmermann, vor den beiden Kommissaren aus Aachen, wie er mehrfach betonte. Der Anzug war zu groß, die Uhr zu golden, die Haare zu ölig. Alles an dem Mann missfiel dem Kommissar. Nicht dem ersten Eindruck hingeben, sagte er sich.

Nein, warum Herr Rütters die 5.000 überwiesen habe,

immerhin über zwei Jahre, vorher nur 4.000 und seit Mai dann wieder nur 4.000, da könne er sich jetzt keinen Reim drauf machen.

»Gut, jetzt nicht, später schon«, sagte Fett, »Betriebsprüfung hilft bestimmt. Heimaufsicht plus Durchsuchungsbeschluss, ob die Presse davon Wind bekommt, kann ich nicht ganz auszuschließen.«

»Moment mal«, stockte der Ölige, »doch, ja, jetzt kommt die Erinnerung.«

Der Herr Rütters selig, der sei sehr sozial gewesen. Klar, warum habe er das nur vergessen.

»Wir haben vor zwei Jahren einen Aufruf gemacht. Damals boten wir einigen schwererziehbaren Jugendlichen Jobs an. Dafür suchten wir Paten. Und Herr Rütters wurde Pate. Pate von Johnny.«

»Johnny«, sagte Fett, »wer zum Teufel ist Johnny, was heißt Pate und was hat das mit der Knete zu tun?«

»Nun ja, mit den 1.000 Euro zusätzlich wurde der Johnny gefördert, konnte sich eine Wohnung leisten, war sozusagen Resozialisierung«, meinte der Ölige.

»Wo finden wir denn den Johnny? Warum hörte denn die Zahlung im Mai auf?«, grätschte Schmelzer in das Gespräch.

»Herr Rütters, der wollte nicht mehr.«

»Ach so, warum denn und wo ist Johnny?«

»Moment mal. Schwester Irmgard, wo ist noch mal der Johnny Kaiser«, knurrte der Ölige ins Telefon. »Stimmt, hatte ich vergessen. Danke. Also«, setzte er an, »Herr Kaiser fehlt seit rund drei Wochen, genauer, seit das mit Herrn Rütters hier bei uns bekannt wurde. Vielleicht weil Rütters nicht mehr zahlen wollte, warum, warum. Keine Ahnung.«

Fett spürte etwas hochsteigen. So aus dem Bauch nach oben. Wie beim Wasserkessel kurz vor dem Pfiff. Er zählte bis fünf. Eine Kombination aus Wut und Ärger. Er hatte etwas übersehen, und das ärgerte ihn. Zudem verbarg Strack-Zimmermann etwas. Und leise sagte er ihm ins Ohr: »Wenn Johnny auch nur irgendwas mit dem Mord zu tun hat, sind Sie am Arsch. Und zwar richtig. Behinderung, Vertuschung. Sie kommen nach Aachen, wo die schweren Jungs einsitzen. Die freuen sich auf so einen Öligen wie Sie. Und jetzt die Adresse, sonst fahren Sie noch heute ein.«

JOSEF GENANNT JOHNNY

In der Rütger-von-Scheven-Straße 319 stand »Kaiser« an einer Klingel in krakeligen Buchstaben geschrieben. Die Tür zum Block war offen. Oben roch es nach angebrannten Pfannkuchen. Johnny Kaiser öffnete. Ein ungewaschener junger Typ, dem man all seine Vorstrafen und Aufenthalte in Erziehungsheimen irgendwie ansah. Johnny rülpste seine Begrüßung wie nach drei Flaschen Wicküler.

Über den Besuch der Polizei schien er nicht erstaunt, gehörte bei einem wie ihm wahrscheinlich zum Tagesgeschäft.

»Morgen, Herr Kaiser, Fett, Mordkommission Aachen. Wie war denn Ihr Verhältnis zu Herrn Rütters?«

»Was wollen Sie denn von mir?«

»Blöd, so ein Mordfall. Und das direkt, nachdem die Knete nicht mehr kommt. Wo waren Sie denn am Feuerwerksfreitag der Annakirmes? Jaguarbahn, Schießbude oder Autoscooter? Oder Lust auf Geisterbahn? Wir kommen mal rein. Keine Umstände.«

Josef Kaiser, genannt Johnny, hatte Erinnerungslücken. Nur, dass Rütters von heute auf gleich die Knete gestrichen hatte, das wurmte ihn. Die 500 Oschen von seinem Paten waren nötig.

»500, ick glob ick spinne, sagen da die Berliner.« Fett wurde ungehalten.

»1.000 mein Junge. Und dann Ende. Da kann man sauer werden.«

»Ich höre immer 1.000. 500 kamen vom Stift rüber. Nix mit 1.000.«

Johnnys Empörung wirkte ehrlich. Da hat der Ölige den Johnny beschissen. Fett wunderte nichts mehr. Vermittlungsprovision. Mal eben was über 12.000 Euro in mehr als zwei Jahren.

»Was wollte Rütters von Ihnen? Klartext, Johnny. Sonst gibt's nen Shuttle zum Souterrain in die Hubert-Wienen-Straße nach Aachen. Gefilterter Sonnenschein.«

HERR RÜTTERS UND DIE JUNGEN MÄDCHEN

Heraus kam, dass Rütters sich für Johnny einsetzte, ihm eine zweite Chance geben wollte. Dafür brachte ihm Johnny meistens am Sonntagabend Besuch ins Sankt Irmgardis. Girls aus der Szene. Drogenabhängige, Minderjährige, Obdachlose. Auch ihnen half Rütters. Auf seine spezielle Art, sagte Johnny. Sonntags, da kam Marie Utzerath nicht zu Besuch. Tennisstunden. Eben.

»Wo warst du an dem Freitagabend?«

Johnny wurde blass. »Hier.«

»Und warum bist du nicht mehr zur Arbeit gegangen?«

»Ich kann nicht mehr. Strack-Zimmermann ist ein Riesenarschloch. Er wollte noch mehr Geld von Rütters und hat gesagt, der Stundensatz für mich sei erhöht worden. Stattdessen hat Rütters aufgehört zu zahlen. Alles soll meine Schuld gewesen sein. Beide haben mich ausgebeutet. Beide. Johnny Kaiser glaubt doch niemand. Ich bin am Ende. Jetzt kann ich wieder in den Jugendvollzug. Scheiße.«

»Wo warst du an dem Freitagabend? Genau. Mit Zeugen.« Fett wurde sauer.

»Also, ich war, ich war hier.«

»Genauer macht schlauer«, sagte Fett.

»Mit meiner Freundin Jasmin, die kann es bezeugen. Wir waren hier. Wohin denn auch? Ohne Knete. Wir haben DVDs geguckt. Wirklich. Ich bring doch den

Alten nicht um. Da schon eher Strack-Zimmermann, die Sau. Der beutet uns aus. Dieses Arschloch. Der kassiert für jeden Schwererziehbaren. Vom Jugendamt und von den Paten. Doppelt cash. Das hat der olle Rütters gemerkt. Der dachte, ich würde ihn bescheißen. Stimmt aber nicht. Trotzdem hat er keine Kohle mehr rübergeschoben. Wahrscheinlich rief er dann einen Escort-Service an. Knete genug hatte er ja. Oder die olle Hausbesorgerin musste ran. Die Tennislady. Einmal hat sie ihn mit einer Drogenabhängigen überrascht. Sie hatte sich beim Tennis verletzt und war ausnahmsweise am Sonntagabend mit ihrem Schlüssel in Sankt Irmi aufgetaucht. Affentheater. Scheiße. Ich bring den doch nicht um.«

Fett neigte dazu, diesem armen Hund zu glauben. So jung und schon das ganze Leben verbaut.

»Wir checken deine Freundin. Name und Adresse. Wenn das nicht stimmt, dann hast du ein Problem. Ein weiteres. Hier, meine Karte, wenn dir noch was einfällt.«

Schmelzer und Fett gingen.

»Der war es nicht«, sagte Fett. »Warum so ein komplizierter Mist mit Handy und Geisterbahn und ›Rurschatten‹? Der wäre beim Rütters am Sonntag eingestiegen. Doch nicht so kompliziert. Wir haben nichts. Nur Schatten, die Schatten von Herrn Rütters. Marie Utzerath, die soll mal mehr erzählen. Von dem feinen Herrn. Oder?«

Fett knuffte Schmelzer in die Seite.

»Jow, Chef.«

Schmelzer hatte nicht die beste Laune. Sein Konto war fast leer. Die Sparkasse Aachen hatte die Raten abgebucht und die Inspektion des Volkswagen Passat war teurer als erwartet ausgefallen: neue Scheibenbremsen, neue Reifen, neuer Anlasser. Alles Käse, dachte Schmelzer.

AUS EINER ANDEREN WELT

Marie Utzerath öffnete am Mittwochmorgen, fast vier Wochen nach dem Mord, an einem milden Augusttag den Kommissaren lächelnd die Tür.

»Guten Morgen, Frau Utzerath. Dürfen wir eintreten? Wir haben noch ein paar Fragen an Sie.«

»Sicher, bitte gerne. Bitte kommen Sie in das Wohnzimmer. Kaffee, Tee, Wasser?«

»Kaffee gerne«, sagte Schmelzer.

Fett winkte ab. »Keine Umstände, Frau Utzerath, wir sind gleich wieder weg.«

»Frau Utzerath, Sie haben doch Herrn Rütters regelmäßig in Sankt Irmgardis besucht?«

»Ja, ich bin oft zu ihm gegangen. Wir haben Spaziergänge gemacht.«

»Ist Ihnen etwas aufgefallen in den letzten Monaten?«

»Aufgefallen, ja, vielleicht, er war manchmal etwas schlechter gelaunt. Er erzählte von einem jungen Pfleger, Johnny. Da gab es irgendwie Ärger. Herr Rütters hatte eine Art Patenschaft für den Jungen übernommen. Das hatte ihn etwas beschäftigt. Entschuldigen Sie, dass ich das nicht gleich erzählt habe, denn er war zum Schluss guter Dinge.«

»Kennen Sie Josef Kaiser und wieso gab es Ärger mit ihm?«

»Ich hab den jungen Mann vielleicht einmal auf dem

Flur gesehen. Nein, nein. Ich kann Ihnen nicht sagen, um was es ging.«

»Frau Utzerath, das ist jetzt wichtig. Haben Sie Herrn Rütters mal mit einem jungen Mädchen überrascht?«

»Ach, die Geschichte. Das war doch nichts. Sie hat ihm vorgelesen.«

»Vorgelesen?«

»Ja, er liebte es, vorgelesen zu bekommen. Ich hab ihn außer der Reihe sonntags besucht, und da saß sie neben seinem Bett. Ich glaube, sie las ihm Heinrich Böll vor. Ja, Böll. Den mochte er so gerne. Böll lebte in Langenbroich, und Rütters schätzte ihn sehr. Wir diskutierten früher oft die neuen Romane und stritten uns heftig über die Verfilmung von ›Die verlorene Ehre der Katharina Blum‹.«

»Frau Utzerath, hatte Herr Rütters, sagen wir mal, Interesse an jungen Frauen?«

»Nein, Herr Kommissar, ich muss doch bitten. Was hat das mit dem Mord zu tun? Herr Rütters war sehr spendabel und versuchte, Gutes zu tun. Es gab dieses Hilfsprogramm mit dem Herrn Kaiser, und der brachte wiederum andere junge Menschen mit. Rütters versuchte, ich betone, er versuchte, einen guten Einfluss auszuüben. Aber im Innersten glaubte er wohl nicht an einen Erfolg. Vielleicht wollte er durch etwas Muße und Lektüre Nachdenklichkeit erzeugen. Er wollte im Alter immer mehr aufklären, anderen helfen oder die Öffentlichkeit wachrütteln.«

»Wir müssen einfach allen Spuren nachgehen«, sagte Fett und schaute auf die schlanke Marie Utzerath, ihre blauen Augen, die Jeans, die ihr wirklich gut standen, und ihre Jugendlichkeit, die sie wohl nie verlieren würde. Manchmal lohnt sich ein Mord, um Menschen zu treffen, die irgendwie anders sind, dachte Fett und riss sich sofort wieder zusammen. Marie Utzerath gefiel ihm. Er, der cineastische Dilettant, dachte an Marlene Dietrich, die Garbo, Romy Schneider, Catherine Deneuve. Ein Hauch von all den Diven, das hatte die Marie Utzerath.

»Vielen und herzlichen Dank. Wenn Ihnen etwas einfällt, bitte einfach anrufen. Wir freuen uns auf Sie. Und, ach, wie kamen Sie damals, 1985, an die Stelle bei Herrn Rütters?«

»Empfehlung. Jemand hatte mich empfohlen. Ich war einige Jahre im Haus eines Freundes von Rütters. Juwelier Goldbach. Auch hier in Düren. Das Geschäft existiert noch in der Wirtelstraße. Alte Familie. Sie kannten sich, David Goldbach und Alexander Rütters. Düren ist klein. Sie waren eine Generation. Und meine Empfehlungen waren bestens. Immer.«

»Ja, ja. Empfehlung ist immer gut. Empfehlung, Frau Utzerath«, sagte lächelnd Kommissar Fett.

Sie verließen Marie Utzerath, und Fett war gespannt auf Schmelzers Meinung. Der war beim ersten Besuch nicht dabei.

»Nun, lieber Herr Schmelzer, was sagen Sie zu Frau Utzerath?«

»Eine interessante Person. Ich werde nicht richtig schlau aus ihr. Sie haben von ihr berichtet. Eigentlich wirkt sie eher wie die Witwe eines Unternehmers und nicht wie die Hausdame eines Papierfabrikanten. Ob sie uns bei dem Mordfall helfen kann, da hab ich so meine Zweifel. Wer hier lange alleine wohnt, der bastelt sich so seine Geschichte und Geschichten. Vielleicht möchte sie wichtiger oder geheimnisvoller erscheinen, als sie tatsächlich ist. Wir sollten sie mal im Büro durch den Computer laufen lassen. Vielleicht erfahren wir dann mehr als durch die aufwendigen Fahrten nach Düren.«

»Danke, Schmelzer. Eine gute Idee. Das machen wir gleich.«

MARIE UTZERATH

Er ließ sie durch den Computer laufen und siehe da: Marie Utzerath war 1941 in die Pflegefamilie Utzerath gegeben und von ihr adoptiert worden. Als Mutter war eine belgische Zwangsarbeiterin eingetragen namens Silvie van der Felde, die im Juni 1940 in der Papierfabrik Rütters zum Arbeitseinsatz gezwungen wurde. Vater unbekannt. Warum hatte sie das nicht gesagt? Da gab es mehr Verbindungen als zunächst gedacht. 1941 geboren. Adoptiveltern. Grundschule, Realschule, Berufsschule, Abitur im Abendgymnasium. Hauswirtschafterin in verschiedenen Familien, so auch bei Goldbach von 1966 bis 1976, dann andere Familien, Unternehmer, Anwälte und im Alter von 44 wird sie im Jahre 1985 die Hausdame von Alexander Rütters. Bis der im Jahr 2000 ins Seniorenstift Sankt Irmgardis zieht. 1960 Geburt des Sohnes Robert. Vater unbekannt. Der Junge spielt im Sommer 1965 an der Rur mit Freunden. Da explodiert ein Blindgänger. Alle fünf Kinder sind auf der Stelle tot. Eine englische Fliegerbombe vom Angriff auf Düren, so die Vermutung.

Ob Rütters Tochter mehr über Marie Utzerath wusste? Fett zog ein paar Linien. Rurschatten. Das Wort stand in der Mitte. Daneben die Namen. Richtig weiter war er immer noch nicht. Schatten. Viele Schatten.

JOHNNY

Schmelzer überprüfte das Alibi von Josef Kaiser und der Freundin, hörte nach bei den Nachbarn, checkte die Handydaten und kam zu dem Ergebnis, das er erwartet hatte. Josef Kaiser war nicht auf der Annakirmes gewesen, Josef Kaiser war ein armer Hund. Pflegefamilie, Schulen abgebrochen, Sankt Irmgardis war eine Chance, und auch hier wurde er ausgebeutet. Ja, er hatte Alexander Rütters immer wieder Mädchen vorbeigebracht, die ihm vorlesen sollten. Er wollte wohl so gerne den Klang einer jungen Stimme hören. Schmelzer suchte mehrere von ihnen auf und alle bestätigten, dass der »Alte«, wie sie ihn nannten, nur zuhören wollte. Dafür zahlte er den Mädchen 100 Euro, und Johnny Kaiser kassierte die Hälfte.

Ein Hinweis an die Heimaufsicht brachte den lieben Fred ins Schwitzen. Fred Strack-Zimmermann kassierte von den Jugendämtern und den Schutzbefohlenen, stellte den Paten überhöhte Kosten in Rechnung und fuhr nach Mallorca in seine Kleinbürgerfinca. Eine einvernehmliche Trennung war zu erwarten, vielleicht sogar eine Abfindung, und Stellvertreterin Helene Schulz-Weißenbach bekam unvermittelt einen Karriereschub. Sie half übrigens bei der Aufklärung mit großer und schlecht gespielter Naivität, nur, um den Gästen im Domizil Aufregung zu ersparen. Johnny Kaiser wurde also entlastet und entlassen, eine neue Maßnahme, so sein Sozialamtsbetreuer, sei in Sicht. Schmelzer wollte sich gar nicht erst vorstellen, welche. Er schloss den Aktendeckel Johnny Kaiser.

SCHMELZER DENKT

»Es geht sich um …«

»Nein, Schmelzer, es geht, es geht oder sagen Sie, von mir aus, meiner Meinung nach, nicht sich um, nicht sich um, dieser verdammte rheinische Reflexiv, immer dreht sich jemand um sich, trinkt sich jemand was, isst sich jemand selbst auf. Bitte, nicht es geht sich um. Sonst schalte ich ab.«

Fett war gereizt. Da liebte er diese Formulierungen, diese Wolkenschiebereien, diese Redewendungen, dieses Dumpfdeutsch besonders; er konnte nicht mehr. Sodbrennen, Kopfschmerzen, keine tröstende Hand. Nur diese lockere Verbindung.

»Schmelzer, noch mal von vorne.«

»Also, Rütters hat eine Haushälterin, deren Mutter vermutlich ab Mai 1940 in der Fabrik des Vaters gearbeitet hat. Merkwürdig. Rütters lebt in einem Luxusstift, ist Pate von einem Junkie, wird vom Geschäftsführer ausgenommen und vielleicht von dem Junkie erpresst. Wegen der Girls. Ich finde, der Loser Johnny, den sollten wir noch mal rannehmen. Auch wenn ich ihm den Mord nicht zutraue. Wenn der den Alten erpresst und mit Kumpels gemeinsame Sache gemacht hat, dann …«

»Warum dann der Zirkus mit der Geisterbahn? Ist doch viel zu kompliziert für den Jungen. Außerdem hat er ein Alibi. Seine Kumpels haben auch nicht genug drauf für so eine Nummer. Nein, irgendwo liegt ein anderer Faden.

Den haben wir noch nicht. Ein Faden mit zahlreichen Knoten. Was ist mit dem Rurschatten? Was ist mit dem Vermögen von Rütters, was wurde eigentlich aus seinem Vater? Ich will mehr über die Familie wissen. Die sind doch ziemlich gut durch den Krieg gekommen.«

Fett dachte an Rührei mit Speck. Irgendwas Herzhaftes musste er essen. Heute war nicht sein Tag. Dazu noch Schießübungen im Schießkino um 14.00 Uhr. Wieder mal auf Filme ballern.

»Herr Fett, Kimme und Korn, sonst klappt das nicht.«

Davon bekam er immer Druck im Kopf. Hundestaffel, das wäre es gewesen. Warum ist er nicht zur Hundestaffel gegangen? Immer schön mit Bello durch die Wälder. Schnüffeln, draußen sein.

»Wo steht die Jagdbude von dem Rütters?«

»Irgendwo, Moment, hinter Einruhr.«

»Einruhr. Kenn ich. Ich schau mir das mal an.«

»Soll ich mitkommen, Chef?«

»Ach, Schmelzer. Wenn's der Wahrheitsfindung dient. Aber nicht erschrecken. Die Eifel ist hart, kantig. Und draußen nur Kännchen.«

DIE FLIEGERIN

Fett und Schmelzer fuhren an einem heißen Mittwoch Ende August mit dem Opel Vectra raus nach Einruhr. Sie nahmen die Himmelsleiter, bogen hinter Roetgen nach Lammersdorf ab. Dann über Kesternich die Serpentinen hinunter nach Einruhr. Schmelzer lenkt, Fett denkt. Fenster auf.

»Robert 35 von Zentrale.«

»Robert 35 hört.«

»Position?«

»B 265 vor Einruhr. Mordfall Rütters. Ortsbesichtigung.«

»Verstanden. Ende.«

»Ende.«

»Herr Fett, was machen wir hier eigentlich?«

Schmelzer ruderte mit dem Lenkrad wie W. C. Fields in seinen besten Filmen.

»Nachdenken, Schmelzer. Kaffee trinken. Wandern und nachdenken. Das ist kein einfacher Mord, Schmelzer. Hier steckt was dahinter. Etwas Geheimnisvolles.«

Schmelzer sinnierte und schaltete einen Gang runter, oder umgekehrt. Der Opel sinnierte und Schmelzer schaltete ab. Fett sprach mehr zu sich als zu Schmelzer: »Es könnte ein einfacher Fall sein. Jemand rächt sich an dem Alten. Bestimmt wegen der Fabrik oder irgendeiner Schikane vor 20 Jahren. Der Täter weiß, dass der Alte mit seiner Tochter jedes Jahr zum Feuerwerk geht. Aber was steckt genau dahinter? Warum macht der Alte das alles mit? Dann der Profimord mit Schalldämpfer. Hier stimmt was nicht. Er hätte auch im Seniorenstift erschossen werden können. Warum so spektakulär in der Geisterbahn? Da abbiegen, Hotel ›Seemöwe‹. Auf den Parkplatz.«

Schmelzer parkte ein.

»Schön hier. Muss ich mal mit den Kindern herkommen. Wenn ich mal welche habe.« Schmelzer schaute sich um und griff die Gedanken von Fett auf.

»Die Annakirmes bietet sich zur Flucht natürlich an. Wir können da keine Fahndung auslösen. Das wäre zu riskant gewesen. Ob mit dem Ort noch etwas signalisiert werden sollte? Geisterbahn, Schrecken, Grauen – aber alles nur künstlich. Sehr viel Lärm. – Wohin jetzt, Herr Fett?«

»Zu Fuß raus aus dem Ort, Rurstraße entlang und dann am Ufer weiter. Jägersweiler, so heißt dieses Waldstück, da muss die Hütte stehen. Sie haben recht, Schmelzer. Zugleich wurde seiner Tochter ein großer Schmerz zugefügt. Der Täter wusste, dass Rütters nicht alleine auf dem Platz war. Darauf nahm er keine Rücksicht. Vielleicht sollte genau das erzielt werden. Am Abend der Freude erfolgt der größte Schmerz.«

Beide gingen mit raschen Schritten und schweigend durch Einruhr. Vorbei am Freibad mit Holzverschlag als Eingang. Schmelzer schwitzte, Fett ging zügig voran.

»Der Weg ist noch asphaltiert. Keine Müdigkeit vortäuschen. Los, Schmelzer. Machen Sie mir hier nicht schlapp. Die Rurmücken fressen Sie auf.«

Schmelzer sah ein kühles Kölsch vor Augen. Fett schritt aus. Vorbei an der Kläranlage und der Behelfsanlegestelle auf die Wiesen zu.

»Hier war früher mal Sperrbezirk, aber nicht, was Sie denken. Truppenübungsplatz. Vogelsang. Nicht vom Weg abkommen. Minen. Überall.« Fett lachte.

»Da drüben ist Jägersweiler.«

Sie sahen die Reste von zwei Häusern.

»Das muss das Jagdhaus von Rütters gewesen sein. Wieso durfte der hier denn jagen? Sperrbezirk und mittendrin so ein Jagdhaus? Moment mal.« Fett zögerte. Irgendwas ging ihm durch den Kopf: »Liesel Bach.«

»Wer ist denn Liesel Bach?« Schmelzer verdrehte die Augen.

»Das da hinten, das ist das Haus von Liesel Bach. Und hier war das ehemalige Haus von Rütters.« Fett überlegte. »Ich hab darüber gelesen. Fliegerin. Eine der ersten und besten deutschen Fliegerinnen. Das war ihr Haus. Rütters, Bach, Einruhr.«

Fett überlegte angestrengt.

»Grundbuchamt. – Schmelzer, checken Sie das. Wann ist das Haus von Liesel Bach eingetragen worden und das von Rütters? Warum durfte der im Sperrbezirk bleiben? Hier, so nah am Obersee der Rur.«

Ein lautes Tuten unterbrach seine Überlegungen. Die MS Aachen, ein Elektroausflugsdampfer, schipperte mit winkenden Niederländern in Richtung Einruhr. Fett konzentrierte sich.

Das Haus war verfallen. Nur wenige Meter daneben das Haus von Liesel Bach, ebenso verfallen. Die Natur hatte alles zurückerobert, wie man so sagt. Nichts war mehr erkennbar. Die Jagdhütte lag wunderschön eingebettet und ruhig mit Blick auf den Obersee. Vielleicht lag das Geheimnis dieses Mordes weit zurück, vielleicht war hier in einem Sommer der 30er- und 40er-Jahre etwas passiert. Fett setzte sich einen Moment in das kniehohe Gras. Die Ruhe überwältigte beide. Sie kehrten wortlos zurück nach Einruhr.

»Schmelzer, tragen Sie alles über Liesel Bach zusammen und über die Geschichte dieser Hütten. Wir müssen allen Spuren nachgehen.« Fett setzte sich auf den Beifahrersitz. Schweigend kehrten sie nach Aachen zurück. Am nächsten Tag trug Schmelzer vor.

»Liesel Bach war eine Kunstfliegerin. Tolle Frau. Jahrgang 1905. 1992 in Frankreich gestorben. Hatte im Krieg Flugzeuge überführt. Nach dem Krieg flog sie durch Indien. Irgendwie unbeschadet aus der NS-Zeit rausgekommen. Die müssen sich gekannt haben. Vielleicht durch die Jagdhütte vom alten Rütters. Ach ja, dann wurde diese Jagdhütte von Rütters 1946 auf Goldbach, Düren, überschrieben. Nach dem Tod von Goldbach fiel es an Rütters zurück zur Nutzung, aber Eigentümer blieb Goldbach, Juwelier, Wirtelstraße. Der durfte auch drin bleiben während der Sperrzeit des ganzen Gebietes. Rütters, Goldbach und wieder Rütters.«

»Goldbach, Juwelier in Düren?«

Fett lief langsam auf Betriebstemperatur.

»Marie Utzerath war bei dem Juwelier doch mal Haushälterin. Liesel Bach, Alexander Rütters, David Goldbach, der Juwelier und Marie Utzerath. Mensch, Schmelzer, langsam verliere ich den Überblick.«

Schmelzer trug alle zugänglichen Informationen über David Goldbach zusammen. Daraus ergab sich folgendes Bild:

David Goldbach, Jahrgang 1919, war mit Alexander Rütters zusammen ins Stiftische Gymnasium gegangen. Humanistische Bildung. Schmelzer tauchte wieder mal ab in Regesten, Archiven, Standesamtsakten. Der Name Goldbach hätte hellhörig machen müssen. Der Name klang nach einer jüdischen Familie. Davids Vater war hochdekorierter Weltkriegsteilnehmer im Ersten Weltkrieg. Die Eltern wurden 1943 deportiert, David ist irgendwie durch den Krieg gekommen. Die Goldbachs besaßen ein Juweliergeschäft und hatten beste Kontakte nach Antwerpen zu den dortigen Juwelieren.

David überlebte. Schutzengel oder wie immer der jüdische Kollege hieß. Wo und wie David genau gelebt hatte, war nicht mehr zu ermitteln. Aber 1946 übertrug der Angestellte, ein gewisser Heinrich Gülpen, das Geschäft zurück an David Goldbach, der es weiterführte und 1999, mit 80 Jahren, bei einem Segelausflug auf dem Rursee einen Unfall hatte und ertrank. Junggeselle. Keine Familie. Schmelzer hatte alles recherchiert. Bei der Polizei Düren war 1999 Oberkommissar Kuckertz der Ansprechpartner.

»Fragen Sie die Nachkommen, Schmelzer. Fragen, fragen, fragen. Wie gehören die alle zusammen? Kannten die Liesel Bach? Die war 15 Jahre älter als die beiden

Burschen. Liesel Bach, fragen Sie mal nach, über sie gibt es Bücher. Vielleicht weiß jemand etwas über ihr Leben hier in der Eifel.«

HEISSER SOMMER

Es war Anfang September. Der Mord lag fast fünf Wochen zurück. Der Spätsommer wurde immer heißer. Im Freibad von Einruhr war Hochbetrieb. Niemand hatte sich in Aachen bei Fett gemeldet. Die Staatsanwältin Cordula Regauer war noch in den Ferien. Sie hatte genug mit anderen Fällen zu tun. Zwei, drei Mordversuche in der Elsassstraße, Westpark und im Studentenmilieu waren ruckzuck aufgeklärt. Pferdedoping beim CHIO, dem »Weltfest des Pferdesports«, wie es hieß – war nicht sein Gebiet. Fett schlenderte durch die Altstadt, ging zum Katschhof und schaute auf den Aachener Dom, das Oktogon, die Kapellen, die Domsingschule. Ruhe, Wärme, ein Cappuccino, ein Eis, luftig gekleidete Frauen, Studentinnen. Er atmete tief, eher seufzend.

Iska Sonntag aus Bonn, Leiterin SEK, die war schon bezaubernd. Sehr sportlich. Das Abendessen mit ihr in der Kunst- und Ausstellungshalle hatte er nicht vergessen. Vorher noch die Napoleon-Ausstellung. Es war ein heiterer Abend gewesen. Noch ein paar Mails. Mal ein Anruf. Sie war schwer erreichbar. Immer auf Abruf. Von Bonn aus ging es in den Erftkreis. Da hatten sich mafiöse Strukturen gebildet. Das Sondereinsatzkommando musste oft ran. Sie sah einfach gut aus. Sehr gut. Und sie lachte so erfrischend. Schlagfertig war sie auch. Irgendwie ansteckend. Fett seufzte in sich hinein. Gerade an solchen schönen Tagen fiel ihm das Alleinsein schwer. Viel wusste er noch nicht über sie, ihre Geschichte, ihr Leben. Auch da waren Geheimnisse. Was für ein schöner Sonntag. Er sagte es sich immer wieder, wenn er sie sah. Der Vorname, Iska, der Nachname, Sonntag, eine einmalige Kombination. Nordisch und vielleicht auch eine jüdische Familiengeschichte. Er würde sie beim nächsten Treffen darauf ansprechen.

»Ist hier noch frei?«

Fett blinzelte in die Sonne.

»Für schöne Frauen ist doch diese Bank reserviert«, sagte er in einem Anfall von überbordender Flirtfreude.

»Chauvi-Arsch!«, knallte es ihm entgegen.

Schade, dachte er, diese Emanzen mit dreifachem Nachnamen kontrollieren bestimmt auch noch beim Schnackseln, ob alles politisch korrekt abläuft. Er lachte über seinen Machowitz und ging auf die Rathausterrasse zum holländischen Wirt. Bach, Rütters, Goldbach, Utzerath, Johnny, Rurschatten. Alles gehörte irgendwie zusammen.

»Einen Crémant. Eiskalt, bitte.«

Er schaute auf den Dom. Mit gebeugtem Gang huschte der Dompropst aus der Ritter-Chorus-Straße über den Platz, müde vom Beten, sinnend über Spenden und Sünden, Gebote und den Gesang der Domsingschüler. Fett kannte den alten Herrn aus der Zeitung, ein begnadeter Bettler für den Dom, an dem es immer etwas zu reparieren gibt. Ablassgelder willkommen: für ein Kirchenfenster oder eine Sitzbank oder beides. Der Propst glitt wie auf Schlittschuhen über den Platz in Richtung Markt. Seine Füße waren unter der Soutane nicht zu sehen. Fett sinnierte über Rathaus und Dom, Politik und Glaube, dahinter der Marktplatz. Dreiecksverhältnisse: Politik,

Religion, Wirtschaft. Alles dicht gedrängt. Dreieckig auch viele Plätze seit der Zeit Karls des Großen. Die Zahl drei ging ihm durch den Kopf: Entweder Alemannia Aachen, Mönchengladbach oder FC Köln, so waren die Vorlieben im Fußball verteilt. Der Dreiländerpunkt fiel ihm ein.

Als der Dompropst aus seinem Blickfeld verschwand, dachte er an seine Zeit als Messdiener: »Nach dem Mahl nahm er den Kelch, dankte wiederum, reichte ihn seinen Jüngern und sprach: Nehmet und trinket alle daraus, das ist der Kelch des neuen und ewigen Bundes, mein Blut, das für euch und für alle vergossen wird.« Bong, Fett hatte wieder an der falschen Stelle auf den Gong geschlagen oder die Schellen geschüttelt. Der Pfarrer warf ihm zornige Blicke zu. Immer in der Frühmesse, da versagte Fett. Einfach zu früh. Er schellte, die Omas, mit schief gelegtem Kopf, standen rasch auf und prompt hatte er den Salat. Dann folgte eine Backpfeife in der Sakristei oder die Ohren wurden lang gezogen.

»Blut, das für euch und für alle vergossen wird.« Fett hatte genug Blut gesehen, völlig sinnlos vergossenes Blut. Ihn fröstelte bei den Erinnerungen an die Zeit als Messdiener. Ungern begleitete er den Pfarrer in die Landesklinik. Auch dort stand eine Kirche, allerdings für die behinderten Menschen, die während der Messe in der dunklen Kirche unheimliche Geräusche machten. Keiner der Messdiener sehnte sich danach, dort auf den Gong zu schlagen. Fett, der immer zu den kleinsten Messdienern zählte, stolperte in seinem Gewand durch den dunklen Bau und war immer froh, wenn er draußen war. Nun nahm er statt des Kelchs das Glas Crémant, dankte der Kellnerin und leerte den eiskalten Schaumwein in einem Zug. Leichte Gefühle der Blasphemie stiegen in ihm auf. Er dachte an den schlagenden Pfarrer, die lieblose Behandlung, und schon wurde ihm besser. Die blasphemischen Gedanken verschwanden.

MAJOR VAN BELLEN

Am nächsten Tag fuhr Fett zu einem der letzten Kommandanten von Camp Vogelsang: Major van Bellen. Er wohnte jetzt in Kelmis, La Calamine, direkt hinter der Grenze zu Aachen. Ein feiner, drahtiger Herr, Schnurrbart, durchtrainiert, Ordnung im Haus und ein Jaguar vor der Tür. Major van Bellen hatte die Auflösung des Camp Vogelsang vorbereitet und fast 25 Jahre seines Lebens dort verbracht. Fett wollte wissen, warum da unten in Jägersweiler die Hütten benutzt werden durften, obwohl sie im Sperrgebiet lagen. Rütters, Goldbach, Bach – vielleicht steckte mehr dahinter. Zumindest wollte er rasch Klarheit erlangen, um ansonsten andere Spuren zu verfolgen.

»Bonjour, Monsieur Fett. Entrez, entrez. Kommen Sie herein. Ja, ja. Vogelsang und Jägersweiler. Das wird mich bis zum Ende begleiten.« Major van Bellen erzählte sofort drauflos.

»Ich will mal so sagen, effektiv war das eine Missachtung der Regeln. Also dieses Jagdhaus und die zweite Bude da bei Jägersweiler, Sie wissen. Habe ich aber so übernommen. Mein Vorgänger, Colonel Rouland, der hat mich mal beiseitegenommen. Da war ich gerade angekommen. Staatsgeheimnis, très sécret, raunte er und schob mir einen Genever rüber. Ich mochte lieber Cognac. Na ja, also rein damit. Das ist nun mal so. Sagte er mit tiefem Blick in meine Augen. Diese Goldbach-Hütten bleiben, und wenn wir dort Atombomben testen müssen. Compris? – Natürlich, compris. Ich war gerade Hauptmann, er Colonel, und ich hatte den dritten Genever im Stehen erledigt. Kopfschuss. Keine Fragen. Ruhe. Silence. Sonst gibt es ein Problem. Also wir mussten nur den Goldbach anrufen, um ihm die Zeiten der Schießübungen mitzuteilen. Zweimal die Woche flogen 15,5 Zentimeter Artilleriegeschosse über die Hütte Richtung Dreiborn. Das war's. Ansonsten konnte er jagen, wen oder was er wollte. Frauen, Hirsche, Füchse, Rehe, Hasen. War uns egal. Auch die Police Militaire war instruiert. Und pünktlich zur Weihnachtszeit trafen ein Karton Martell und fünf Kisten Moselwein bei mir ein. Für das Offizierskasino, versteht sich. Von Goldbach.«

Van Bellen roch leicht nach Cognac und hörte nicht mehr auf. Liesel Bach, nein, kenne er nicht. Schöne Frau? Alexander Rütters, nie gehört.

»Nur David Goldbach. Der tauchte bis, ja bis wann tauchte der mit Jagddackel und Gamshut eigentlich auf?« Er müsse passen. Das Gedächtnis. Und dann all die Granaten. Marke Martell, er lachte rachitisch, steckte sich eine Zigarre an.

»Sie auch?«

»Nein danke.«

Ob er etwas über Goldbachs jüdische Vergangenheit gehört habe?

»Jüdische Vergangenheit, Quatsch. Nein, nichts. Prost. Auf den Frieden. Aber diese Jagdhütte. Klasse Liebesnest. Sie wissen schon. Hervorragend. Wenn nicht gerade die Granaten drüber flogen. Könnte aber einen gewissen Reiz haben, oder?«

Van Bellen grinste und schüttete sich das Glas mit einem Zug in den Hals.

»Granaten-Nummer«, legte er nach. Und schüttelte sich. »Das ist zu gut. Goldbach, genannt die Granate.«

Er hatte Tränen in den Augen. »Excusez-moi.«

Er wischte sich die feuchten Augen. »Mon dieu«, seufzte er. »Der schiebt da drin die Nummer, und wir feuern die Begleitmusik. Das ist gut. Staatsgeheimnis! Rums, bums.«

»Sagt Ihnen das Wort Rurschatten etwas, Major?«

»Rurschatten?« Van Bellen schüttelte sich immer noch.

»Rurschatten. Absolument rien. Rien. Aber Schatten, lieber Herr Commissaire, Schatten hatten wir genug. Schatten im Sommer, im Winter und Schatten der Nazis, grausige Schatten, oui, die hatten wir. Und manche davon begleiten uns immer noch, wir werden sie nicht los, wie der na, der Schlemi«, sagte er mehr zu sich als zu Fett.

»Schlehmil, ›Peter Schlehmils wundersame Geschichte‹, ein Märchen von Adelbert von Chamisso. Er verkauft seinen Schatten an den Teufel und wird von den Menschen gemieden«, sagte Fett etwas nachdenklich zu dem erstaunten Major.

»Merci. Vielen Dank, Sie haben mir sehr geholfen, Major. Vielleicht komme ich noch einmal retour, wie man in Aachen sagt. Sie wissen ja alles über Vogelsang. Sagen wir mal, fast alles. Nicht wahr. Also. Auf bald.«

Er verließ das Haus des Majors nachdenklich und hungrig.

Fett kam nicht weiter. Es häuften sich immer mehr Geheimnisse an. Nachdem er eine Portion erstklassiger Fritten mit Mayonnaise verputzt hatte, fuhr er mit seinem Alfa Romeo zurück nach Aachen. Nichts. Absolument nichts.

DAS GOLDBACH-FEUERWERK

»Der tote Goldbach.« Oberkommissar Kuckertz versuchte, sich zu erinnern, blätterte durch die Akten. Es war Anfang September, immer noch heiß.

»Ach ja. Der Scheiß. Ein blöder Fall. Der Goldbach war mit seinem Segelboot auf dem Rursee unterwegs. Er hatte einen Liegeplatz in Woffelsbach. Merkwürdig war, dass bei ›Rursee in Flammen‹ sein Boot irgendwie von einer Rakete getroffen wurde. Er war also nachts auf dem See. ›Rursee in Flammen‹. Viele Raketen, Feuerwerk, Tausende Leute. Sein Boot muss in Brand geraten sein. Jedenfalls hat er eine Propangasflasche an Bord gehabt. Wahrscheinlich in der Kajüte, und ehe einer etwas gemerkt hat, ist die Kiste explodiert. Der Goldbach wurde mit Verbrennungen ins Wasser geschleudert und ist ertrunken. So war das.«

»Kein Fremdverschulden?« Fett war hellhörig geworden.

»Fremdverschulden, wie? Wie man's nimmt, die Raketen halt. In der Küche hat es gebrannt. Vielleicht seine eigene Rakete. Dann rums, Propangas mit Verbrennung und Verletzung. Es hat lange gedauert. Alle dachten, das sei eine neue chinesische Rakete. Von wegen. Also, wir haben die Feuerwehrleute befragt. Explosion wegen Feuer in der Kajüte. Feuer in der Kajüte wegen Rakete. Fertig. Alles abgeschlossen und mausetot.«

»Danke, Kollege. Die Akten nehmen wir mal mit.«

»Sind Sie schon weiter mit dem Annakirmes-Toten?«

»Ja, kurz vor der Auflösung. Ihre Aussage fehlte noch. Wegen Feuerwerk und so. Servus.« Fett dampfte. Innerlich.

TESTAMENTE HELFEN WEITER – MANCHMAL

»Schmelzer, wer erbt denn nun bei Rütters und wer hat bei Goldbach geerbt? Das haben Sie doch bestimmt in all Ihrer jugendlichen Sorgfalt penibel recherchiert? Oder?«

Fett war ungehalten. Er wurde immer ungehaltener, denn dieser Fall, er nannte ihn nun »Rurschatten«, wurde immer mysteriöser.

»Logo, Chef. Also, bei Rütters erbt seine Tochter. Fast alles. Rund zwei Millionen Euro. Daneben ging noch was an Sankt Irmgardis, rund 100.000 Euro, und zum Schluss an die Frau Utzerath, Moment mal, rund 200.000 Euro und das Haus. Und bei Goldbach, das war etwas schwieriger, da musste ich den Nachfolger des alten Notars in Düren …«

»Schmelzer, Ergebnis!«, raunzte Fett.

»Ergebnis: Bei Goldbach ging interessanterweise ein Teil, sogar der größte Teil, an die Stiftung des KZ Buchenwald. Und ein Teil noch an einen Geschichtsverein in Düren, aber nicht den offiziellen, sondern so einen alternativen Geschichtsverein. Auch Marie Utzerath wurde mit rund 150.000 Mark bedacht.«

Pling! Fett klopfte auf den Tisch. Marie Utzerath, der Geschichtsverein. Er musste nochmals durchstarten. Zuerst den Geschichtsverein, dann Marie Utzerath.

GESCHICHTE, DIE NICHT VERGEHT

Bücher riechen, Akten auch und feuchte Ikea-Regale der ersten Generation, die verströmen eine Anmutung von Jungsozialisten-Hochschulgruppe und zauseligen Bärten. Ungefähr so war das Klima, das Fett in der klammen Büroluft des Dürener Geschichtsvereins empfing. Kann ja heiter werden, dachte er.

Doktor Gisbert Sahm, ungefähr Mitte 60, war der Vorsitzende des Vereins. Mit Breitcordhose, kariertem Hemd, strubbliger Frisur und einem schlaffen Händedruck begrüßte er den Kommissar:

»Was führt Sie denn zu uns?«

»Herr Doktor Sahm, ich ermittle im Mordfall Rütters. Der Tote aus der Geisterbahn, Sie haben bestimmt davon gehört. Wir müssen alle Spuren verfolgen. In dem Zusammenhang ist auch der Tod von Herrn Goldbach im Jahre 1999 für uns von Bedeutung. Herr Goldbach hat doch dem Geschichtsverein Geld hinterlassen, nicht wahr?« Fett überrollte den Geschichtsdoktor. Angriff ist die beste Verteidigung, dachte er sich.

Doktor Sahm verzog keine Miene.

»Die Zusammenhänge sehe ich noch nicht. Aber, ja. Er hat uns rund 200.000 DM vererbt, was uns ungemein geholfen hat.«

Muss man denn den Menschen alles aus der Nase ziehen? Fett nickte.

»Eine schöne Summe. Helfen Sie mir ein wenig. Warum hat Herr Goldbach Sie bedacht?«

»Lesen Sie Zeitung, Herr Fett? Schade, dass Sie es nicht wissen. Wir leisten gute Arbeit.«

Fett wurde wieder ungehalten.

»Ich lese morgens nur den Sportteil, dann das Horoskop und zum Schluss die Kontaktanzeigen, Herr Doktor Sahm, aber zuerst schau ich mir das nackte Girl des Tages an«, ergänzte er mit einem harten Blick in die Augen des Vorsitzenden. Klugscheißer, dachte er.

»Herr Fett, Düren ist am 16. November 1944 ausradiert worden. Die am schwersten zerstörte Stadt Deutschlands. Vorher gab es eine Geschichte und danach auch. Ein Hort des Widerstands war diese Stadt nicht. Und der plötzliche Reichtum einiger Bürger seit 1933 hing mit dem Verschwinden anderer Bürger zusammen. Da gab es Zusammenhänge. Die wurden sogar dokumentiert und archiviert. Nicht alles ist beim Feuersturm an diesem Novembertag 44 verbrannt, pulverisiert worden. Auch nicht die Erinnerungen der Überlebenden, deren Narben, deren Gedächtnis, deren Schmerzen. Aber es gab niemanden, der dies aufgriff. Weder das Archiv der Stadt noch die Geschichtsschreibung noch die Schulen. Wir haben 1985 den Verein gegründet und damit begonnen, Material zusammenzutragen zu Dürens Geschichte seit dem Beginn des 20. Jahrhunderts. Da liegt das Hauptaugenmerk unserer Arbeit. Und die Verfolgung und Vernichtung der jüdischen Mitbürger wurde rasch ein weiterer Schwerpunkt. Wenn man fragte, dann bekam man keine Antwort. Das ist jetzt anders. Fragen Sie, fragen Sie. Sie fragen nach Goldbach. David Goldbach, dessen Familie so deutsch war wie meine eigene. Der Name, ja sein Name, der wies Spuren auf von Vorfahren, die jüdischen Glaubens waren. Und die Familie wusste das und Nachbarn und Freunde wussten das. Aber es spielte keine Rolle. Bis zum 30. Januar 1933. Von da an änderte sich für das Ehepaar Goldbach und den kleinen David alles. Verstehen Sie?« Sahm hatte sich in Rage geredet.

Fett hatte aufmerksam zugehört. Hier wurde eine dunkle Kammer der lokalen Geschichte geöffnet. Sein Verstand wollte bereits Zusammenhänge zum Mord an Rütters konstruieren. Nur nicht voreilig, ermahnte er sich. Hör zu, hör einfach mal zu.

»War David Goldbach Mitglied des Geschichtsvereins?« Fett schaute ihm in die Augen.

»Ja. David Goldbach, Jahrgang 1919, war Gründungsmitglied. Er war 66 Jahre alt und hat durch uns erfahren, dass seine Eltern in Buchenwald umgebracht wurden. Sie wurden Anfang 1943 abgeholt. David war nicht zu Hause. Er erzählte uns immer wieder von diesem Tag. Er war bei seinem Freund Alexander Rütters, der ihn beschützte, ein Schattenleben führte er, der David. Ein Nachbar hatte ihn gewarnt, er solle an diesem Tag nicht nach Hause kommen. Der 24-jährige David hielt sich also bei Rütters auf. Nach dem Anruf fuhren die beiden wohl nach Einruhr. Dort hatte Rütters eine Hütte, in der David bis zum 8. Mai 1945 untertauchte. Und weil wir dies dokumentiert haben, so wie die Geschichte fast aller Juden in Düren, die Geschichte der Kriegsgefangenen, der Zwangsarbeiter, der Opfer des Bombenangriffs, den Wiederaufbau und den plötzlichen Reichtum einiger Bürger, dafür hat David Goldbach uns in seinem Testament bedacht. Dieser unsinnige Tod auf dem Rursee hat uns sehr beschäftigt. Er segelte wirklich gerne und gut. ›Rursee in Flammen‹, so ein blödes Spektakel. Und dann dieser absurde Tod auf dem See. Vielleicht muss jemand mit einer solchen Lebensgeschichte auf diese Weise sterben, ach, was sage ich da.«

»Vielen Dank, Herr Doktor Sahm. Sie machen eine wichtige Arbeit. Ich habe da noch einige kleine Fragen. Sagt Ihnen das Wort Rurschatten etwas?«

»Rurschatten, nein, woher haben Sie das? Sagt mir nichts.«

»Sie haben Material über die Zwangsarbeiter gesammelt. Gibt es da Unterlagen? Sagt Ihnen der Name Marie Utzerath etwas?«

»Marie Utzerath«, Sahm stockte, »der Name sagt mir etwas.« Er fing sich wieder: »David Goldbach brachte sie einmal mit zu einem Vortrag. Eine schöne Frau. Mit einem bedrückenden Schicksal. Sie war mal Hausdame bei Goldbach und später bei Rütters.«

»Was wissen Sie über ihr Schicksal?«

»Marie Utzerath war das uneheliche Kind einer belgischen Zwangsarbeiterin. Ihre Mutter, eine Kommunistin, die in Lüttich verhaftet und zur Zwangsarbeit nach Düren gebracht wurde. Marie Utzerath ist Jahrgang 1941. Nach dem Einmarsch in Belgien wurde ihre Mutter in ein Arbeitslager nach Arnoldsweiler gebracht und musste in der Papierfabrik von Rütters arbeiten. Nach der Geburt von Marie starb sie. Das Baby gab man in die Hände der kinderlosen Eheleute Utzerath. Ziemlich reiche Parteigenossen. Dort wuchs sie auf. Vater unbekannt.«

»Ein Lager in Arnoldsweiler? Ich stamme aus Düren, Doktor Sahm, aber von einem Lager in Arnoldsweiler habe ich noch nie was gehört.«

»Nun ja, es gibt so etwas wie das kollektive Schweigen und das kollektive Vergessen. Alle schweigen. Alle wollen vergessen. Und das Lager wurde ausradiert. Auf dem Gelände wachsen heute Zuckerrüben. Es gibt nur wenige, die Geschichte erinnern wollen. Wir zum Beispiel.«

»Was wissen Sie sonst noch über die Mutter von Marie Utzerath?«

»Da muss ich in den Akten nachschauen. Das dauert etwas. Ich ruf Sie an. Das Material lagert in einem anderen Keller.«

»Bitte. Hier meine Karte. Und vielen Dank. Sie machen wichtige Arbeit, Herr Doktor Sahm, Sie und Ihre Mitglieder. Auf bald. Ach, da ist noch ein Name: Liesel Bach. Sagt Ihnen der Name etwas?«

Doktor Sahms Augen flackerten einen Moment. »Liesel Bach. Ja. Ich muss nachdenken und nachschauen. Fliegerin. Auch alles im anderen Keller. Auf Wiedersehen, Herr Fett. Nichts für ungut.«

»Sie meinen?«

»Nun, mit der Zeitung.«

»Ach, schon vergessen. Polizei liest alles. Von FAZ bis BILD. Gehört zum Job. Wiedersehen. – Moment, ich bin wirklich vergesslich, aber ich muss es fragen: Wo waren Sie am Abend des Mordes, Herr Doktor Sahm?«

»Viele Fragen, Herr Fett. Viele Fragen. Am Freitag, dem 1. August, da war ich, ja genau, mit mehreren Vorstandsmitgliedern im Restaurant ›Hinter den Spiegeln‹ in Hergarten. Nichts wie weg von dem Lärm der Annakirmes. Ich bin so um Mitternacht zurückgekehrt. Reicht das? Die Namen der Mitglieder können Sie haben.«

»Danke, Herr Doktor Sahm. Wir überprüfen es. Auf Wiedersehen.«

Fett ging nachdenklich zu seinem Alfa Romeo. 1943 fand Goldbach also Unterschlupf in Rütters Hütte, dicht neben Liesel Bachs Haus. Liesel Bach und Rütters wussten natürlich von Goldbachs jüdischen Vorfahren, der Bedrohung durch die Deportation und sie setzten sich damit einer großen Gefahr aus. Sie retteten ihm das Leben. In Einruhr. Liesel Bach gehörte das große Haus, Rütters die Hütte, die dann 46 Goldbach überlassen wurde. Van Bellen bekam die Order, die Goldbach-Hütte nicht anzurühren. Und später, nach Goldbachs Tod, ging sie wieder an Rütters. Merkwürdig.

Zurück im Büro bekam Schmelzer einen neuen Auftrag.

»Schmelzer, schauen Sie mal genau hin. Bach und Rütters retten Goldbach das Leben. Er darf sich von 1943 bis 1945 in der Jagdhütte verstecken. Fragen Sie Doktor Sahm, das offizielle Stadtarchiv oder wenn auch immer. Mir fehlen noch einige Puzzleteile.«

»Sie glauben, dass das mit dem Mord zusammenhängt, so eine alte Geschichte?«

»Alte Geschichte sind oft die besten, Schmelzer.«

EIFELSPUREN

In der Nacht dieses milden Septemberabends schraubte jemand am rechten Hinterrad eines alten Volvo-Kombis. Der Wagen parkte in Woffelsbach auf einer abschüssigen Straße, die hinunter zum See führt. Die Anti-Atomkraft- und Anti-Pumpspeicherkraftwerk-Aufkleber auf der Heckscheibe wiesen den Wagen als den des grünen Lokalpolitikers Rudolf Schwalbach, genannt der grüne Rudi, aus, Grundschullehrer in Heimbach, Gründungsmitglied des Grünen-Ortsverbandes ebenda. Ein wenig Caramba-Spray und schon drehten sich die Schrauben, als ob sie bereits lange darauf gewartet hätten, endlich mal aus der Fassung herauszukommen.

Rudolf Schwalbach hatte die Bioteig-Pizza aus dem Backofen geholt, der Bio-Chablis stand kalt, selbst gebackenes Brot, ein grüner Salat aus dem Garten und Duftkerzen zierten den Tisch. Mit Mate-Tee, stets zur Hand, war er bestens präpariert. Immer, wenn er mit Petra Pütz, der Fraktionsvorsitzenden, ein Strategiegespräch bei sich daheim führte, kochte er vorher. Heute ging es wieder um das Vorgehen gegen Rur-Energie. David gegen Goliath. Pumpspeicher hin oder her. Ein Riesenprojekt, gigantisch. Beide, Rudi und Petra, waren zutiefst überzeugt, das würde das Ökogleichgewicht des Rursees bedrohen, sowohl während der Bauzeit als auch danach. Ganz zu schweigen von der Fischreiherpopulation am Obersee und den Krötenwanderungen entlang der Landstraßen.

Rudolf Schwalbach besaß dort Wiesen, die Rur-Energie dringend benötigte. Er war von seiner durchschlagenden Kampfkraft als Held von Woffelsbach überzeugt. Schwalbach war so in seine Küchenarbeit vertieft, dass er das Klicken der zwei Schrauben vor dem Haus nicht hörte, die auf Teer plumpsten und danach in einem Gully das Weite suchten.

Er aß in seinem selbst gestrickten Pullover und mit Birkenstocksandalen ausgerüstet gemeinsam mit Petra Pütz das frugale Mahl. Der Bio-Wein schoss durch die grünen Kehlen, und sie waren sich sicher, dass sie, wie schon seit Jahren, auf der richtigen Seite des Lebens standen: selber denken, selber backen, selber stricken. Der grüne Rudi schenkte nach und die grüne Petra lächelte ihn an, Reminiszenz an die alten Zeiten der Anti-AKW-Bewegung, an den Kampf um die grüne Tonne in Heimbach. Nun waren sie an den Fleischtöpfen der Macht, besser an den veganen Quellen der bürgerlichen Eifelpotenz. Überall saß jemand im Gemeinderat und in Heimbach im Stadtrat, denn Heimbach hatte schon lange Stadtrechte. Als seine grüne Mitstreiterin gegen 23.00 Uhr mit leicht versetztem Schritt bei dem Gang zur Toilette gegen einen Pfosten der Tür stieß, da fing sie der grüne Rudi rasch auf. Die Pullover, selbst im Sommer sollte man einen zur Hand haben, denn es wird abends in Woffelsbach frisch, berührten sich und eine Wärme der gemeinsamen politischen Heimat umfing beide, die schon seit Jahren als Öko-Singles in der Nordeifel lebten und ebendiese bewahrten. Vor allem achtsam bewahrten, achtsam war das Zauberwort. Doch im Grunde genommen hieß es: keine Veränderung. Der grüne Rudi hauchte der grünen Petra ins Ohr, dass er sie doch dann besser fahren werde, vielleicht sei der Bio-Chablis etwas stärker, als man im Bioladen gewusst habe. Das gefiel der grünen Petra und ihr Schritt wurde schon sicherer. Zur Belohnung, kündigte sie an, gebe es einen Kaffee bei ihr daheim in Rurberg, natürlich Fairtrade, fair gehandelt, fair gekauft, dreimal so teuer wie die beste Bohne, und den, ja den werde sie für den grünen Rudi mit der Hand mahlen. Was sie alles mit ihren Händen könne, entfuhr es dem Rudi und er war über seine zweideutige Anmerkung so erschrocken, dass er vergaß, die Energiesparlampe auf der Toilette einzuschalten, weshalb die grüne Petra fast neben dem Teakholz-WC-Sitz Platz nahm. Fast. Mit Goethes Ruf nach mehr Licht konnte sie Abhilfe schaffen, während Rudi nach den Schlüsseln des Volvos kramte, die irgendwo in einer Schale neben Latschenkieferbonbons und Einladungen zum Grünen Herbst- und Winterfest, jeweils mit Aufruf zu Spenden für eine Hirtengemeinde im tibetanischen Hochland, liegen mussten. Er fand den Schlüssel, sie den Abzug, und das gesammelte Regenwasser, auch so eine Art Pumpspeicherlösung, schoss vom Dach des umgebauten Altbaus durch die Leitungen, um dann in Schussfahrt Richtung Kläranlage zu rauschen.

Schussfahrt sollte das Thema des Abends werden, doch noch war die Stimmung heiter, grün-heiter sozusagen. Die Aussicht auf den Öko-Kaffee hatte Rudi und Petra regelrecht angeregt. Rudi schloss sein Haus ab und öffnete die Beifahrertür seines dunkelgrünen, solche farblichen Zufälle kommen vor, Volvos 240 Kombi. Satt fiel die Tür ins Schloss, und Rudi, sich entschuldigend, dass er diesen alten Diesel immer noch fahre, aber er hasse eben die Wegwerfkultur, drehte den Zündschlüssel und der Schweden-Diesel schnurrte los wie eine Singer-Vollzickzack-Nähmaschine.

Es ging den Kirschberg hinunter, und weil die Wendelinusstraße gesperrt war, Bauer Bützkoven bekam auch Anschluss an die Kanalisation, steuerte Rudi in Richtung Randweg schnurstracks auf das Seeufer zu. Da passierte es.

Hinten rechts tat es einen Schlag, und während Rudi und Petra sich erstaunt anschauten, wurde der dunkelgrüne Volvo 240 nach rechts gedreht und schoss auf die Dauercamping-Anlage »Seeblick« zu. Rudi konnte nur noch ein »Oh weia!« ausstoßen, rutschte mit den Sandalen vom Bremspedal, als auch schon der mit einem Miniatur-Jägerzaun umfriedete Vorgarten der Familie Schmitz aus Köln-Chorweiler in Sicht kam. Die Schilder: »Zutritt für Unbefugte verboten!« und auch der Hinweis »Hier wacht Rex!« wurden von dem massiven Volvo umgenietet. Familie Schmitz, immer am Wochenende zu Gast in dem mittlerweile festbetonierten Knaus Passat Wohnwagen, war glücklicherweise nicht zugegen, als der Miniatur-Jägerzaun zerlegt wurde und ebenso die dahinter aufgereihte Sammlung, vermutlich antik, von Gartenzwergen in allen möglichen Formen, Farben und Positionen. Das Zwergenmassaker des grünen Rudi nahm gigantische Ausmaße an. Die Katastrophe war damit aber noch nicht zum Ende gekommen. Rudi und Petra, von den Gurten gut gehalten, deformierten einen Edelstahlgrill mit Grillbesteck, ebenso eine angeflanschte Abstellkammer für vorzugsweise leere Früh-Kölsch Kästen, die sich nun auf den abschüssigen Weg in Richtung Wohnwagen der Familie Hühnerbein aus Wanne-Eickel machten. Auch sie nur am Wochenende und mit Grillgut auf dem

Platz. Der ganze Kladderadatsch rutschte fast im Zeitlupentempo den Hang des »Seeblicks« hinunter. Eine Kettenreaktion kosmischen Ausmaßes, so der grüne Rudi noch Jahre später, nahm ihren Lauf. Ein Mordsspektakel. Mit einem furiosen Schlussakkord bohrte sich der Volvo in den Knaus Passat, in dem selbst die Häkeldeckchen der alten Frau Schmitz nicht unversehrt blieben. Der Wohnwagen wurde aus der Verankerung gerissen, später betonte der grüne Rudi stets »wie die Fundamente in Tschernobyl«, kippte circa einen Meter in die Höhe und blieb auf der Motorhaube des Volvos, dessen Schwedenstahl hier seine Qualität unter Beweis stellte, liegen. Dann rutschte der Wohnwagen in die Umrandung der Familie Hühnerbein, schob deren Domizil an, und es folgte die besagte Kettenreaktion. Es rumpelte kräftig. Die über Jahre aufgebaute Sammlung seltener Kölschgläser von Willi Schmitz, bei so manchen Brauereibesuchen liebevoll ausgeliehen oder erstanden, machte einen Satz in Richtung Seeufer, der unweigerlich zu einem splitternden Tusch dieser Schussfahrt führte. Kurzum, nichts war mehr ganz. Häkeldeckchen der alten Frau Schmitz und Scherben der jungen Kölschgläsersammlung vermischt mit den eisernen Reserven von Hering in Tomatensoße, Bockwürsten Marke »Dörffler Stramme Jungs«, Pumpernickel aus dem Bergischen Land und diverse Flaschen Niederhäuser, Asbach und Kirschwasser für die alte Frau Schmitz – das alles wurde durch die Qualität des schwedischen Metalls verrührt.

Am meisten schmerzte den grünen Rudi der verlorene Kaffeeabend bei der grünen Petra, doch das fiel ihm erst später ein, nachdem beide, zum Glück unverletzt, in Simmerath von der Polizei befragt wurden. Die Anmutung des Bio-Chablis war nicht zu leugnen, und so kam nicht nur ein Fahrverbot auf den Rudi zu, sondern auch die Verabschiedung seiner Versicherung von der Schadensregulierung wegen Fahrens unter Alkohol.

Doch alles wurde komplizierter und zugleich einfacher, als Hauptwachtmeister Heuwer aus Simmerath beim Fotografieren des Unfallvolvos die Probleme mit dem rechten Hinterrad erkannte und dokumentierte: ein Anschlag auf den grünen Rudi! Damit war sein Listenplatz für die nächste Landtagswahl sicher. Die Schlagzeilen der kommenden Tage, Lokalteil Seite eins, machten klar, hier wurde ein Kämpfer für den Umweltschutz, manche sprachen vom »Robin Hood aus Woffelsbach«, attackiert. Rudi, das Opfer. Und Rudi konnte mit einem Zettel aus seinem Briefkasten punkten, den er vor Tagen gefunden, aber nicht ernst genommen hatte. Dort stand in einem sehr gemischten Eifeldeutsch zu lesen: »Grüne Sau vakauf die Wise für Wasserspeischer oder et knalt.« Handschrift und Rechtschreibung deuteten auf Unterricht in einer der umliegenden Grundschulen. Mehr fanden die Ermittler über den Verfasser nicht heraus. Jetzt hatte es geknallt. Und da Familie Schmitz gerade auf Fuerteventura war, bekam sie diesen Knall erst einige Tage später mit. Passend zum Dauerregen auf der spanischen Erholungsinsel. Die Summe der vernichteten Flaschen und der Kölschgläsersammlung allein hätte ausgereicht, um die Standgebühren am »Seeblick« über Jahre zu finanzieren. Womit sich die Frage stellte, ob dies nur der Tarnname für einen Alkoholikertreffpunkt war: »Seeblick«.

VON AUSSTELLUNGEN UND KRAFTWERKEN

»Man droht mir«, sagte Marie Utzerath am Telefon, eine Woche nach den denkwürdigen Ereignissen rund um die Campinganlage »Seeblick« in Woffelsbach. Fett sinnierte gerade über Tortellini alla panna oder Currywurst mit Pommes, als die Zentrale Frau Utzerath durchstellte. So kurz vor der Mittagspause an einem Montag stellte sich ein Trägheitsmoment ein. Schlechter Schlaf, grauer Himmel, die Luft atmete den Herbst, Abschiedsgefühle vom Sommer stiegen immer um diese Jahreszeit in Fett auf. Und der Abschied von Iska Sonntag am Abend steckte ihm noch in den Knochen. Abschiede konnte er noch nie. Er war in Bonn in den ICE nach Brüssel über Aachen gestiegen. Iska Sonntag hatte ihn im Taxi bis zum Bahnhof gebracht. Das Abendessen in der Bundeskunsthalle war harmonisch verlaufen. Die Umarmung im Taxi wollte nicht so recht gelingen. Wir packen nur bei Verbrechern zu, dachte er. Er hätte sie so gerne nah an sich herangezogen. Der Dumpfbeutel von Taxifahrer quatschte sie tot. Frustriert sah er dem Wagen nach. Der Crémant hatte seine Wirkung nicht verfehlt. Fett blickte aus dem Fenster des Großraumwagens. Die Welt war an ihm vorbeigezogen, betrunkene Fußballfans auch. Die Bilder der Ausstellung »Frauen verändern die Welt« hatte er vor Augen. Iska Sonntags

Lächeln überlagerte sie. Immer nur Tote. Aber wir sind ja die Guten, sagte er sich.

»Guten Tag, Frau Utzerath. Wer droht Ihnen, wie können wir helfen?«, fragte er, mehr zur Currywurst tendierend.

»Ach, Herr Kommissar, das Erbe von Herrn Rütters. Er hat mir doch Grundstücke bei Woffelsbach vermacht, und nun soll ich die verkaufen. Wenn ich das nicht tue, dann wäre das schlecht für mich. Das sagte mir ein Mann am Telefon nur eine Woche, nachdem ich ein Schreiben von Rur-Energie bekommen habe. Es geht um ein Kraftwerk. Man brauche meine Grundstücke, um irgendwelche Rohre zu verlegen.«

»Wann ist der Anruf erfolgt? Kannten Sie die Stimme? Haben Sie einen Verdacht?« Fett dachte an eine eiskalte Cola light.

»Gestern Abend. Nein, Herr Kommissar. Ich habe die Stimme nicht erkannt. Er sagte nur, er sei ein Bürger, der bei der Energiewende helfen wolle. Und nur meine Grundstücke würden fehlen. Wenn ich nicht mitmache, könne es Probleme geben, ich solle an das Schicksal von Alexander Rütters denken. Danach legte er auf. Das war gestern so gegen 22.00 Uhr.«

»Frau Utzerath, wir kommen raus zu Ihnen. Wir besprechen das und beschützen Sie, einverstanden?«

»Bekomme ich Personenschutz von Ihnen, Herr Fett?«

»Na, nicht direkt. Warten Sie ab. Kollege Schmelzer und ich sind gegen 15.00 Uhr bei Ihnen. Danke, Frau Utzerath. Zögern Sie bitte nie, wenn Sie uns etwas zu sagen haben«, meinte Fett zum Abschluss.

»Sie sind zu gut, Herr Kommissar«, sagte Marie Utzerath mit sanfter Stimme. »Also, bis um 15.00 Uhr, Herr Fett. Filterkaffee wird Sie auch erwarten.«

»Danke. Wir freuen uns, auf Wiederhören, Frau Utzerath«, säuselte Fett in den Hörer.

»Kantine!«, rief er zu Schmelzer, der auf einer Internetseite abgetaucht war. Um 13.30 Uhr war Fallbesprechung, dann ab nach Düren. Zum Filterkaffee.

»Lieber Schmelzer, Sie haben mir vom Erbe der Marie Utzerath erzählt. Nichts von Grundstücken bei Woffelsbach.«

»Woffelsbach, Grundstücke.« Mayonnaise tropfte von den Fritten, klatschte in die Currysoße, die mit einzelnen Punkten das Muster von Schmelzers kariertem Hemd auflockerte.

»Woffelsbach? Ich dachte, es geht um Geld«, sagte er, die Tropfen auf dem Hemd verreibend.

Fett war der Appetit vergangen. Musste er alles alleine machen?

»Die Grundstücke sind möglicherweise zehnmal mehr wert als die Kohle. Oder haben Sie das Grundstück für Ihr Einfamilienhaus geschenkt bekommen von der Sparkasse Aachen?«

»Wäre toll gewesen«, mümmelte Schmelzer und verdrehte die Augen. Montags hatte Fett immer schlechte Laune. Wenn es nun mal nicht klappte mit der Flamme in Bonn, konnte er doch nichts dafür, dachte Schmelzer. Der Alte wurde immer nerviger. Noch nicht mal eine verdammte Currywurst konnte man in Ruhe essen. Und das Hemd war auch versaut. Schmelzer schob den Teller beiseite, nahm den Chemiepudding und schob Löffel um Löffel stoisch in sich hinein. Vielleicht bin ich morgen mal krank, dachte er. Soll er doch seinen

Scheiß alleine lösen und sich die Alten in Düren gegenseitig abmurksen.

»Mahlzeit, Kollegen!« Noppeney vom K11.2 bugsierte auch eine Currywurst an den Tisch. »Noch frei bei den Herren Kollegen vom K11.1?«, dröhnte er. »Es geht sich um einen akuten Platznotfall.« Sein Humor war schon immer blöd, dachte Schmelzer, stand auf und sagte: »Herr Fett freut sich auf die Kollegen vom K 2. Gerade montags. Mahlzeit und Tschüssikowski. Muss die Diensthunde füttern.«

GENAU

»Ho, ho. Gute Stimmung hier. Zu viel ›Frolic‹ gegessen? Fast so gut wie dieses ›Chappy‹ hier, darf ich«, und schon saß Noppeney auf Schmelzers Platz. Fetts Blick verdunkelte sich. Er zählte bis drei. Dann kam die Selbsthypnose und Satz eins für Führungskräfte: Ruhe bewahren. Meta-Ebene einnehmen. Jedenfalls machten die Kollegen in Kostroma das so, 400 km hinter Moskau, eine Partnerstadt von Aachen. Danach wurde der Zahnputzbecher mit Wodka gereicht. Fett trank sein Glas Cola light aus.

»Genau«, sagte Noppeney. Er war der Genau-Beauftragte im Polizeipräsidium. Genau-Noppeney wurde er genannt, denn im Grunde begannen all seine Äußerungen mit eben diesem Füllwort. Oder er baute es in seine Sätze, in der Regel sinnfrei, ein. »Sag mal, diese Eifel-Kiste«, hob er mit einer Mischung von Wurst und Pommes auf der Gabel an. Er duzte Fett, beide hatten gemeinsam in Aachen begonnen, gleichaltrig, nur eben einen anderen Blick auf die Welt gefunden.

»Genau, kommt ihr da nicht weiter? Dieser Tote auf der Annakirmes, hatte der nicht eine Hütte in der Nähe, wo die SEK-Einheiten trainiert haben. Oder?«

»Genau«, sagte Fett mit Betonung. »Du kannst den Fall übernehmen. Bist drin. Wie immer. Noppeney – der Vollstrecker. Also. Noch mehr kryptische Fragen oder gibt es auch einen Beitrag zur Aufklärung? Licht. Klarheit. Kennst du ja, du alter Chefaufklärer. SEK-Training, sagt mir nichts.«

»Hm, lecker. Currywurst, Pommes, Mayo. Genau. Immer gut, da steck ich mal ein Lob in den Meckerkasten«, lenkte Noppeney ab. »Wollseifen. So eine komische Siedlung. Lag im Sperrgebiet. Genau. Die Bewohner wurden rausgeworfen und die Belgier machten daraus ein Häuserkampf-Trainingslager. Die bauten Häuser nach. Genau. Auch unsere SEK-Einheiten haben da Geiselbefreiung und so trainiert. Und ich bin da oben an einer Energiekiste dran, genau, Strom aus Wasser und so. Da gab es auf einen Umweltheini aus Woffelsbach einen, sagen wir mal, Anschlag. Der dröhnte von Mordversuch. Immerhin gelöste Radmuttern an seinem Auto, der wäre beinahe in den See gerauscht, wenn er nicht eine Kolonie von Dauercampern zerlegt hätte. Ich dachte, die fahren alle Fahrrad. Aber, genau, da oben in den Bergen braucht man auch mal einen Allrad oder Schwedenpanzer.«

»Geht es etwas genauer, bevor mein Pudding warm wird?« Fett wurde ungehalten.

»Genau. Also. Ich wollte dir nur sagen. Da oben steckt viel Knete in den Bergen. Nicht nur Segelboot und mit Bello wandern. Die kommunalen Energieversorger wollen einen See bauen, oben, nicht unten, da ist ja einer. In den See wird mit überflüssiger Energie Wasser hochgepumpt. Wird Strom gebraucht, rauscht das Wasser durch Rohre nach unten und treibt Turbinen an. Mindestens 300 Millionen-Euro-Objekt. Vielleicht war dein Toter dem Wasser im Weg. Genau. Also, nichts für ungut. Du hast noch ein Rendezvous mit deinem Pudding. Genau. Mein grüner Aktivist kann dir das alles ganz genau erklären. Er ist übrigens einigen Bauern und so im Weg. Die können sich goldene Kühe leisten, wenn die Stromriesen ihre Felder kaufen. Machen sie aber erst, wenn alle zustimmen. Und der Grüne hat da einen Schrebergarten für Schwarzwurzeln und Salat und so. Ich glaube, als wir im Grundbuch alles checkten, tauchte auch der Name von deinem Toten auf. Genau. So. Genug gesendet. Mahlzeit. Ach, noch eins. Da hat so eine Tante von dem Rütters was geerbt. Hab sie nicht erreicht. Wohnt in Düren. Genau. Auf Band hab ich ihr was gesprochen. Utzenich oder so.«

KAFFEE UND GESCHICHTE

Kurz vor 15.00 Uhr klingelte Fett bei Marie Utzerath. Schon wieder hier, dachte er einerseits, andererseits freute er sich auf das Wiedersehen mit dieser eigenwilligen Frau. Er musste nochmals klingeln, dann hörte er ihre Stimme aus der Türsprechanlage. »Fett und Schmelzer, Frau Utzerath, dürfen wir reinkommen?«

»Sie doch immer gerne«, kam es zurück und die Tür summte auf.

In engen Jeans und weißer Bluse, darüber ein Sakko, kam ihnen Marie Utzerath entgegen. Ihre kurzen blondgrauen Haare schimmerten in der Sonne, und die dünne goldene Kette um den Hals verlieh ihr die Anmutung von Sommerfrische, Cote d'Azur, Meeresrauschen. Fett verbat sich weitere Assoziationen, schließlich war sie bedroht worden.

»Liebe Frau Utzerath, was ist da los?«, ging Fett sofort an die Sache ran.

»Ach, dieses Erbe von Alexander Rütters ist schon eher eine Last, wenn Sie verstehen, was ich meine«, sagte Marie Utzerath mit einem ernsten Gesicht, »Kaffee, die Herren?«

»Gerne, Frau Utzerath, Ihr Kaffee ist hervorragend.« Fett kam nicht aus der Charmeschleife heraus. Irgendwie regte ihn diese Frau an, immer wieder Komplimente zu produzieren. Er wunderte sich über sich selbst, nahm dann einen Schluck und sah gespannt in die blauen Augen der Gastgeberin.

»Zunächst die Bekanntgabe des Testaments, die scheelen Blicke der Verwandten, dann das Finanzamt, Grundbucheintragungen, Gebühren, und plötzlich der Brief von Rur-Energie wegen diesem Pumpwerk. Sieben Seiten mit Angeboten und rechtlichen Hinweisen. Und dann am Abend der Anruf, wie aus heiterem Himmel droht mir da ein Mann. Am vergangenen Montag bekam ich den Brief, dann am Sonntagabend der Anruf. Deshalb habe ich Sie direkt angerufen. Was soll das alles? Um was geht es? Können Sie mir helfen bitte? Auch ein Kollege von Ihnen hat mir auf den Anrufbeantworter gesprochen.«

Fett hätte sie jetzt gerne mal in den Arm genommen. Allein. Der Mord, der Anruf, die Verwandten, ihr Leben. Alles schoss ihm durch den Kopf. Er musste sortieren. Da waren noch einige Punkte offen. Und trotzdem, seine menschliche Regung, oder war es nicht auch eine männliche Regung, er kam kaum dagegen an. Schmelzer arbeitete sich an den Keksen ab und hätte wohl bei einer herzlichen Umarmung der Utzerath verdutzt geschaut. Fett gefiel ihr sehr leichtes Parfum. Das registrierte er noch, bevor er diese sekundenschnellen Impressionen verdrängte.

»Frau Utzerath, wir nehmen das sehr ernst. Glauben Sie mir. Es geht um ein millionenteures Projekt, und einige Grundbesitzer werden sehr reich, wenn alles veräußert werden kann. Allerdings kann nur verkauft werden, wenn alle verkaufen, sonst bringt es Rur-Energie nichts, weil sie ihre Rohre nicht durchgehend verlegen kann. Und nun gehören Ihnen wichtige Wiesen. Das ist der Hintergrund. Eine Drohung ist natürlich ein Straftatbestand. Wir können für Ihr Telefon eine Fangschaltung beantragen. Wir schauen uns an, wem sonst noch

Grundstücke gehören. Da arbeiten wir mit mehreren Teams dran.«

Er dachte an Genau-Noppeney, also Team, das war etwas beschönigend, aber der arbeitete schließlich an dem Fall des grünen Umweltschützers. Marie Utzerath lächelte nun wieder ein wenig.

»Kaffee, noch eine Tasse?«

Endlich mal jemand, der nicht Tässchen sagte, dachte Fett und nickte ihr sehr herzlich zu.

Schmelzer hatte zwischenzeitlich fast alle Kekse gefuttert. Heute wirkte er unbeteiligt, doch Fett wusste, dass Schmelzer Details erwähnen würde, die er, Fett, übersehen hatte. Deshalb ließ er ihn in Ruhe mümmeln.

Fett nahm einen Schluck, schaute auf verschiedene Tennisurkunden, die über dem Sekretär hingen, und fragte Marie Utzerath nach dem Tennisverein.

»Rot-Weiß, die Plätze sind unten an der Rur. Im Sommer spielen wir draußen und im Winter haben wir eine Halle.«

»Wann haben Sie denn begonnen? Ich meine, das war ja alles eine schwierige Zeit für Sie, damals.«

»Meine Pflegeeltern haben mir Tennis ermöglicht. Mein Adoptivvater war ein Nazi, da gibt es nichts zu beschönigen, aber die Freude am Tennis hat er mir vermittelt. Natürlich mit den Idealen des BDM, des Bundes Deutscher Mädchen.« Sie seufzte. »Nach dem Krieg ging es dann zivilisierter weiter.«

Ob sie ihre Bemerkung auf Tennis bezog oder allgemein meinte, wurde nicht ganz klar.

»Seit wann wussten Sie, dass die Utzeraths Ihre Adoptiveltern sind?« Fett war nicht ganz wohl bei der Frage, aber Frau Utzerath antwortete, ohne zu zögern.

»Sie haben es mir Ende der 50er-Jahre erzählt, ich war wohl 18 Jahre alt, doch lassen wir bitte dieses Thema, es tut mir nicht gut.«

»Natürlich. Nur noch eine Frage. Haben Sie etwas über Ihre leibliche Mutter erfahren?«

»Nein, ich möchte es auch nicht. Und es hat nichts mit dem Fall zu tun«, sagte Marie Utzerath sehr kurz und vergrub sich in ihr Inneres. Das Lächeln verschwand, und Fett räusperte sich.

»Danke, Frau Utzerath, danke für den Kaffee. Den Brief von Rur-Energie nehmen wir mit. Wir prüfen, ob wir den Anruf zurückverfolgen können. Bitte informieren Sie uns direkt, wenn noch etwas vorfällt. Vielleicht wurde auch Herr Rütters bedroht. Schließlich gehörten ihm die Grundstücke. Hier könnte ein Motiv liegen. Herr Schmelzer und ich kehren nach Aachen zurück. Vielen und lieben Dank. Ach, Schmelzer, gehen Sie schon einmal vor.«

Schmelzer verschluckte sich beinahe am letzten Keks, verabschiedete sich und hinterließ beim Hinausgehen eine breite Krümelspur.

»Frau Utzerath«, Fett begann mit einer warmen Stimme, »Sie liegen uns sehr am Herzen, wenn ich das so sagen darf. Verzeihen Sie, wenn wir Sie immer wieder aufsuchen, aber Sie können uns sehr helfen. Frau Hoven hatte wohl nicht so engen Kontakt zu ihrem Vater. Von ihr erhalten wir kaum Informationen. Wenn es Sie nicht stört, so kommen wir wieder auf Sie zurück.«

Marie Utzerath schaute ihm direkt in die Augen. Ein klarer Blick, selten folgte ein Lidschlag. Ein eindrucksvolles Gesicht, sprechend, voller Leben und Geschichte.

»Danke, Herr Fett, ich weiß Ihre Worte sehr zu schätzen. Sie sind mir sehr sympathisch«, und rasch fügte sie hinzu, »Sie beide.«

»Auf bald, Frau Utzerath.« Fett stand auf und ging nachdenklich und ein wenig verlegen zur Tür. Marie Utzerath lächelte und schaute ihm nach. Fett sah es, als er sich vor dem Auto nochmals umdrehte.

»Eine merkwürdige Frau«, Schmelzer sprach vor sich hin, »ein merkwürdiges Leben. Sie wirkt sehr konzentriert, sehr wach, sehr klar und sehr selbstbewusst. Und sie hat Geheimnisse. Aber wer hat die nicht.« Seine Stimme wurde leiser. Schmelzer sackte ein wenig auf dem Beifahrersitz zusammen. Die Darlehen für das Haus, die fleischlose Kost, der Streit um Kleinigkeiten mit seiner Ehefrau, dann dieser vertrackte Mord und die komplizierten Ermittlungen. Kurz hinter der Ausfahrt in Richtung Aachen rollte er mit den Augen und fiel in einen kindlichen Kurzschlaf. Fett fuhr. Zum Glück für beide.

DOKTOR GISBERT SAHM

Tatsächlich meldete sich Doktor Sahm bei Fett. Er habe lange gebraucht, den richtigen Karton auszugraben. Akten aus dem Lager Arnoldsweiler, teils vermodert, vergilbt, verschimmelt. Eine einzige Karteikarte könnte einen Hinweis auf die Mutter von Marie Utzerath geben. Silvie van der Felde, Kommunistin, Jüdin, aus Lüttich, am 22.11.1941 bei der Geburt eines Mädchens verstorben. Kind zur Adoption freigegeben. Seit 30. Mai 1940 im Lager, verhaftet in Lüttich. Mehr habe er nicht finden können. Doktor Sahm informierte Fett am Telefon sehr sachlich mit einem persönlichen Hinweis oder vielmehr einer Bitte: Er erlaube sich eine Empfehlung, sagte er zu Fett. Diese Information würde er an Marie Utzerath eher nicht weitergeben. Er habe sie als sehr empfindlich in Erinnerung, damals, aus den Treffen beim Geschichtsverein.

Fett dankte, er könne es nicht zusichern, werde aber versuchen, sehr feinfühlig mit der Information umzugehen.

GEDÄCHTNISSPUREN

Fett spürte, wie er Stück für Stück einer alten Geschichte auf die Spur kam. Er erinnerte sich an seine eigene Kindheit. Der Zweite Weltkrieg, Bombenangriffe, Kinderlandverschickung, Stalingrad und Russen waren durch die Gespräche der Eltern und Verwandten tief in sein Gedächtnis eingegraben. Als ob so ein unterirdischer Fluss mit all diesen Namen durch die Städte und Dörfer der Region fließen würde. Sein Vater hatte manchmal Worte gebraucht, deren Herkunft er als Kind nicht kannte. »Dawai« und »Pomalo« und »Rucki werch« – so hörte es sich an. Fremde Wörter, und doch wusste Fett als Kind immer, was gemeint war. Mit »Dawai« trieb ihn sein Vater an. Mit »Pomalo« war »langsam« gemeint und bei »Rucki werch« hob der kleine Fett immer die Hände hoch. Er hatte als Jugendlicher Bücher über den Zweiten Weltkrieg verschlungen. Anfangs die heroischen Geschichten der Landser in Afrika und Russland, dann die Geschichten der Fliegerasse wie Hans-Joachim Marseille, genannt »Der Stern von Afrika«, und Sturzkampfflugzeug-Oberst Rudel. Eines Tages fand er in einer Bücherkiste im Kaufhof ein Buch, das er sich mit 15 Jahren von seinem Taschengeld kaufte. Eugen Kogon »Der SS-Staat«. Danach las er über den Zweiten Weltkrieg mit anderem Blick. Der Horror des NS-Systems war von Kogon zu Papier gebracht worden. Und nun musste er wieder abtauchen in diese Geschichten, die wohl nie vergehen.

DIE STADT VON SIMENON

Fett kannte durch den grenzüberschreitenden Austausch den Kollegen Raymond Didier bei der Kripo in Lüttich sehr gut. Sie hatten mehrfach bei Mordfällen mit Grenzüberschreitung kooperiert. Die Chemie stimmte. Fett sprach noch recht gut Französisch, der Leistungskurs hatte ihm Spaß bereitet. Didier war als Gymnasiast längere Zeit in einer deutschen Gastfamilie gewesen. Die Verständigung klappte. Die Kripo in Lüttich hat einen direkten Draht zum Rathaus und ist nicht dem Innenminister unterstellt. Vielleicht könnte ihm Didier helfen. Die Mutter von Marie Utzerath stammte schließlich aus Lüttich. Mal sehen.

Er wählte die Nummer von Raymond, der Ruf ging durch.

»Police Liège, direction judicaire, section homicides, commissaire Didier«, schallte es ihm entgegen.

»Bonjour Raymond, c'est moi, Michael, Aix-la-Chapelle, kannst du mich verstehen?«

»Ah, bonjour Michel, Kollege Derrick aus Allemagne, schön, deine Stimme zu hören. Wieder ein totes Pferd bei eurem, na, sag schon, Pferderennen? Wie geht es dir, was macht die Liebe?«

Fett schätzte Raymonds Humor. Sie hatten oft miteinander gelacht und irgendwie stand er ihm näher als manch alter Kollege aus dem Aachener Präsidium.

»Raymond, mein Lieber, ich kann keine Currywurst

mehr sehen. Wann lädst du mich zum Couscous bei ›Chez Rabah‹ ein?«

»Ah, très bien, ›Chez Rabah‹, immer. Naturellement. Was möchtest du denn alles besprechen bei Couscous Royale?«

»Du musst mir helfen, Raymond. Ich hab hier einen Mord, der eine Verbindung nach Lüttich hat. Eine sehr alte Verbindung. Reicht in die dunkle Zeit zurück, in die Zeit des Zweiten Weltkriegs. Schreib dir doch bitte den Namen Silvie van der Felde auf. Sie ist kurz nach der Besetzung von Lüttich verhaftet und zur Zwangsarbeit nach Düren überführt worden. Hier hat sie im Winter 1941 ein Kind zur Welt gebracht und ist nach der Geburt gestorben.«

»Silvie van der Felde, bon, da werde ich gucken. Und für dich morgen Abend Couscous. Keine Widerrede. 19.00 Uhr ›Chez Rabah‹. Nur wir beide. Männeressen. Bien?«

»Formidable. Freue mich sehr, Raymond. Grüße an deine schöne Kollegin Chantal Kalumba, en passant, sozusagen.«

»Ah, Chantal, oui, die freut sich bestimmt. Fragt manchmal nach dir. Oh, là là. On ne sait jamais. Man weiß ja nie, nicht wahr, Michel. Bis morgen.«

»A demain, Raymond.«

CHEZ RABAH

Fett mochte Lüttich. Eine Stadt mit sprödem Charme. 30, 40 Minuten Autofahrt und man war in einer anderen Welt. Fast Marseille. Stadt mit Fluss und vielen Bistros, mit Restaurants aus allen Erdteilen, mit anderen Geschäften, mit einem Hauch von Afrika und einer wechselvollen Geschichte. An der Maas entlang, französisch La Meuse, ging es vorbei an Kohlehalden und Gewerbegebieten in Richtung Stadtzentrum, Centre Ville. 2004 hatte die Tour de France hier begonnen. Damals war ein deutscher Teammanager tot in La Meuse, angekettet an fünf Rennräder, gefunden worden. Amtshilfe von Aachen war gefragt. Es ging um Doping, Spritzen und viel Geld.

Fett bog an der Kirche Sankt Pholien ab, suchte einen Parkplatz, hier spielte einer der ersten Maigret-Romane von Simenon, der um die Ecke, Rue Léopold, geboren wurde und in Lüttich aufwuchs. »Chez Rabah« lag schon seit Jahren auf Outremeuse, einem Stadtviertel, das von der Meuse umspült wird. Eine bunte Insel mitten in Lüttich. Es war Abend, Menschen saßen vor den Bistros, sie tranken ein Jupiler, Heineken oder einen Wein, Kaffee wurde immer gereicht. An den Ständen der afrikanischen Obsthändler scherzten die Käufer mit den Verkäufern, packten die Plastiktüten voll, jeder ging seinen Weg.

Bevor er den Weg zum Restaurant einschlug, ging Fett kurz ans Flussufer. Er setzte sich einen Moment auf eine Bank und sah einem Binnenschiff nach, das langsam flussaufwärts fuhr. Auf der anderen Seite des Flusses sah er das Rotlichtviertel und die ehemalige Hauptpost, zu der eine Fußgängerbrücke über den Fluss führt. Seine Gedanken wanderten von der Annakirmes über Sankt Irmgardis, Doktor Sahm und van Bellen zu Marie Utzerath. Nun saß er in Lüttich und würde gleich seinen Kollegen treffen. Ob das wirklich alles zusammenhängt? Fett stand auf und ging zum Restaurant. Er öffnete die Tür, und das Lächeln des algerischen Kellners empfing ihn.

»Ah, bonsoir, Monsieur«, schallte ihm entgegen.

Seit mehr als 20 Jahren kam er hierher. Manchmal nur einmal im Jahr. Doch l'Allemand war bekannt. Die Kellner, Söhne des Inhabers, waren noch Kinder, als Fett in den 80er-Jahren seine Couscous-Reisen begann. Damals, als junger Kommissaranwärter, der raus wollte aus dem Dunst von Bier und Sauerbraten, der seine Französischkenntnisse anwenden wollte. Kurzurlaub mit französischer Lebensart. Was Grenzen doch ausmachen. Wäre er 50 Kilometer westlich geboren worden, so wäre er nun vielleicht Kommissar in Lüttich.

»Michel!«, tönte es aus dem zweiten Raum, Ecktisch. Da saß Raymond und neben ihm zu Fetts Überraschung Chantal, die schwarzhaarige und dunkelhäutige Kollegin von Raymond, deren familiäre Wurzeln in den Kongo reichten. Fett lächelte.

»Mes amis, quel plaisir, bonsoir, Chantal, Raymond, warum hast du mir nicht gesagt, dass Chantal kommt. Ich hätte doch noch Blumen vom Markt für fünf Euro mitgebracht oder Printen aus Aachen, ihr kennt doch den Charme der Deutschen, sparsam und bodenständig«, säuselte Fett.

»Bonsoir, Michel. Schön, dich noch mal zu sehen, und danke für die Blumen«, sagte Chantal mit schwarz leuchtenden Augen in akzentfreiem Deutsch. Sie hatte eine lange Zeit in Eupen, in der Deutschsprachigen Gemeinschaft Belgiens eine Dienststelle geleitet.

»Du kommst so selten, Michel. Und wenn du kommst, dann immer nur aus dienstlichen Gründen. So pflegt man keine Freundschaft, mein Lieber. Dies als eine kleine Standpauke vorweg.« Sie lächelte ihr bezauberndes Lächeln und Fett wollte schon zu einer Erklärung ansetzen. Chantal fuhr fort: »Ich habe leider wenig Zeit, um 20.00 Uhr muss ich einen Kollegen ablösen. Raymond bat mich, etwas über Silvie van der Felde rauszufinden. Eine dunkle Geschichte. Hier ist ein kleines Dossier. Ich wollte es dir persönlich geben, Michel, und wenn du mal keine Aufgaben hast, kannst du auch mal so vorbeikommen. Also, mes amis, bonsoir.« Chantal in dunkelblauen Jeans, schwarzer Lederjacke und dunkelblauer Bluse stand auf und die Männer erhoben sich. Es folgten die Wangenküsse, die Fett bei Chantal sehr mochte, und er atmete ihr feines und zartes Parfüm ein.

»Du siehst wundervoll aus, Chantal, danke. Ich melde mich. Wenn du nicht wieder deine Wochenenden in Paris verbringst.«

»Dann komm doch einfach mit, Michel, oder hast du Angst vor Paris oder vor mir oder der Rache der deutschen Frolleins? Wir Frauen aus Afrika sind ja sehr gefährlich, tu sais, du weißt das. Schwarzer Kontinent, heißes Blut.«

Fett lachte, er lachte gerne über den Humor von Chantal. »Peur, ja, peur, Angst, Chantal, du wirst mich in Paris aussetzen und ich ende als Clochard unter dem

Pont Neuf. – Ich melde mich. Zeig mir Paris. Dein Paris. Merci. Au revoir.«

Chantal lächelte, verabschiedete sich von Raymond und verließ das Restaurant. Viele Kellner und Gäste schauten ihr nach, man könnte geneigt sein zu sagen: sehnsuchtsvoll und sehr interessiert.

SILVIE VAN DER FELDE

Raymond übernahm die Bestellung, das machte er immer, und bei einigen Oliven und etwas Brot fragte er Fett nach dem Hintergrund für die Recherche.

Fett konzentrierte sich auf den Mord, auf Marie Utzerath und Silvie van der Felde. Er komme da nicht weiter und suche Verbindungen, denn das Motiv für den Mord scheine irgendwo in der Vergangenheit zu liegen. Die Ausführung des Mordes war professionell, wie aus skandinavischen Kriminalromanen. Er entdecke zugleich immer mehr Spuren, die in die Geschichte der 40er-Jahre führten.

»Alors, Michel, es war auch hier nicht so ganz einfach, etwas rauszubekommen. Chantal hat, vraiment, den ganzen Charme eingesetzt. Wir sind schon ein wenig überrascht. Surprise. Es war auch etwas, nun ja, Druck, merkwürdige Rückrufe aus Brüssel und Anvers, also Antwerpen. Ich trage kurz die Fakten zusammen:

Silvie van der Felde, 1905 in Anvers geboren. Einzige Tochter eines wohlhabenden Diamantenhändlers. Jüdische Familie, nicht sehr religiös. Sie geht zur Schule und studiert danach Politik in Brüssel. Wir sind etwa im Jahr 1927. Da kommt sie in Kontakt mit der Kommunistischen Partei, die sie wohl mit dem Geld von Papa unterstützte. Der bekam Wind davon, worauf Vater und Tochter in Streit gerieten. Silvie verlässt die Familie, zieht nach dem Studium Anfang der 30er-Jahre nach Lüttich und engagiert sich bei den Kommunisten. Sie erteilt Unterricht in den Armenvierteln und bei der Gewerkschaft. Sehr früh warnt sie vor Hitler. Hält Reden, produziert Flugblätter und ignoriert die Nazi-Anhänger, die es damals schon in den Ostkantonen gab. Also, die Familie lebt im Streit. Aber Papa unterstützt sie mit Geld. Dann marschieren die Deutschen ein. Silvie steht auf einer Liste.«

Raymond räuspert sich.

»Wir hatten auch Kollaborateure. Das zur Liste. Sie wird sofort verhaftet. Die Familie weiß zunächst nicht, wohin man sie verschleppt hat. Dann, im Herbst 1941, eine kurze Mitteilung durch geflohene Häftlinge, sie sei in Düren in einem Lager. Ende 1941, Anfang 1942 bekommt die Familie einen Brief von der Gestapo. Silvie sei an Lungenentzündung gestorben in einem Lager bei Düren. Das ist alles. Die Eltern, Vater und Mutter, sind kurz vor dem Einmarsch der Deutschen mit dem letzten Schiff nach England übergesetzt. Den Brief der Deutschen hat ein Angestellter entgegengenommen, der für die Familie das Geschäft weitergeführt hat. Er übermittelte die Nachricht von Silvies Tod über Widerstandsgruppen an die Eltern in London. Nach dem Krieg kamen sie zurück. Der Vater engagierte sich in der Politik bei den Linken. Er war mal Staatssekretär, dann eine Zeit lang Verteidigungsminister. Die Mutter hat den Tod ihrer Tochter nie verwunden.«

Fett atmete tief durch. Verteidigungsminister – Major van Bellen. Sein Gehirn arbeitete. Das war eine Druckbetankung. Viele Informationen, viele Spuren, viele mögliche Motive.

Inzwischen standen Couscous Royal und Champignons Mechoui auf dem Tisch. Raymond hatte während des Berichts das Essen verteilt. Sie aßen schweigend.

Das Fleisch zerging auf der Zunge, Hirse und Couscous schmeckten so gut wie seit 30 Jahren und das Glas Sidi Brahim rundete die ersten Bissen wundervoll ab. Fett genoss hingebungsvoll und empfand den Grund ihres Treffens plötzlich als eher lästig, zumal er nicht genau wusste, wie er anfangen sollte.

Schließlich sagte er: »Silvie van der Felde bekam während ihrer Zeit in Düren ein Kind. Ein Mädchen. Bei der Geburt starb Silvie. Hat das jemand erwähnt?«

»Ouff.« Raymond schluckte. »Non. Niemand. Jetzt bin ich überrascht. Was wurde aus dem Kind? Wer ist der Vater?«

»Vom Vater wissen wir nichts. Ein kinderloses Nazi-Ehepaar hat das Mädchen adoptiert und es wuchs sehr behütet auf. Sie bekam eine gute Ausbildung und wurde, wie sagt man auf Französisch, Bonne, also nicht Kindermädchen, sondern Hauswirtschafterin. Zumeist bei reichen Deutschen. Sie ist jetzt 67 Jahre alt und hatte Kontakt zu meiner Leiche, also, du weißt schon, bevor … Und die Geschichte ihrer Mutter kenne ich nun von dir.«

Beide Männer kauten sinnierend vor sich hin, tranken etwas Mineralwasser Spa Rouge und ein weiteres Glas Sidi Brahim. Jeder für sich den Gedanken nachhängend. Zwei Kommissare waren perplex. Wieder oder noch immer reichten die Schatten der Nazi-Zeit bis in die Gegenwart.

»Silvie van der Felde muss sehr hübsch gewesen sein. Und stark. Wo hat sie denn schuften müssen, Michel? Hoffentlich nicht in Steinbrüchen oder Todesstollen.«

»Sie hat in der Papierfabrik des Ermordeten gearbeitet. Papier stapeln und so weiter. Das heißt, damals leitete der Vater unseres Opfers noch die Fabrik. Der war aber nicht linientreu genug. Er wurde von den Nazis abgesetzt. Sein Sohn, der ermordete Alexander Rütters, war ab Ende 1941 der Patron.«

»Wirst du der Tochter nun sagen, wer ihre Mutter war?« Raymond blickte Fett fragend an.

»Ich denke darüber nach. Alles nicht so einfach. Mit 67 zu erfahren, woher man kommt. Aber ich hätte noch eine Bitte. Stichwort Diamantenhändler – das geht mir nicht aus dem Kopf. Kannst du oder die charmante Chantal feststellen, ob das Diamantengeschäft van der Felde aus Antwerpen Geschäftsbeziehungen zum Juwelier Goldbach in Düren hatte? Würde mich sehr interessieren.«

»On verra. Ich sehe, was ich tun kann. Oder Chantal. Da gibt es noch Nachfahren, die sind, soweit ich weiß, sehr eng mit den Spitzen der Politik und dem Königshaus. Wenn da so ein Mordkommissar aus Lüttich anruft, puh, dann hab ich am nächsten Tag den Innenminister am Ohr. Das muss ich sehr delikat behandeln. Vielleicht hat Chambre de commerce, die Handelskammer in Antwerpen, noch Akten. Bon. Oder auch nicht.«

Der Kellner brachte ihnen eine Kanne Minztee, heiß wie der Teufel und süß wie Chantal, dachte Fett. Das Essen war vorzüglich und das Leben charmanter als auf seiner Seite der Grenze. Irgendwie anders als in Aachen, wo ganz schnell über den Preis des Essens und zuletzt über die Qualität diskutiert wurde. Es war 22.00 Uhr, die Kirchenuhr von Sankt Pholien schlug und langsam leerte sich das Lokal.

»Weißt du, Michel, wir liegen so nah beieinander und doch ist alles anders bei euch. Manchmal fremd und zugleich sehr schön.«

Fett erwiderte fast ein wenig teilnahmslos, was wohl der Verdauung des schweren Essens zuzurechnen war:

»Oui, oui.«

Er hing seinen Gedanken nach. Jetzt wäre er gerne mit Iska hier oder Chantal, um über das Leben, die Liebe, die Hoffnungen, die Träume zu sprechen. Sie würden ein Hotelzimmer nehmen in Lüttich und morgen ein französisches Frühstück. Ein anderes Leben. Vielleicht.

»Was hast du gerade gesagt, alles ist anders. Ja, Raymond, alles ist sehr verschieden, aber wir beide arbeiten an Elementen der Wahrheit, die dann andere zu beurteilen haben. Richter und Staatsanwälte. Wir tragen zusammen. Wir suchen die Täter, das Motiv, den Tathergang. Dann gibt es Beweisketten, Indizien und Geständnisse und so weiter. Du kennst das alles. Du bist so lange Polizist wie ich, und das Böse hört nie auf. Es kommt in immer neuen Formen und Schattierungen. Warum? Vielleicht ist der Mensch eine Fehlkonstruktion oder das System oder unsere Lebensform? Wir nehmen noch einen Peket und dann geht es nach Hause. Es tut mir immer wieder gut, bei euch zu sein. Glaub mir das. Schön, dass wir hier in dem Dreiländereck leben, zusammen und verschieden. Mir gefällt das. Und beim nächsten Mal bin ich dran. Merci für die Einladung. Du glaubst wohl, ich hätte nicht bemerkt, dass du schon alles bezahlt hast. Also. Merci, mon copain.«

Sie nahmen noch einen Lütticher Schnaps, Peket, und Fett überlegte kurz, ob er noch fahrtüchtig sei. Er fand schon. Drei Gläser Sidi Brahim, ein Peket, das würde schon klappen, denn mit Spa Rouge habe er ja sehr verdünnt und vor allem mit dem Pfefferminztee.

Raymond begleitete ihn zum roten Alfa Romeo, der in einer Seitengasse parkte.

»Ich rufe dich morgen an, Michel. Bestimmt. Chantal ist unheimlich effektiv. Wenn es etwas gibt, dann findet sie es. Und für dich arbeitet sie sehr gerne und schnell, très vite. Bestimmt. Bon voyage, mein Lieber.«

»Merci und bonne nuit, Raymond.« Sie umarmten sich herzlich. Schon komisch, dachte Fett, dass es mit den deutschen Kollegen so wenig klappt, so wenig warmherzig zugeht. Eigentlich schade.

Fett startete den Wagen, der diesmal zeigte, dass er zuverlässig anspringen konnte, und dann ging es Richtung Aix-la-Chapelle, wie Aachen nun einmal in Belgien und Frankreich heißt. Er fuhr sehr besonnen. Und nachdenklich.

DIE WEGE DER DIAMANTEN

»Touché, mein lieber Michel. Chantal hat für dich wieder alles getan. Du musst sie nach Paris begleiten, sonst bin ich dir sehr, sehr böse.« Raymond rief gleich am nächsten Tag an.

»Juwelier van der Felde unterhielt tatsächlich einen Geschäftskontakt nach Düren zum Juwelier Goldbach. Sogar noch 1940, nach dem Einmarsch der Deutschen in Belgien, da hat der Angestellte, der den Laden van der Felde übernahm, große Geschäfte mit Goldbach gemacht. Ich weiß nicht, warum Goldbach das noch konnte. Merkwürdig. Aber es ging eine Lieferung von Diamanten mit Kurier zu Goldbach. Im Oktober 1941. Wert damals umgerechnet rund drei Millionen Euro. Viel Geld. Nach unseren Recherchen wurde aber kein solcher Betrag überwiesen. Das ist sonderlich oder sonderbar. Egal. Jedenfalls, die Diamanten landeten bei Goldbach. Danach ging vieles drunter und drüber. Die Spur der Diamanten verliert sich. Auf Forderungen nach dem Krieg hat van der Felde verzichtet, als er erfuhr, dass Goldbachs Eltern im KZ Buchenwald ermordet wurden.«

»Drei Millionen in Diamanten.« Fett atmete durch. »Oktober 1941, da war von Blitzkrieg gegen Russland keine Rede mehr. Die deutschen Truppen steckten tief im Schlamm und die Moral in Deutschland ging in den Keller. In der Zeit also bekommt Goldbach, der Freund von Rütters, Diamanten im Wert von drei Millionen Euro.

Von dem eingesetzten Geschäftsführer seines Handelspartners van der Felde. Mitten im Krieg.«

»Michel, ich sag dir meine Theorie. Van der Felde hat Goldbach gebeten, etwas für Silvie zu tun. Dafür waren die Diamanten bestimmt. Irgendwie hat der Vater erfahren, dass man seine Tochter bei Düren als Zwangsarbeiterin beschäftigte. Goldbach war seine Bezugsperson in Düren.«

»Aber für Goldbach wurde die Luft auch immer dünner. Nur nicht für Alexander Rütters und Liesel Bach, zwei Freunde aus der Jugendzeit. Raymond, merci, merci. Auch an Chantal. Bitte gib ihr einen Wangenkuss von mir. Besser zwei. Ich fahre mit ihr gerne nach Paris. Auch das. Ihr habt mir sehr geholfen. Au revoir.«

Fett saß leicht verpeilt am Schreibtisch, als Schmelzer mit einem dröhnenden »Hallöchen« und einer Pizzaschnitte durch die Tür segelte.

»Schmelzer, es wird täglich komplizierter«, sagte er mehr zu sich als zu dem herzhaft Zubeißenden.

KARGE FELDER, LANGE WINTER

Rumms, die Tür wurde aufgerissen und mit überbordender Energie schoss Kollege Noppeney in die leicht getrübte Bürostimmung von Fett und Schmelzer. Von ihm erfuhren sie Neues aus der Eifel.

Kollege Genau-Noppeney hatte sich tief in die Materie des Pumpspeicherkraftwerks eingearbeitet. Zusammen mit dem Kommissariat für Wirtschaftskriminalität avancierte er zum Energie-Kommissar und dachte darüber nach, zu Hause eine Solaranlage auf das Dach zu stellen. Die Gespräche mit dem grünen Rudi, der einen großen Beitrag zur Renovierung des Campingplatzes »Seeblick« geleistet hatte, setzten ein achtsames Umdenken in Gang. Er aß nun weniger Currywurst. Etwas weniger. Ein wenig weniger, um genau zu sein.

In den Gesprächen mit den Landwirten, die noch auf die Vergoldung der Kühe hofften, stellte er eine nicht unbeträchtliche Lust auf Gewinn fest. Der karge Boden, die kalten Winter, die kurzen Sommer – das harte Leben wollten sie gerne hinter sich lassen mit einem schönen Sümmchen der Rur-Energie für ihre schrägen Wiesen am Hang bei Woffelsbach. Genau-Noppeney hatte in den kahlen Küchen bei Neonlicht gesessen, versonnen auf die Fliegenfängerleimrollen geschaut, sich an den Anblick der mit Eternitplatten verkleideten Häuser gewöhnt und die Volkskunst im Vorgarten, made in China, gelobt. Gerade die Zuerwerbsbauern, die nebenher für die Gemeinde im Winter den Schneedienst versahen und im Sommer die Krötenschutzplanen befestigten, sie hofften auf den Hauptgewinn. Rur-Energie schickte ihnen Berater im grauen Anzug in die Stube, die nicht müde wurden, auf die Behinderung durch zwei, drei Eigentümer hinzuweisen. Namen durften sie nicht nennen, hoppla, da war es passiert. Und schon tauchte der Name Marie Utzerath in einer kahlen Küche am Hang von Woffelsbach auf. Genau-Noppeney fand das gar nicht lustig. Er wurde richtig kalt und hart und erklärte mal eben das Strafgesetzbuch und wie es so ist in den Gefängnissen der Region. Das saß.

Weder der grüne Rudi noch Marie Utzerath wurden in der Folgezeit durch Anrufe oder Aktionen behelligt, geschweige denn um den Schlaf gebracht. Und als ein von Frau Utzerath bevollmächtigter Notar den Verkaufswillen signalisierte, natürlich nicht für ein paar Euro, da entspannte sich bei allen Beteiligten, wie durch stille Post mitgeteilt, die Situation.

Nur das Mordmotiv für Alexander Rütters blieb noch an manchem Fliegenkleber hängen. Der war wohl sehr stur gewesen, geradezu unnahbar, der Rütters, nicht der Fliegenfänger. Aber, so Genau-Noppeney zu Fett, einen Geisterbahn-Mörder habe er unter all den wettergegerbten Gesichtern der Nordeifel-Bauern nicht entdeckt. Auch nicht hinter den Gesichtern. Viel zu kompliziert. Und das mit Rurschatten passe ebenfalls nicht zu den Landwirten. Auch nicht die Ausführung mit der amerikanischen Armeewaffe. Also: Fehlanzeige am Hang – so der Kollege, der kurz nach Schmelzer mit seinen Ergüssen über Energie, Eifel, Bauern und Mörder im Büro aufgetaucht war. Er ermittle weiter in Sachen Anschlag auf Rudolf Schwalbach, dabei lerne er immer mehr über Nachhaltigkeit und so.

WER WEISS MEHR?

Schmelzer mümmelte die Pizzaecke, Genau-Noppeney rauschte mit einem dröhnenden »Tschüssikowski« ab, und Fett saß leicht übermüdet, er erklärte das dritte Glas Sidi Brahim für schuldig, auf seinem Stuhl und starrte auf das Dressur-Stadion des Aachen-Laurensberger-Rennvereins.

»Schmelzer, 1941, Oktober, Düren, Goldbach, Silvie van der Felde, Tochter des Lieferanten von Goldbach, beide unter Druck, der alte van der Felde schickt einen Kurier mit Diamanten im Wert von drei Millionen Euro. Wen muss Goldbach kontaktieren, um Silvie zu helfen, oder macht es jemand anders für Goldbach? Der Lagerkommandant oder der alte Rütters oder der Gauleiter oder der Gestapo-Chef von Düren? Wer muss geschmiert werden, um Silvie van der Felde, die schwanger ist, zu retten? Wer kann uns das sagen? Sie, Schmelzer. Sie suchen das raus. Ich muss noch mal ins Ausland. Major van Bellen, mal sehen, ob es bei ihm klingelt. Verteidigungsminister van der Felde. Und kein Wort zu Marie Utzerath.«

»Also, Herr Fett.« Schmelzer war gerade nicht auf der geistigen Höhe, die Pizza mit ihren circa 20 Zusatz- und Konservierungsstoffen versetzte ihn in einen komatösen Zustand. »Also, Herr Fett, ich seh den Faden nicht. Ich seh ihn nicht. Null. Wo ist der Zusammenhang mit dem Toten? Wo liegt der Faden zum Motiv? Wenn ich das«, er stieß kurz auf wie ein Baby nach einer Flasche Milch,

»sorry, wenn ich das nicht mehr sehe, ja, dann fahre ich auf Sicht, also ich seh nix.«

Fett legte die Spitzen seiner Finger zusammen, oh, oh, dachte Schmelzer.

»Lieber Kollege Schmelzer, drei Millionen, drei Menschen. Bach, Goldbach, Rütters: in einem Haus, dann in zwei Häusern nebeneinander. Manchmal. Goldbach wird beschützt, es droht das Konzentrationslager. Plötzlich kommen Diamanten im Wert von drei Millionen. Um eine Zwangsarbeiterin zu retten, die keiner der drei kennt. Die Frau stirbt. Die Tochter lebt. Die drei Millionen sind perdu für den Juwelier in Antwerpen. Goldbach überlebt. Bach überlebt. Rütters überlebt. Die Bach stirbt normal, davon gehe ich aus. Einen sehr unnatürlichen Tod stirbt Goldbach. Rütters wird mit 88 ermordet. Marie Utzerath kannte Goldbach und Rütters. Arbeitete sogar für beide. In dieser Reihenfolge. Rache? Habsucht? Gier? Genugtuung? Genug rote Fäden für die Fragen oder noch eine Pizzaecke?«

Schmelzer hob abwehrend die Hände.

»Doppelter Espresso, Chef, Sie kennen mich. Ich muss ne Richtung haben. Die hab ich jetzt. Espresso auch gleich. Danke. Ich halt mich ran.«

Fett fühlte sich alles andere als munter, doch so ein kleiner Ausflug nach Belgien konnte Wunder bewirken. Er wusste selbst nicht genau, wo er van Bellen packen konnte. Doch ihm war klar, dass der Major mehr wusste, als er in seiner überbordenden Jovialität beim ersten Besuch erzählt hatte.

VOTRE SANTÉ

Fett fuhr die Lütticher Straße entlang, passierte den ehemaligen Grenzübergang Bildchen, musste an der Bahnstrecke Aachen-Lüttich vor einer Schranke halten, aussteigen, den Rufknopf drücken, damit ihm ein Schrankenwärter, wo auch immer, vermutlich in Duisburg oder Brüssel, die Schranke öffnete. Er rumpelte über die Gleise in Richtung Wald, dort, wo Major van Bellen in seinem Anwesen die Schlachten des Kalten Kriegs, mit einem Cognacschwenker in der rechten Hand, dirigierte.

Fett hatte sein Kommen kurz per Telefon angekündigt und so stand der Major, diesmal mit Burberrysakko und Reithose, vor ihm, fast als ob es ein Freundestreffen sei.

»Monsieur le commissaire, quel surprise! Welche Freude, bringen Sie tension, wie sagt man, Spannung in mein Leben. Wieder ein neuer Toter in Vogelsang? Oder hat man die Mumie des Führers im Adlerhof gefunden? Rasch, kommen Sie, s'il vous plaît. Du café oder direkt ein Martell oder Hennessy? Das gehört zu solchen Geschichten, nicht wahr. Also, legen Sie ab, nehmen Sie Platz, ich platze vor Neugier wie eine Granate kurz vor dem Einschlag. Wumms! Da kenne ich mich aus.« Dröhnendes Lachen folgte.

»Major van Bellen, danke, ich bin im Dienst, nur kurz.«

»Kurz, kurz, kurz. Warum kommen Sie dann hierher, in das schöne La Calamine? Kurz, nein, nein. Berichten

Sie. Zum Rapport. Bitte. Außer etwas Golf, und heute ist ja Damengolf, ab und an ein Treffen mit den alten Kameraden, Sie wissen. Was hat man da schon. Opéra, Theater, mal eine Kreuzfahrt. Ach, der Ruhestand ist ennuyante. So ein Rätselkrimi, das ist was anderes. Autre chose. Brauchen Sie Assistenz? Ich war stets ein guter Schütze. Nicht nur an den großen Rohren.« Van Bellen lachte sein dröhnendes und leicht rachitisches Lachen.

Fett wurde den Verdacht nicht los, dass van Bellen bereits kräftig mit seinen Cognac-Batterien Schlachten geschlagen hatte. Der scharfe Pfefferminzhauch lenkte nicht von seinem trüben Blick und der roten Nase ab, die wie ein Leuchtturm über dem moustache strahlte.

»Major van Bellen, sagt Ihnen der Name van der Felde etwas?«

Rums, Einschlag.

»Van der Felde. Mais oui. Verteidigungsminister. Guter Mann.«

Das war eine kurze Antwort für van Bellens Redelust, registrierte Fett.

»Mehr nicht, Herr Major?«

»Pah, also, ich war nur so ein, wie sagt man, Statthalter oben in Sibirien, da in Vogelsang. Ich kannte ihn nicht.«

»Major van Bellen, es geht noch um die Goldbach-Hütte, um den Schutz von ganz oben. Sperrgebiet. Freie Durchfahrt.«

»Oui, oui, ja, Sie haben mich durcheinandergebracht. Mais oui. Ja, es war van der Felde, der hat damals, also Colonel Rouland, wie soll ich sagen. Van der Felde hat Rouland den Befehl erteilt, dass die Hütte bleiben darf. Ja, so war es. Van der Felde war in den 50er-Jahren Verteidigungsminister. Ich kam 1980 nach Vogelsang, wie sagt man, in der Blüte meiner Jahre. Hauptmann van Bellen. Da, sehen Sie, auf dem Kamin. Mit 40 Jahren. Und mit 63 schickten sie mich davon. Reform der Armee. Da war ich Kommandant. Dann kam ein Jüngerer, der es mit den Deutschen gut konnte. Wissen Sie, Fett, ich habe die Panzer durch Dreiborn geschickt. Danach war die Straße nur noch Matsch. Nachts, Leopard 1, da wackelten die Betten. Was schert mich da der Grund für eine Ordre aus den 50ern. Merde.«

»Denken Sie gut nach, Major. Es bleibt unter uns. Mehr oder weniger.«

»Warum, warum? So alte Geschichten eben. Ich weiß es nicht. Rien. Absolument rien. Colonel Rouland, der teilte es mit. Entre nous. So sagte er mir damals, als ich den Dienst in der Steinwüste antrat. Da oben. Die besten Jahre meines Lebens. Camp Vogelsang. Wollen Sie wissen, wie das Leben da war? Lesen Sie, Sie sind doch so belesen mit Ihrem Schlemihl. Lesen Sie ›Die Tartarenwüste. Il deserto de tartari‹. Kennen Sie nicht. Von Buzzati, Dino Buzzati. 1940. Abgeschiedene Festung an der Grenze. Nichts, nichts passiert. Das Leben zieht vorbei und Sie warten. Wir warteten. Wir warteten in diesem verdammten Vogelsang. Merde.«

»Van der Felde hatte also eine schützende Hand über der Goldbach-Hütte. Was wissen Sie noch, Major, kommen Sie. Die alten Zeiten sind vorbei. Ich muss einen Mord aufklären. Bevor ich Amtshilfe in Liège anfordere und Sie dort aussagen müssen, können wir das alles diskret hier erledigen.«

»Erledigen. Rien. Nichts. Alles erledigt. Das war es.« Als ob er schlagartig nüchtern wäre. Major van Bellen wechselte den Gesichtsausdruck, richtete sich auf, und Fett ahnte, dass er zu seinen Soldaten sehr hart sein konnte.

»Kommissar Fett, beenden wir unser kleines tête-à-tête. Lassen Sie die alten Zeiten ruhen. Zu viele Schatten. Es ist vorbei. Alles. Es gibt neue Aufgaben. Die Welt gerät in Unordnung. Die Bellens, Roulands und van der Feldes sind passé. Auch Ihr alter Toter. Graben Sie nicht alles um. Da oben in der Urft, in den Wäldern in diesem Scheiß-Vogelsang, da ist viel Blut im Boden und im Wasser. Wegen Ihrem Scheiß-Führer. Deshalb haben wir uns durch diese Wälder gequält und dieses Kaff Wollseifen Tag um Tag beschossen und Häuserkampf geübt. Wissen Sie, wie viele junge Belgier in diesem verdammten Vogelsang umgekommen sind? Weil der Panzer umkippte, weil eine Granate sie traf, weil sie sich betranken und Unfälle bauten. In Ihrem Scheiß-Vogelsang, wo die Elite des Führers trainierte. Ihre Elite. Dort ausgebildet und danach hat Ihre Elite im Osten gehaust. Die waren, wie sagt man, Gestapo, Gauleiter, kleine Götter irgendwo hinter Lemberg und Charkow. Die haben Millionen auf dem Gewissen. Alle schuldig, auch die Unschuldigen. Und nun kommen Sie und bohren in der histoire. Passé, passé. Sie entschuldigen mich.«

»Lebt Colonel Rouland noch?«

»Tot. Wie so viele. Leberkrebs. Ein guter Colonel.«

Fett kam dem Hinauswurf zuvor.

»Merci, Major. Sie haben mir außerordentlich geholfen. Au revoir.«

»Adieu«, sagte ein konsternierter Major van Bellen im Türrahmen.

Fett stieg in den Alfa, der diesmal nicht gleich anspringen wollte, erst beim vierten Versuch, kurz bevor van Bellen die Tür öffnen wollte, überlegte er es sich und Fett fuhr in Richtung Frittérie de la frontière. Der Peket hatte Spuren hinterlassen, und van Bellens cholerischer Anfall gab ihm zu denken.

Er brauchte etwas Herzhaftes, fettig, gesalzen. Fritten mit Soße américaine oder Mayonnaise, das schoss ihm durch den Kopf, der Gaumen wurde feucht, dazu eine eiskalte Coke, und der Tag würde einen besseren Verlauf nehmen.

SCHMELZER SUCHT

Mittlerweile war es Ende September, der Herbst näherte sich mit großen Schritten, die Farben waren noch kräftig, aber erste Blätter flatterten durch das Reitstadion neben dem Polizeipräsidium.

Schmelzer hing am Telefon. Er telefonierte mit vielen Ämtern und Behörden, dann mit der Stiftung »Gedenkstätte Buchenwald«, mit Finanzbehörden, Grundbuchämtern und zum Schluss rief er Gisbert Sahm an.

»Schmelzer, Mordkommission Aachen. Herr Doktor Sahm. Ich hätte noch ein paar Fragen. Wenn Sie vielleicht etwas Zeit für mich aufbringen könnten. Ich muss sowieso noch in das Stadtarchiv nach Düren. Ja, der Fall Rütters, nein, noch nicht gelöst, ja, es wird nicht lange dauern. Gerne. Sagen wir um 14.00 Uhr im Büro des Geschichtsvereins, Goethestraße, ja, ist bekannt. Danke. Auf Wiederhören.«

Ein merkwürdiger Vogel. Schmelzer trug seine Notizen zusammen, machte einige Ausdrucke und dachte an Linsensuppe mit Bockwurst. Seine Ehefrau, Lehrerin an der Grundschule Annastraße, mochte keine Suppen und kochte keine Suppen. Sie wurde immer vegetarischer. Ob es an den jungen und veganen Referendaren lag? Warum dann die Küche für 8.000 Euro? Schmelzer stöhnte. Gerade ist das Haus fertig, schon wieder neue Herausforderungen. Noch nicht mal eine Suppe, eine ganz normale Suppe mit Einlage möchte sie kochen.

Fleisch sei ungesund und Tierhaltung schade der Umwelt. Schmelzer ärgerte sich, er ärgerte sich sehr, denn er war mit Schinken und Bockwurst, Kotelett und Schnitzel, Kassler und Sauerbraten, Rinderrouladen und Frikadellen groß geworden. Die gefüllten Rouladen seiner Großmutter waren sensationell. Nicht zu vergessen die selbst gemachten Eintöpfe. Und damit gingen seine Gedanken wieder in Richtung Kantine. Nach der Suppe würde er kaum noch in der Lage sein, seine Notizen zu sortieren, Suppenkoma eben. So hellsichtig war er schon. Also, was haben wir, sagte er zu sich.

Die Eheleute Utzerath, beide 1958 bei einem Verkehrsunfall ums Leben gekommen. Er war ein lokaler Parteibonze. Das Paar hatte keine Kinder und adoptierte im November/Dezember 1941 das Baby von Silvie van der Felde. Sie nannten es Marie und legten schon im Januar 1942 ein Sparbuch an. Außerdem kauften sie ein Haus am Stadtrand von Düren, in der Nähe von Schloss Burgau. Utzerath war Büroleiter des Kreisleiters, kümmerte sich um den Heimatschutz, dann den Volkssturm und später um die Flucht des Kreisleiters. Er kaufte mehrere Grundstücke und wurde nach dem Krieg rasch als unbelastet eingestuft. Mit seiner Tätigkeit als Immobilienmakler verdiente er recht gut, finanzierte die Ausbildung von Marie und ermöglichte ihr viele Privatstunden im Tennisverein. Schwimmsport, Kunst und Musik nicht zu vergessen. Sie sollte wohl eine perfekte Hausdame werden oder aber all das nachholen, was die Utzeraths dank des Tausendjährigen Reiches verpasst hatten. Dann, 1958, auf der Fahrt von Nideggen nach Zerkall, versagten die Bremsen seines Wagens. Zusammen mit seiner Frau rast Utzerath in den Tod. Technisches Versagen, so der Unfallbericht.

Nächster Name: David Goldbach. Er erhält nach dem Krieg sein Geschäft zurück, arbeitet weiter als Juwelier und Goldschmied, hat aber geringere Umsätze und auf den Konten nur ein kleines Vermögen. Die Unterlagen der Sparkasse Düren und des Grundbuch- und Finanzamtes sind nicht sehr aussagekräftig. Er lebt alleine. Keine Familie. Ab 1966 arbeitet Marie Utzerath zehn Jahre lang bei ihm. Sie besorgt ihm das Haus, kocht. Begleitet ihn ab und zu in die Konzerte des Industrieklubs. Platonisch. Ja genau, das Wort hatte Schmelzer gesucht, Frau Utzerath hatte es doch einmal erwähnt vor einigen Wochen. Ein Jahr nach dem Tod des Sohnes Robert beginnt sie ihre Arbeit bei Goldbach, wohnt aber nicht bei ihm. 1976 ist Schluss. Sie nimmt eine andere Stelle an, bei der Familie eines Maschinenbaufabrikanten in Gürzenich. Dann ab 1985 bei Alexander Rütters. Dessen Ehefrau war 1983 an Krebs gestorben. Mit nur 43 Jahren. Die Tochter studierte, wohnte außerhalb und lebte ihr eigenes Leben.

Rütters hatte nach dem Krieg keine finanziellen Engpässe. Die Fabrik war kaum zerstört. Er baute den Betrieb rasch wieder auf. Papier wurde immer gebraucht. Er kaufte Grundstücke, auch in der Eifel, in Woffelsbach. Verpachtete sie an Bauern, manchmal wurde Bauland daraus, er verdiente gut.

Und Liesel Bach reiste um die Welt, kam zurück nach Deutschland, flog noch eine Zeit lang, dann zog sie nach Südfrankreich und spielte Tennis. Materielle Sorgen hatte sie wohl nie.

Schmelzer kam nicht richtig voran. Jetzt die Suppe. Besser wird es dann auch nicht, aber der Hunger ist weg. Er klappte den Aktendeckel zu und begab sich zur Kantine, ohne zu ahnen, dass die Linsensuppe schon aus war. Es gab nur noch Salat und vegetarische Quiche mit Tofu als Sättigungsbeilage.

ZU BESUCH BEI GISBERT SAHM

»Guten Tag, Herr Doktor Sahm. Schmelzer, Kripo Aachen. Herrn Fett haben Sie ja bereits getroffen.« Schmelzer war nach Düren gefahren in die Goethestraße.

»Ein belesener Mann, guten Tag Herr, Herr Wachtmeister oder Kommissar oder was sind Sie?« Doktor Sahm stand in der Tür, gab Schmelzer eine gefühllose Hand und ging in den Raum des Geschichtsvereins.

»Schmelzer, einfach Kommissar Schmelzer, Herr Doktor Saht.« Schmelzer folgte ihm und warf einen Blick in den Raum.

»Sahm. Doktor Sahm.«

»Ach ja. Sahm. Doktor Sahm. Mal sehen, nach so vielen Irrtümern, was da noch herauskommt. Gemütlich haben Sie es hier. Die Ikea-Regale, die Gummipflanze. Erinnert ein wenig an Wohngemeinschaften.«

»Möchten Sie mit mir über Inneneinrichtung diskutieren? Sie sind ja scheinbar ein Fachmann.«

»Nun, das sagt ja was aus über die Menschen, nicht wahr, Herr Doktor Sahm.«

»Das gerne ein anderes Mal, Herr Oberkommissar Schmelzer. Ich habe noch andere Sachen vor. Bitte nehmen Sie Platz.«

»Danke für die Beförderung. Kommissar genügt. Wie Maigret, Sie wissen, der aus Lüttich.« Schmelzer setzte sich auf einen der unbequemen Stühle, vermutlich aus einer Sperrmüllaktion.

»Oh, Sie wissen, dass er aus Lüttich stammt.«

»Ja, da staunen Sie. Kollege Fett war gerade dort. Wegen Rütters. Außerdem kooperieren wir von Zeit zu Zeit mit den Kollegen dort.«

»Der Fall nimmt ja grenzüberschreitende Dimensionen an. Sie machen mich neugierig.«

»Nun, wenn Sie es niemandem weitersagen, Herr Doktor Sahm, ja, so ist es.«

»Was?«

»Grenzüberschreitung.«

»Grenzüberschreitung?«

»Ja. Manche Menschen sind eben nicht die, für die man sie hält. Sie verstehen?«

»Nicht so ganz, Herr Schmelzer, etwas mehr Licht, wenn ich bitten darf.«

Sahm wurde langsam unruhig und rutschte in der abgewetzten Breitcordhose auf seinem Stuhl, vermutlich aus derselben Sperrmüllsammlung, hin und her. Dieser Schmelzer spielte ein Spiel und Sahm hatte noch nicht die Anleitung gefunden. Das nervte ihn. Schon immer. Schon immer nervte es ihn, wenn er etwas nicht verstand.

»Ich verrate Ihnen etwas«, begann Schmelzer und blickte über Sahm an die Decke, »Sie verraten mir etwas. Nennen wir es Austausch von Informationen. Einfach Austausch von Informationen. Einverstanden?«

»Kommt darauf an, Herr Schmelzer, so einfach ist das nicht.«

»Doch. Es ist einfach. Silvie van der Felde war Zwangsarbeiterin in Arnoldsweiler, nicht wahr?«

Doktor Sahm verlor ein wenig die Kontrolle über seine Gesichtszüge. Er räusperte sich.

»Silvie van, ich muss …«

»Nein, Sie müssen nicht. Sie wissen, von wem ich spreche. Ich habe all Ihre Artikel über Zwangsarbeiter in Düren gelesen. Und Sie haben es gegenüber dem Kollegen Fett erwähnt. Also.«

»Herr Schmelzer, Sie überraschen mich. Sie sind ja ein beschlagener Mann.«

»Doktor Sahm. Auch meine Zeit ist begrenzt. Also.«

»Ja, Silvie van der Felde, sie war auch in Arnoldsweiler. In dem Lager. Sie war 35, als sie 1940 ankam, und starb mit 36 Jahren im November 1941 bei der Geburt einer Tochter.«

»Weiter, Doktor Sahm, alles.«

»Nun, die Tochter wurde dem Ehepaar Utzerath zur Adoption übergeben. Ob die wussten, wer die Mutter war, lässt sich nicht nachvollziehen. Das Mädchen wurde unter dem Namen Marie ins Standesamtsregister aufgenommen. Die Mutter in einem Massengrab begraben.«

»Weiter.«

»Was weiter?«

»Wer hätte damals, kurz vor der Geburt, für eine bessere medizinische Betreuung der Mutter sorgen können, wer war Lagerleiter, wer war dort der behandelnde Arzt?«

»Herr Schmelzer, alles ist verbrannt. Bis vor wenigen Jahren wussten wir nichts mehr von dem Lager in Arnoldsweiler. Der Geschichtsverein hat es ausgegraben. Verstehen Sie?«

»Doktor Sahm, wenn jemand Silvie van der Felde hätte helfen wollen, wie hätte er es anstellen müssen? Sagen wir mit einer beträchtlichen Summe Geld. Wen hätte er ansprechen müssen?«

»Kommt darauf an, zu welchem Zeitpunkt.«

»Warum?«

»Weil im Oktober der Russlandfeldzug ins Stocken geriet. Die Moral der Bevölkerung sank. Die Hoffnung auf einen Blitzkrieg schwand. Russland ist groß. Also im Oktober 1941, dann im November, da bekamen einige, sagen wir mal, Albträume. Nicht alle waren so verblendet. In den Tageszeitungen häuften sich die Todesanzeigen: gefallen für Führer, Volk und Vaterland. Wer einigermaßen klar im Kopf war, der ahnte, dass es kein Blitzkrieg werden würde. Wer hätte Einfluss nehmen können? Wenn Sie mich so fragen, der Kreisleiter zum Beispiel. Der war der kleine NSDAP-Gott vor Ort. Der konnte den Lagerkommandanten anweisen.«

»Utzerath war doch dessen Büroleiter, nicht wahr.«

»Ja, Sie sagen es. Warum bin ich darauf nicht gekommen. Utzerath war der Büroleiter, alles lief über seinen Tisch.« Sahms Blick verlor sich plötzlich irgendwo zwischen den Regalen.

»Und Utzerath kaufte 1942 Grundstücke, 1943 Grundstücke und wurde nach dem Krieg Immobilienmakler. Erfolgreich. Und schnell als unbelastet eingestuft. Merkwürdig oder, Herr Doktor Sahm vom Geschichtsverein. Der plötzliche Reichtum bestimmter Leute im Krieg oder kurz danach, interessiert Sie das nicht? Suchen Sie doch mal. Sie sind der Historiker. Ich bin nur ein Oberwachtmeister. Und melden Sie sich, wenn Sie was gefunden haben. Das hilft dann allen. Allen, verstehen Sie mich.«

Sahm kam gar nicht mehr zurück aus seiner Gedankenverlorenheit. »Ja, der Kreisleiter. Utzerath. Sie haben recht. Wenn jemand hätte helfen können, dann der Kreisleiter zusammen mit Utzerath. Oder auch Utzerath alleine. Der adoptierte das Kind und machte plötzlich Geschäfte. Und dann war er so schnell unbelastet. Der Utzerath.«

Doktor Sahm sprach mehr zu sich als zu Schmelzer. Er war verschwunden aus der Gegenwart und abgetaucht in den Katakomben der Geschichte. Es arbeitete in ihm.

Schmelzer war zufrieden. Er verließ grußlos die Ikea-Regal-Bude. Er war zwar angesäuert von diesem arroganten und ungepflegten Zausel. Aber der soll mal etwas köcheln. Der weiß mehr und weiß nun, dass ich mehr weiß. Na viel Vergnügen, sagte er sich mit etwas Genugtuung nach diesem Reinfall in der Kantine. Tofu und Quiche. So ein Mist. Er schloss die Tür, ging hinab und war mit einigen Schritten an seinem Dienstwagen. Er blickte sich um, sah aber niemanden am Fenster. Doktor Sahm saß zusammengesunken auf seinem Stuhl. Doch das konnte Schmelzer nicht sehen.

STRAHLENDE AUSSICHTEN

Nachdem Schmelzer die Stadt an der Rur verlassen hatte und wieder an seinem Schreibtisch angekommen war, klingelte der Apparat von Fett im Aachener Polizeipräsidium.

»Fett, Mordkommission Aachen, mit wem spreche ich?«

»Das ist nicht wichtig, Herr Fett. Sie ermitteln im Fall Rütters, nicht wahr?« Eine männliche Stimme, circa 60 Jahre alt, kein rheinischer Akzent, hochdeutsche Aussprache.

»Ja, so ist es.«

»Herr Rütters war lange im Aufsichtsrat der Kernforschungsanlage Jülich. Er war sehr sorgfältig und hat vieles kritisch betrachtet. Ich habe ihn dafür bewundert. Er wollte etwas an die Öffentlichkeit bringen, was das Forschungszentrum nicht schätzte. Vielleicht schauen Sie da mal nach. Auf Wiederhören.«

»Hallo?«

Aufgelegt. Ein anonymer Anruf. Mehrere Wochen nach dem Mord. Hatte da jemand lange mit sich gerungen? Eine Ablenkung? Die Stimme kam dem Kommissar nicht bekannt vor. Wär ja auch ein Zufall gewesen. Anruf aus einer Telefonzelle vermutlich.

»Schmelzer, wo war Rütters im Aufsichtsrat, in welchen Firmen, Stiftungen oder so ähnlich?«

Schmelzer fing wieder von vorn an, blätterte in der Akte Rütters, suchte die Zeit seiner Mitgliedschaft im

Dürener Stadtrat und rief ihm Stadtarchiv an. Bingo. Ja, Rütters saß von 1970 bis 1985 im Dürener Stadtrat und war auch von der Stadt entsandtes Mitglied im Aufsichtsrat des Forschungszentrums Jülich. Er wurde 1976 gewählt und blieb Mitglied bis zu seinem Ausscheiden aus dem Stadtrat 1984. Die Partei hatte ihn nicht mehr nominiert, darum wohl kein weiteres Mandat mehr. Protokolle der Aufsichtsratssitzungen des Forschungszentrums müssten in Jülich sein, so der Stadtarchivar. Schmelzer konnte Fett bedienen. Voilà.

»Schmelzer, machen Sie rasch einen Termin in Jülich. Direkt mit dem Vorstandsvorsitzenden. Sagen Sie ihm, es geht um den Mord an Rütters. Wir müssen ihn rasch sprechen. Nur kurz, sonst versucht er, es auf nächste Woche zu verschieben.«

CASINO MIT AUSBLICK

Fett und Schmelzer nahmen am nächsten Tag die A44, Ausfahrt Jülich-West, und fuhren zum Haupttor der Kernforschungsanlage, vorbei an endlosen Zuckerrübenfeldern, die auf den Herbst und die Rübenkampagne warteten. Da der Begriff Kernforschungsanlage zu belastet war, hieß diese größte deutsche Forschungseinrichtung nun »Forschungszentrum Jülich«, abgekürzt FZJ. Hier war der erste deutsche Hochtemperaturreaktor als Kugelhaufenreaktor gebaut worden. Von 1966 bis 1988 lief die Anlage. Dann wurde sie still- und der Finanzetat für weitere Nuklearforschung auf Eis gelegt.

»Guten Tag, wo möchten Sie hin?« Ein Mann mit dunkler Stimme und noch dunklerer Dienstmütze blickte misstrauisch durch das Fenster der Wachbude.

Eigenes Sicherheitspersonal kontrollierte die Anlage rund um die Uhr. Gesundheit, Energie und Umwelt sowie Information standen nun im Mittelpunkt der Forschung.

»Fett und Schmelzer, Kripo Aachen, wir haben einen Termin bei Professor Bachendorf.«

Der Wachmann schlug innerlich die Hacken zusammen, kontrollierte kurz die Dienstausweise, ging in sein Häuschen, telefonierte und kam wieder zurück.

»Sie werden erwartet. Im Seecasino. Geradeaus. Ist ausgeschildert«, sagte er in einem fast kollegialen Ton. Schließlich war er ja auch im Sicherheitsgewerbe.

»Danke, Kollege. Dann mal los«, sagte Schmelzer kumpelhaft und fuhr im Schritttempo durch die Anlage.

»Großes Ding, mitten im Wald, was, Chef. Über 5.000 Leute arbeiten hier. Mannomann, wie ein militärisches Areal.«

Sie parkten vor dem Seecasino. Der persönliche Referent des Vorsitzenden des Vorstandes erwartete sie.

»Guten Tag, die Herren. Doktor Södermann, Neven Södermann. Referent des Vorstandsvorsitzenden. Ich darf Sie zu Professor Bachendorf begleiten.«

»Fett und Kollege Schmelzer, guten Tag. Wir folgen Ihnen.«

Über mehrere Flure ging es zu einem Besprechungsraum mit Aussicht auf den See, wobei Fett und Schmelzer diesem Burschen im viel zu engen Liftboy-Anzug rasch folgten.

»Guten Tag, die Herren, Bachendorf, Vorstandsvorsitzender, was kann ich für Sie tun?« Gravitätisch erhob sich der Vorstandsvorsitzende und schob sich in seinem Baukastenanzug auf die Kommissare zu.

»Fett und Schmelzer, Kripo Aachen, guten Tag, Herr Professor. Vielen Dank, dass Sie sich für uns Zeit nehmen.«

»Kaffee, Wasser. Bedienen Sie sich, meine Herren. Schießen Sie los. In 20 Minuten erwarte ich eine Delegation aus Südkorea. Nordkorea wäre auch etwas strange, nicht wahr«, er lachte ein aufgesetztes Lachen, »ach, Södermann, bitte bereiten Sie den Raum ›Einstein‹ vor. Ich brauche Sie hier nicht mehr.« Mit bestimmender Gestik wies er Södermann aus dem Raum, um dann, mit den Augen eines gerissenen Bauern, die Kommissare anzuschauen.

»Professor Bachendorf, Alexander Rütters war zehn Jahre hier im Aufsichtsrat als Vertreter der Stadt Düren. Das war vor Ihrer Zeit. Wie ich am Telefon bereits sagte, würden uns die Aufsichtsratsprotokolle interessieren. Ach, sagt Ihnen der Name Alexander Rütters denn überhaupt noch etwas? Und haben Sie schon einmal das Wort ›Rurschatten‹ gehört?«

»Meine Herren, wir arbeiten an der Spitze des Fortschritts. Wir sind aber nicht vergesslich. Natürlich sagt mir der Name Alexander Rütters etwas. Ein schrecklicher Tod. Ich wurde sofort von der Verwaltung informiert und habe das Beileid des gesamten FZJ ausgedrückt. Er war ein aktiver Mann im Aufsichtsrat. Das wurde mir berichtet. Immer à jour, immer interessiert, neugierig, Autodidakt und Unternehmer. Unternehmer müssen neugierig und aufgeschlossen sein, sonst sind sie ruckzuck nicht mehr konkurrenzfähig. Die Südkoreaner, die gleich eintreffen, die sind uns auf den Fersen. Ach ja, ›Rurschatten‹? Null, sagt mir gar nichts.« Bachendorf schüttelte den Kopf. Er dachte wohl, das sei es gewesen.

»Was wissen Sie sonst noch über Rütters?«

»Nichts, abgesehen von, nun, sagen wir mal so. Und bitte, mit aller Vorsicht und Respekt: Er stellte wohl Fragen.«

»Wie meinen Sie das? Ist doch besser, als auf die Käseschnittchen zu warten und sich einen Mineralwasserrausch anzutrinken? Oder störten die Fragen?« Fett war neugierig geworden.

»Finden sich die Fragen in den Protokollen?«, Schmelzer hakte nach.

»Meine Herren, wir arbeiten hier im absoluten Top-Wissenschaftsbereich. Streng vertraulich. Sicherheitsstufe eins. Vor allem im Reaktorbereich. Auch wenn er seit Jahren stillgelegt ist. Die Protokolle kann ich Ihnen nicht so einfach aushändigen. Staatsgeheimnis, sozusagen. Sie verstehen.«

»Nein.« Fett wurde ungehalten. »Herr Professor Doktor Bachendorf. Wir sind ohne Durchsuchungsbeschluss bei Ihnen und erwarten Amtshilfe von einer Behörde. Wo liegt das Problem?«

»In der Sicherheit, meine Herren, das ist ja Ihr Metier, nicht wahr?« Bachendorf versuchte, gewichtig und mit geweiteten Augen Eindruck zu schinden. Doch so ganz verfing seine Nummer nicht.

»Herr Professor, wenn Sie heute noch die Koreaner begrüßen möchten, wäre etwas mehr Kooperation sinnvoll.« Fetts Stimme wurde härter.

»Liebe Herren, ich würde gerne mal kurz mit unserem Rechtsbeistand telefonieren, vielleicht auch mit Ihrem Polizeipräsidenten. Ich habe den Eindruck, Sie wissen nicht genau, wo Sie sind.«

»Nur zu, Herr Professor, wir haben Geduld. In der Zwischenzeit rufe ich unsere zuständige Staatsanwältin an, sie leitet gerade ein Medienseminar für Gerichtsreporter, ist immer für uns erreichbar. Schmelzer, klingeln Sie mal durch.«

»Meine Herren, also bitte. Es geht um einen Kontrakt mit Seoul in Höhe von 20 Millionen Forschungsinvestitionen. Das kann ich nicht verschieben.«

»Und wir nicht die Suche nach einem Mörder, der vielleicht aus Ihren Reihen stammt und den Sie decken, weil Sie die Protokolle zurückhalten. Das wirkt sich sehr negativ aus, Herr Professor. Nach meiner Zeitungslektüre hat der Wissenschaftsminister gerade ein Auge auf Sie geworfen. Fördermittelabrechnungen, Dauerlagerung von Reaktorkugeln und merkwürdige Kooperationen mit Usbekistan. Nur zu. Nur zu. Wir wissen, wie man Vermerke schreibt und wer alles in den Verteiler kommt. Danke. Das war es. Sie hören von uns. Spätestens nach den Koreanern. Die Protokolle bekommen wir. Seien Sie sicher.«

»Moment, die Herren. Moment. Es sind ja nicht viele.«

»Koreaner oder Protokolle?«

»Protokolle natürlich. Zwei pro Jahr. Also neun Jahre, 18 Protokolle, in der Regel sechs Seiten, etwas über 100 Seiten. Alles streng vertraulich. Sie können die Protokolle hier einsehen. Für Kopien muss ich im Ministerium anrufen, das kann dauern.«

»Herr Professor Bachendorf. Behinderungen in einem Mordfall sind keine Lappalie. Sie haben etwas zu verbergen, und wir bekommen es heraus. Gerade jetzt, so im Herbst, da haben die Journalisten wenig Arbeit.«

»Zur Sache, meine Herren. Wir hatten 1978 ein Problem mit dem Kugelhaufenreaktor. Leider wurde nicht so professionell gehandelt, wie es seit meiner Zeit bei jeder noch so kleinen Störung üblich ist, egal wo. Nun, der Aufsichtsrat musste informiert werden. Um es so zu formulieren: Herr Rütters war der Einzige, der für eine Information der Öffentlichkeit plädierte. Sehr vehement. Immer wieder. Er bestand auf Aufnahme in das Protokoll. Er konnte wohl nur mit Überzeugungshilfe aus der Staatskanzlei davon abhalten werden. Also wenn Sie mich fragen, hat da jemand in alten Akten aus den Jahren 1939 bis 1945 nachgeschaut. Wenn Sie verstehen? Herr Rütters schwieg und wurde danach nicht noch einmal nominiert. Alles andere wäre zu auffällig gewesen.«

»Professor Bachendorf, hat Rütters vor seinem Tod mit Enthüllungen gedroht?«

Bachendorf schluckte und zögerte. »Mir ist nichts bekannt. Wir haben alles über die Probleme damals der Öffentlichkeit mitgeteilt.«

»Komisch, ich habe nichts gelesen«, sagte Fett, »und ich lese den Regionalteil sehr genau.«

»Meine Herren, wir hatten 1978 einen Störfall, der nicht richtig gehandhabt wurde. Falsche Kategorie. Alles ist nochmals gut gegangen. Alles.« Wieder energisches Kopfschütteln und sein Blick wurde leutselig.

»Wie in Tschernobyl«, murmelte Schmelzer.

»Übrigens hab ich mal einen Bericht über Leukämieanstieg in Jülich und Niederzier gelesen, da war doch was, oder?« Schmelzer schob nach.

»Meine Herren, es ist gut gegangen. Ja, es drohte im Mai 1978 eine kritische Reaktion. Das Fundamentenkammerwasser wurde kontaminiert. Wir haben abgeschaltet. Es war kritisch, aber wir waren führend in der Welt. Nichts, nichts ist passiert. Auch die Leukämiefälle standen in keiner Kausalität!«

»Rütters, Herr Bachendorf.«

»Rütters war wie besessen. Er wollte alles öffentlich machen und ist im Streit 1984 aus dem Aufsichtsrat verabschiedet worden. Fragen Sie Doktor Eisenhut. Der hat ihn wohl lange auf die Sitzungen vorbereitet. Wie gesagt, Rütters war bestens aufmunitioniert und stellte viele Fragen. Er war aber kein strategisch denkender Mensch. Sehen Sie, wir müssen unsere Arbeit auch immer politisch sehen. Für Nordrhein-Westfalen, für Deutschland und für Europa.«

»Ich dachte, für die Menschen«, warf Fett ein.

»Herr Fett, von Zuckerrüben alleine können wir nicht leben. Damit können wir nicht Ihr Gehalt finanzieren. Wir haben zwar genug Rüben, auch Rüben auf zwei Beinen, aber der Weltmarkt wartet nicht auf Zucker aus Deutschland. Hier, hier schlägt das wissenschaftliche Herz Deutschlands. Wir machen Zukunft und schaffen neue Arbeitsplätze.« Bachendorf hatte sich in Rage geredet. Fetts Plan war aufgegangen und nun ging es weiter.

»Strahlende Aussichten«, entfuhr es Schmelzer.

»Wo finden wir Doktor Eisenhut?«

»Gebäude C3, gegenüber, auf dem anderen Seeufer. Grafitforschung, Labor 45. Er erwartet Sie. Ich habe ihn informiert. Ich rate Ihnen, mit all den Informationen vorsichtig zu sein. Der Staatsschutz ist über Ihr Kommen informiert. Sie riefen mich kurz vor 12.00 Uhr an. Alles Gute. Mir tut es leid für Rütters. Wir brauchen mutige und politisch denkende Bürger. Immer. Guten Tag.«

»Gruß an die Koreaner. Auf Wiedersehen.« Fett schaute ihm nach und dachte an die Zukunft des Landes in den Händen dieser Wissenschaftler. Er war zufrieden mit der Rollenverteilung zwischen ihm und Schmelzer. Sie waren einen Schritt weiter.

»Die Protokolle nehmen wir mit. Auf zu Eisenhut, Schmelzer. Sie fahren, und bitte nicht ins Endlager, verstanden.«

Im Schritttempo rollten sie durch die Anlage. Fett dachte an den Staatsschutz, nun, der muss informiert werden, wenn polizeiliche Untersuchungen im FZJ anstehen, aber die hätten auch mal durchklingeln können. Diese Schlapphüte sind genauso wenig kollegial wie Bachendorf. Alles muss man alleine machen, dachte Fett. Und dann parkte Schmelzer ein.

VIELE SCHATTEN

Doktor Wolfgang Eisenhut, Anfang 60, weißer Kittel, graue Haare, Hornbrille, war vorbereitet und nervös.

»Guten Tag, die Herren. Ich habe Sie erwartet. Professor Bachendorf teilte mir mit, dass Sie wahrscheinlich kommen würden.«

»Fett und Schmelzer, guten Tag, Doktor Eisenhut. Wo können wir ungestört mit Ihnen über Alexander Rütters sprechen? Vielleicht bei einem Gang um den See?«

Fett war überzeugt, dass in dem Raum Kameras und auch Abhöranlagen installiert waren. Eisenhut schaute überrascht, willigte aber sofort ein.

Die Kommissare nahmen ihn in die Mitte und begaben sich auf den Rundweg um den still ruhenden See. Alles mutete an wie in einem Sanatorium. Nirgends Qualm, Hektik, Labore. Alles war gut im Wald versteckt.

»Herr Eisenhut, wie lernten Sie Alexander Rütters kennen?«

»Nach dem Abitur begann ich in Aachen Energietechnik zu studieren mit der Vertiefungsrichtung Reaktortechnik. Ich war, wie man so sagt, ein Überflieger. Gigantische Chancen. 1975 arbeitete ich an meiner Dissertation über Grafitsteuerung bei Kugelhaufenreaktoren und bekam eine Promotionsstelle hier in Jülich. Dann wurde ich gefragt, ob ich ein Mitglied des Aufsichtsrates beraten und schulen könnte. Das war Alexander Rütters. 1976 wurde er Aufsichtsratsmitglied für die Stadt

Düren und arbeitete sich in alle Themen mit unglaublicher Akribie ein. Er war damals, Moment mal, 56 Jahre alt, verheiratet und hatte eine Tochter. Ich war 26 und voll Euphorie mit glänzenden Aussichten. Alexander Rütters imponierte mir als Unternehmerpersönlichkeit, stets hellwach, an allen Entwicklungen interessiert. Professor Bachendorf hat mit Ihnen über den Störfall von 1978 gesprochen?«, fragte Doktor Eisenhut, als sie auf den Rundweg einbogen und in Richtung Casino gingen.

»Ja, das hat er. Wobei Störfall bei ihm eher wie, sagen wir mal, wie ein nicht funktionierender Feuerlöscher klang. Alles unter Kontrolle. Sehr harmlos«, bemerkte Fett und schaute aufmerksam auf Eisenhut.

»So war es nicht, meine Herren. Wir hatten einen großen Störfall, und das war mir sofort klar. Ich war in der Thematik drin, denn Grafit ist mein Dauerthema. Doch die zuständigen Oberingenieure und der Vorstand des Forschungszentrums schenkten mir keinen Glauben. Es durfte nicht sein. Ich sage es Ihnen offen: Wir standen vor einem GAU. Hier sähe es jetzt so aus wie in Tschernobyl, wenn wir nicht ganz viel Glück gehabt hätten. Radioaktiv verseuchtes Wasser ist in die Erde gelangt. Auch das war streng geheim. Kurzum: Der Aufsichtsrat kam zu einer Sondersitzung zusammen. Ich erinnere mich noch sehr genau. Ich saß immer hinter Alexander Rütters, um ihm Erläuterungen geben zu können. Der damalige Vorstand begann seinen Vortrag mit den Worten: ›Heute sind große Schatten über die Kernforschungsanlage gefallen.‹ Da platzte es aus Rütters heraus: ›Über die ganze Rurebene‹, rief er, ›Rurschatten, Herr Professor, Rurschatten.‹«

»Moment, Herr Doktor Eisenhut. Was haben Sie da gesagt?«

»Rurschatten. Alexander Rütters sagte: Rurschatten.«

»Hat er das Wort erklärt?«, hakte Fett nach.

»Nein. Alle sahen ihn irritiert an, aber Rütters bestand darauf, sofort die Öffentlichkeit zu informieren. Professor Richter, der damalige Vorstand, forderte eine Sitzungspause und zog sich mit Rütters, dem Sicherheitsbeauftragten und dem Rechtsdezernenten zurück. Als er die Sitzung fortführte, blieb Rütters stumm.«

»Haben Sie eine Erklärung dafür oder mit ihm nachher darüber gesprochen? Und haben Sie das Wort Rurschatten nochmals gehört, kürzlich?«

»Nein, ich habe es nie wieder gehört. Aber ich habe es mir notiert. Damals. Ich führe ein Tagebuch und die Eintragungen von damals habe ich mir immer wieder angesehen. Ungefähr eine Woche nach dem Vorfall fuhr ich zu Rütters. Er war kaum zu beruhigen. Er wollte damals alles aufklären, das Missmanagement, die Risiken, die Gefahren. Ich versuchte ihm klarzumachen, dass wir alles im Griff hätten, auch wenn ich selbst damals viele Zweifel hatte. Rütters war außer sich vor Zorn. Ich beruhigte ihn und berichtete dem Vorstand der Kernforschungsanlage von seiner Intention. Die waren natürlich nicht amüsiert. Sie dankten mir. Ich wurde intensiv bei meiner Arbeit unterstützt und sie baten mich, den Kontakt zu Rütters nicht abreißen zu lassen. Nach circa drei Wochen traf ich Rütters wieder. Er war wie verwandelt. Kein Wort mehr von Presse, Öffentlichkeit, Aufklärung. Er war verstummt, was das Thema Störfall betraf. Ich traute mich kaum, ihn anzusprechen. Mit abweisender Geste murmelte er etwas von den langen Schatten der Vergangenheit. Man müsse nun mit Optimismus die neuen Herausforderungen annehmen.«

»Wie haben Sie sich das erklärt, Herr Eisenhut?« Schmelzer, der Schweiger des Tages, fasste nach.

»Ich fand keine Erklärung. Ich durchschaute das Spiel der Macht noch nicht. Ich glaubte, man habe ihm deutlich gemacht, dass es nicht im nationalen Interesse liege, so einen Störfall bekannt zu machen. Damals habe ich mich mit meiner Promotion abgelenkt, aber im Frühjahr dieses Jahres, da erhielt ich einen Anruf. Einen Anruf von Rütters. Ich war völlig überrascht. Er wolle reinen Tisch machen. So kurz vor dem Lebensende. Ob ich ihn unterstützen würde. Er habe damals geschwiegen, weil man ihn an seine Rolle in der NS-Zeit erinnert, geradezu erpresst habe. Ja, auch da gebe es Schatten, doch die wolle er im Interesse der Zukunft seiner Tochter und möglicher Enkelkinder in Kauf nehmen. Bitte verstehen Sie mich nicht falsch. Ich habe hier meine Laufbahn gemacht, Familie gegründet, ein Sohn studiert, der andere ist mit Krebs auf die Welt gekommen. Da war Schluss mit Habilitation, mit Lehrstuhl, mit Kongressen in Cambridge und Harvard. Meine Frau und ich leben für unseren Anton. Johann wird seinen Weg machen. Er ist selbst kurz vor der Promotion. Was erwartet Rütters da von mir? Ich bin Wissenschaftler und kein investigativer Journalist.«

Eisenhut stockte. Fett und Schmelzer gingen nachdenklich weiter. Auf dem See schwammen einige Enten, manche flatterten mal hierin, mal dorthin. Kolleginnen und Kollegen von Eisenhut kamen ihnen mit einem Kaffeebecher in der Hand lachend entgegen.

»Glauben Sie mir. Wenn ich das geahnt hätte.«

»Was, Herr Eisenhut, befreien Sie Ihre Seele von den Schatten.« Fett wurde etwas poetisch. Er merkte, dass Eisenhut bedrückt war.

»Noch etwas, das nur meine Frau und ich wissen, Herr Kommissar. Also Herr Rütters, er hat, als er erfuhr, dass Anton mit einer unheilbaren Krankheit geboren wurde, er hat mich unterstützt.«

»Wie hat er Sie unterstützt, Herr Eisenhut, hat er Ihnen Geld gegeben?«

»Er gab mir aus dem Erbe seiner Familie, also er gab mir einen Diamanten. Er sagte, ich solle ihn gut anlegen. Anton brauche die beste Behandlung. Ich solle alles für meinen Sohn tun. Ich könne den Diamanten verkaufen bei einem Händler. Er kenne einige, die das auch ohne Rechnung machen würden. So ist die Sache dann auch gelaufen. Ich bekam rund 150.000 DM für den Stein. Das Geld haben wir angelegt für Anton.«

»Hat Rütters irgendwas über die Herkunft des Diamanten gesagt?«

»Nichts.«

»Was haben Sie nach der Kontaktaufnahme von Rütters einige Wochen vor seiner Ermordung gemacht?«

»Ich habe den Vorstand informiert. Doktor Södermann, den Assistenten von Professor Bachendorf. Der bedankte sich. Er werde sich kümmern. Das war im Mai. Dann meldete Rütters sich nochmals Mitte Juli und sagte, dass die Schatten von 1978 ihn eingeholt hätten und ganz neue Schatten. Er bat mich, alles zu vergessen und nichts zu glauben von dem, was ich mal über ihn lesen werde. Das war die letzte Nachricht von ihm. Bis zum Mord auf der Annakirmes, von dem ich aus der Zeitung erfuhr.«

»Wo waren Sie am Freitag, dem 1. August, von 20.00 bis 23.00 Uhr, Herr Eisenhut?«

»Herr Fett, ich hasse die Annakirmes, ich hasse Volksfeste, ich war mit meiner Frau und unserem behinderten

Sohn in einer therapeutischen Einrichtung, eine Woche Ferien, mit Betreuung und Behandlung und Zeit für die Eltern. Haus ›Sonnenstrahl‹ in Bitburg.«

»Danke, Herr Eisenhut, wir prüfen das. Und bitte halten Sie sich zu unserer Verfügung. Sie haben Verständnis, dass wir Doktor Södermann ansprechen müssen. Ach ja, Rurschatten, denken Sie bitte genau nach, ob Sie dieses Wort aus einem anderen Mund noch mal gehört haben.«

»Nein, da bin ich mir sicher. Nur Rütters hat es benutzt. Bitte, ich muss zurück ins Labor. Da läuft eine Testreihe. Und, bevor ich es vergesse, fassen Sie seinen Mörder. Das hatte Alexander Rütters nicht verdient.«

»Danke, Herr Eisenhut, Sie hören von uns. Wir werden Ihre Aussage zu Protokoll nehmen.«

DOKTOR NEVEN SÖDERMANN

Während Professor Bachendorf die Südkoreaner betreute, war Doktor Södermann wieder in sein Büro zurückgekehrt. Er wollte gerade einen Energiedrink zu sich nehmen, als die Herren Fett und Schmelzer nach einem kurzen Anklopfen auch schon in der Tür standen. Sie hätten da noch eine kurze Frage im Nachgang zu der Unterhaltung mit Doktor Eisenhut. Kurzum, das Gespräch mit Doktor Södermann, einem blassen Mittzwanziger in einem viel zu engen Anzug und mit einem Dreitagebart, brachte nur so viel: Södermann hatte den Verfassungsschutz informiert über einen möglichen Geheimnisverrat von Rütters. Die zuständigen Verfassungsschutzmitarbeiter hatten ihm zugesagt, sich darum zu kümmern. Soweit die Aussage von Doktor Södermann. Nein, Herrn Professor Bachendorf habe er nur oberflächlich informiert. Der Chef brauche einen freien und unbelasteten Kopf. Er habe gelernt, den Chef abzuschirmen.

»Die Telefonnummer vom Verfassungsschutzkontaktmann bitte und ein Alibi für den 1. August, Abend und Nacht. Das brauchen wir von Ihnen, Herr Doktor Södermann. Denn ein Mann ist tot. Alexander Rütters. Er hätte Ihr Großvater sein können.«

Södermann rückte die Telefonnummer heraus und gab den Kommissaren die Nummer seines Freundes, mit dem er am 1. August in Aachen auf einer Party im Ballsaal des »Alten Kurhauses« gefeiert hatte. Irgendwas mit Travestie oder so.

BLICKUMKEHR

Fett und Schmelzer gingen nachdenklich zu ihrem Wagen. Sie sahen bei der Ausfahrt aus dem Haupttor die umliegenden Rübenfelder mit anderen Augen an.

»Doch anders als ein Zoo oder eine Militäranlage«, meinte Schmelzer lakonisch.

»Strahlen und Schatten«, bemerkte Fett. »Hier liegen viele Schatten. Vielleicht haben wir zu sehr in eine Richtung geschaut. Wieder mal. Schubumkehr oder besser Blickumkehr. Wir haben ein neues Motiv und Kontakt zu den Kollegen vom Staatsschutz. Und der ganze Mist spielt auf einer politischen Ebene. 1978, wer war denn damals Ministerpräsident und wer war Wissenschaftsminister in NRW? War das nicht Johannes Rau? Schmelzer, checken Sie mal die Daten, nur damit wir à jour sind. Eine neue Spur. Ganz neu. Und Rurschatten.«

Fett war sich sicher, dass Doktor Eisenhut ihn angerufen hatte. Es ließ sich aber nicht mehr zurückverfolgen.

Sie fuhren zum Präsidium und riefen den Kollegen Wohlfahrt von der Staatsschutzabteilung an.

»Poldi, alter James Bond, wir brauchen dich.« Fett schnurrte wie eine rollige Katze, denn Leopold Wohlfahrt, Hauptkommissar, Staatsschutz, gebürtig aus Süddeutschland, war immer empfänglich für eine humorige Ansprache.

»Servus, der Michel, der schöne Michel, das gibt's doch nicht. Was treibt dich zum Geheimdienst?«

»Lieber Poldi, gib doch mal in deine Datei den Namen Alexander Rütters ein. Bei Erfolg wirst du auch lobend erwähnt in unserem Abschlussbericht.«

Poldi ließ sich nicht lange bitten, und siehe da, die Information über Rütters war nicht zugänglich für alle Kollegen.

»Ja mei, der ist ein spezieller Fall gewesen, also da müsst ihr schon eine Erlaubnis vom Chef holen, um alles zu lesen.«

»Poldi, komm schon, sei kein Spielverderber. Wir sind nah dran am Ende des Puzzles. Der letzte Stein kommt von dir. Bestimmt.«

»Pass auf, Michi, ich geb' dir eine Nummer, dann schaust du weiter.«

EIN GESPRÄCH, DAS ES NIE GAB

Fett erhielt eine Nummer aus Köln, Verfassungsschutz. Er war erstaunt, als jemand abhob.

»Hören Sie, Kommissar Fett, dieses Gespräch hat nie stattgefunden und wird auch nie stattfinden. Verstanden? Hab mich schon gewundert, dass Sie so lange brauchen. Ich mach es kurz. Sie stellen keine Fragen. Rütters wollte auspacken über ein sehr sensibles Thema, das die Öffentlichkeit nachhaltig irritiert bis beängstigt hätte. Wir haben die Vorboten einer Finanz- und Wirtschaftskrise in diesem Sommer gesehen. Dazu auf nationaler Ebene der Skandal um einen möglichen GAU. Das ist der Öffentlichkeit nicht zumutbar. Was ich Ihnen nun sage, sage ich nur ein einziges Mal. Wir mussten Herrn Rütters überzeugen, nicht die Medien zu kontaktieren. Dazu bedurfte es Maßnahmen, die zu den Instrumenten der Dienste gehören. Ihm wurde von jungen Frauen vorgelesen. Er schlief dabei oft ein. Es wurden Fotos gemacht. Diese Fotos haben ihn davon überzeugt zu schweigen. Die Mädchen wussten von den Hintergründen nichts. Josef Kaiser hat sie bezahlt. Auch er wusste nicht, um was es geht. Rütters wollte natürlich nicht seine Tochter belasten. Alles ist ohne den Einsatz von physischer Gewalt umgesetzt worden. Josef Kaiser hat ein Sparbuch erhalten. Nur der Geschäftsführer von Sankt Irmgardis, dieser Strack-Zimmermann, war von grenzenloser Gier. Er hat Josef Kaiser abgegriffen. Sie haben dann den schwitzenden Fred Strack-Zimmermann in die Klemme und zum Rücktritt gebracht. Und nun zum Mitschreiben: Der Dienst hat nichts mit dem Mord an Alexander Rütters zu tun. Für uns war der Vorgang abgeschlossen. Wir haben in einer krisenhaften, globalen Situation mitten in diesem Jahr 2008 einen alten und verdienstvollen Herrn davon abgehalten, Unruhe zu stiften. Das Gespräch ist damit beendet, auch wenn es nie stattgefunden hat.«

Der Hörer wurde aufgelegt. Schmelzer, der mitgehört hatte, machte »Pfff« und ließ sich auf seinen Stuhl fallen.

»Poldi, wenn diese Nummer eine Irreführung war, dann haben wir hier im Präsidium ein richtiges Problem.« Fett hatte Poldi angewählt. Die Sache ließ ihm keine Ruhe.

»Hör zu, Michi, die Nummer war korrekt, der Fall ist abgeschlossen. Mit dem Mord hat der Dienst nichts zu tun. Definitiv. Er hat eure Ermittlungen verfolgt und weiß nicht mehr als ihr. Wenn du mir nicht glaubst, dann kann ich dir einen Termin beim Polizeipräsidenten vermitteln. Ich versichere dir, jemand anders steckt hinter dem Mord.«

»Und Rurschatten, das Wort taucht im Zusammenhang mit dem möglichen GAU auf. Soll ich meinen Verstand in der Kantine abgeben?«

»Hör zu, wir sind davon auch elektrisiert und haben keine Erklärung. Wie kam Rütters damals auf dieses Wort? War es nur eine spontane Wortneuschöpfung? Es muss was anderes dahinter stecken. Wenn es einer schafft, dann du, Michi. Wirklich. Wenn ich etwas erfahre, dann helfe ich. Doch wir wissen auch nicht mehr. Ich war zum Schweigen verdonnert. Gerne hätte ich dir schon früher geholfen. Aber von ganz oben, aus dem Innenministerium, Land und Bund, kam die Anweisung. Und noch mal. Du hast alles richtig gemacht. Nur diese Piste zum Forschungszentrum, die kannst du verlassen. Das ist eine Sackgasse. Definitiv. Bis gleich in der Kantine.«

Kantine? Fett stutzte. Poldi war kein Vegetarier, aber in der Kantine traf er ihn nie. Das heißt, er wollte am Telefon nichts mehr sagen. Fett informierte Schmelzer und machte sich auf. Immer dem Geruch nach. Blöde Redewendung, doch sie war zutreffend. Asienwoche in der Polizeikantine. Irgendwas mit Chop Suey und Geschmacksverstärker. Poldi fing Fett am Eingang ab und lud ihn zu einem Gang durch den Flur ein.

»Rütters wurde beschattet. Der Dienst war auf der Annakirmes und hat mitbekommen, dass er zur Geisterbahn ging. Das Liebespaar hinter ihm, im nächsten Wagen, gehörte dazu, sie beschatteten Rütters, denn es schien, als ob er doch plaudern wollte über den Rurschatten des Forschungszentrums. Alles ging verdammt schnell. Er bekam die SMS und ging zügig dahin. Mehr weiß der Dienst auch nicht. Für ihn ist der Fall erledigt. Ohne den Anruf von Eisenhut hättest du keine Zeit vergeudet. Guten Appetit, soll schmecken. Asienwoche, mal was Neues.«

So viel hintenrum an einem Tag war für Fett ziemlich anstrengend. Er war sicher, dass Poldi ihm die Wahrheit gesagt hatte. Alle seine Informationen hatten in den letzten 20 Jahren gestimmt. Immer. Rurschatten – wieder musste er die alten Fäden aufnehmen. Müde ging er zu Schmelzer ins Büro, dann wieder raus, dann wieder rein. Heute war nicht sein Tag. Er hatte etwas übersehen und war in etwas hineingeraten.

Iska Sonntag, sie meldete sich immer seltener. Der Faden ging verloren, sollte er verloren gehen? Mit ihr wollte er gerne am Rhein entlang spazieren, lachen, erzählen, in ein Café einkehren. Wenn er an sie dachte, wurde das Leben mit all den Toten bunter. Ein Hauch von Melancholie mischte sich bei. Jetzt nicht anrufen, sagte er sich, jetzt nicht, sie spürt deine Stimmung, den seufzenden Fett, den leeren Fett, den suchenden Fett. Jetzt nicht. Dann wählte er ihre Nummer.

RÜCK- UND AUSBLICK

»SEK Bonn, Ostländer.«

»Fett, Kripo Aachen, ich würde gerne Frau Sonntag sprechen.«

»Zurzeit im Außendienst. Kann ich etwas ausrichten?«

»Danke nein. Auf Wiederhören.«

Besser so, dachte Fett. Jetzt keine »Mir-geht-es-so-schlecht-Mail« oder SMS. Trenn mal deine Empfindungen von dem Fall, sagte er sich. Fett fühlte sich allein, einsam, nun ja, manchmal. Er war kein Männer-Mann, mochte die Rituale der Kollegen nicht besonders, war eher ein Einzelgänger oder Frauen-Mann, der viel besser mit Frauen sprechen und lachen konnte. Mal Kino, mal Theater, stöbern in Buchhandlungen, Hohes Venn, Eifel, mal in den Ostende-Wien Express. Den Strand entlang laufen. Es gab mehr als nur Tote, Kriminalfälle, Sicherheit, Verbrechen. Gerne besuchte er die Ringvorlesungen an der RWTH, der Rheinisch-Westfälischen Technischen Hochschule Aachen. Er hatte Shakespeare und Goethe für sich entdeckt, über »Eros, Liebe, Leidenschaft – Meisterwerke der Weltliteratur« gehört und dort interessante Menschen getroffen. Die Reihe zur »Politik der Moderne« hatte ihn interessiert und ihm einen Blick auf die Gesellschaft gegeben, in der er das Verbrechen bekämpfte. Mit Iska hatte er darüber oft debattiert und sie hatten gelacht, wenn er die Wissenschaftler mit ihren Ticks nachmachte. Den Anglisten, der immer mit einer Plastiktüte an das

Rednerpult trat, den Historiker mit wirrem Haar, die schöne Germanistin, bei der er nichts verstand oder verstehen wollte oder konnte. Minnesang war ihr Thema. Iska mochte Fetts Bildungshunger und seine Selbstreflexion, er mochte ihr Lachen, ihre Erzählungen aus der Kindheit in einer großbürgerlichen Familie in Köln, in der sie das schwarze Schaf war, immer aufmüpfig, frech und selbstbewusst. Ihre Schlagfertigkeit war sensationell.

Das Kennenlernen vor zwei Jahren auf der Schulung in Düsseldorf, Innenministerium, die Kaffeepause, er half ihr in den Mantel, als sie beide mal frische Luft tanken mussten am Rhein und auf den Fluss schauten, auf den Landtag, auf den Himmel, sie stellten sich vor und waren beide etwas überrascht von der schnellen Bewegung, die sie aufeinander zu machten.

»Schmelzer. Herr Fett, kommen Sie doch bitte hoch. Ich hab mal alles zusammengetragen.« Das Handy ließ keine Ruhe. Schmelzer war also noch nicht im Asienwochen-Koma. Fett verabschiedete sich von den Gedanken, nicht von Iska, nur von den Momentgefühlen.

Es war Freitag, Anfang Oktober 2008, in den USA war eine Bank zusammengebrochen, die Wirtschaft kollabierte.

»Was gibt es denn, Schmelzer? Ich bin etwas ernüchtert. Wem kann man noch glauben? Wir waren einer Lösung ganz nahe. Plötzlich platzt alles und wir stehen wieder vor dem Toten in der Geisterbahn und haben keine Spur. Sie haben aber jetzt bestimmt die Lösung.«

Schmelzer schaute ernst, machte eine ungewöhnlich lange Pause, bevor er ansetzte.

»Jülich scheidet aus. Zwar gibt es da einige Schatten, da hat Eisenhut ganz recht. Im Mai 1978 gab es die gravierenden Probleme im Reaktor. Kurz nach der Wahl zum Landtag von Nordrhein-Westfalen, die am 4. Mai 1975 stattfand. Der zuständige Wissenschaftsminister war Johannes Rau, der im September 1978 Heinz Kühn als Ministerpräsident ablöste. Dazwischen gab es für die Regierung noch zwei weitere Probleme. Erstens Korruptionsvorwürfe gegen die Westdeutsche Landesbank und die Niederlage beim Volksbegehren gegen die sogenannte Kooperative Schule. Also die hatten wohl kein Interesse an einem Skandal in der Kernforschungsanlage Jülich, für die Minister Farthmann zuständig war. Trotzdem müssen wir wohl den Quellen aus dem Verfassungsschutz vertrauen. Warum sollten sie so spektakulär Alexander Rütters ausschalten? Rur-Energie macht auch keinen Sinn. ›Rurschatten‹ bleibt. Der Dienst bringt Rütters in der Geisterbahn nicht um und auch nicht Bauern oder Rur-Energie. Andere politisch interessierte Kreise auch. Die Tatausführung ist zu aufsehenerregend. Mord in der Geisterbahn. Zu viel Lärm, zu viele Medien. Die Tat wurde professionell ausgeführt. Jemand wusste, dass Rütters kommen würde. Rütters hat das Wort Rurschatten ziemlich schnell in die Aufsichtsratssitzung geworfen. Sagt Eisenhut. Er hatte es präsent. Es war ihm geläufig und platzte heraus, als über die Gefahr für das Leben vieler Menschen gesprochen wurde. Da wird er ganz wach in dieser Sitzung. Er will Unglück abwenden. So, als ob er schon einmal etwas erlebt hat, das ihn an dieses Wort erinnert. Herr Fett, Rurschatten muss noch eine zweite Ebene haben. Die ist gemeint. Auf die müssen wir uns konzentrieren.«

Fett hatte aufmerksam zugehört. Schmelzers Zusammenfassung machte für ihn Sinn. Es musste noch eine andere Spur, ein anderes Motiv geben.

»Haben Sie das vor oder nach dem Asienteller entwickelt? Gut. Herr Schmelzer, gut. Zeichnen Sie es auf, schreiben Sie es auf. Wir haben nur die alten Fäden. Utzerath, van Bellen, Doktor Sahm, Goldbach, van der Felde, die Diamanten. Der Diamant für Eisenhut. Er muss noch aus der Goldbach-Lieferung stammen oder könnte aus der Goldbach-Lieferung stammen. Schmelzer, wir fahren zu Raymond. Vorher bitten wir ihn und Chantal um eine kleine Spurensuche: van Bellen, Goldbach, van der Felde, die Diamanten. Ach, der Diamant für Eisenhut. Wir könnten versuchen, den Händler zu finden, der ihn ohne Quittung eintauschte. Was würden wir gewinnen? Vermutlich die Bestätigung, dass er aus der Lieferung stammte, die Silvie van der Felde retten sollte. Lassen wir das. Kostet zu viel Zeit und Energie.«

Das Telefon klingelte, Frau Berg, die Sekretärin des Präsidenten, ob er zum Fall Rütters mal kommen könne, in 20 Minuten. Mit dem Sachstand. Bitte.

POLIZEIPRÄSIDENT IN DER ASIENWOCHE

Weiter Blick, Ruhe, großer Schreibtisch, moderne Kunst, kaum Urkunden, Foto mit dem Innenminister, dem Ministerpräsidenten. Der Polizeipräsident: Herr Offenhaus, er trug meist schwarze Anzüge, dunkle Hemden, dunkle Krawatten. Er wäre wohl gerne Architekt geworden, dachte Fett, die laufen immer in diesem dunklen Outfit rum. Oberste Etage, wie bei den Sparkassen-Vorständen.

»Lieber Herr Fett, bitte, bitte. Kommen Sie, kommen Sie. Kaffee, Wasser, Tee – Sie nehmen Kaffee, nicht wahr. Frau Berg, zwei Tassen Kaffee und dann Ruhe, Silence, das Schweigen der Lämmer.«

Alle waren genervt von diesem PP. Laber, Zitate, Bohei. Die Besetzung war eine politische Entscheidung. Irgendwo aus dem rot-grünen Milieu. Jurist, circa 65, graue Haare, kleine Brille. Mehr auf Sendung als auf Empfang, mehr im Theater als auf der Straße.

»Danke, Herr Offenhaus, Kaffee ist gut. Gerade nach dem Asienteller.«

»Asienteller?«

»Wir haben Chinawochen in der Kantine. Ich dachte, Sie hätten das angeordnet«, sagte Fett trocken.

»Chinawoche, ach so, nein, ich. Also. Darum riecht es von unten so merkwürdig. Ich dachte schon, die Asservatenkammer macht Selbstversuche.«

Heiser lachte der Präsident über seinen Witz. Er lachte immer über seine Witze. Zumeist lachte nur er über seine Witze oder die schleimigen Kollegen lachten überbordend mit.

»Herr Fett, der Fall Rütters. Liegt nun zwei Monate retour, wie man so sagt. Ach ja, das Gespräch bleibt entre nous. Nur wir. Ich sag Ihnen, warum. Kennen Sie. Wie ist der Sachstand? Ah, da kommt der Kaffee, Beamtenmischung. Beste Bohne. Und Bio-Frischmilch. Bitte, bitte. Nur zu. Nur zu.«

»Danke«, sagte Fett. »Kurz- oder Vollversion?«

»It's up to you«, säuselte Offenhaus, der nach einem Lehrgang in Washington jedem seine Englischkenntnisse andiente.

»Rütters wurde gezielt erschossen in der Geisterbahn. Sehr professionell. Keine Zeugen, keine Verdächtigen. Er wurde mit einem Codewort dorthin bestellt, das ihn elektrisierte. Dieses Wort tauchte während unserer Recherchen im Zusammenhang mit seiner Tätigkeit im Aufsichtsrat des Forschungszentrums Jülich auf. Die Spur führte in eine Sackgasse. Aber es gibt Spuren, die in die Vergangenheit führen, sogar von Jülich aus: ein Diamant. Rütters war ein treuer Nazi und zugleich befreundet mit einem Juwelier, der jüdische Vorfahren besaß. Den hat Rütters beschützt. Jugendfreunde. Der Juwelier bekam 1941 Diamanten für rund drei Millionen Euro von seinem Lieferanten aus Antwerpen. Er sollte wohl der Tochter des Lieferanten helfen, die als Zwangsarbeiterin im Lager Arnoldsweiler interniert war, in der Papierfabrik von Rütters arbeitete und dort schwanger wurde. Sie starb im November 1941 bei der Geburt einer Tochter. Diese Tochter war später eine Art Hausdame bei dem Juwelier, der dank Rütters überlebte, und sie war Hausdame bei Rütters. Sie lebt noch heute. Sie verlor 1965 ihren unehelichen Sohn. Der war fünf und starb bei der Explosion eines Blindgängers an der Rur. Der Juwelier starb 1999 bei einem Bootsunfall auf dem Rursee. Eine weitere Spur im Mordfall führte zur Rur-Energie. Es gab Drohungen, weil Rütters ein Grundstück nicht verkaufen wollte, das für das Pumpspeicherprojekt in Woffelsbach benötigt wird. Die Spur erwies sich aber auch als Sackgasse. Herr Präsident, die Vergangenheit, dort liegt der Schlüssel.«

»Komplexer Fall, Fett, komplexer Fall. Sie sind der richtige Mann. Keine anderen Motive? Erbe, Hass, Gier, Neid – so etwas aus dem Repertoire der Todsünden? In den Seniorenheimen blühen ja die Neurosen. Denken Sie an Loriot.«

»Herr Präsident, wir haben das abgeklopft. Also nicht Loriot. Sie wissen ja auch, der Verfassungsschutz war an ihm dran, weil er etwas auspacken wollte über den Störfall 1978.«

»Jaja. Genug von dem alten Kram. Ach, Herr Fett, das war schon bereinigt, nach meiner Kenntnis. Geschichte, diese Nazi-Geschichte, da ist was dran. Bleiben Sie dran, Fett. Haben Sie Hilfe, brauchen Sie Hilfe? Wissen Sie, es ist wichtig, dass diese Schatten aus der Nazi-Zeit ans Licht geholt werden. Wichtig. Für die Gesellschaft. Wie stehen wir denn da. Wir, Deutschland. Wir müssen dies ausleuchten, auch wenn es wehtut. Das sind wir uns und den Opfern schuldig, Fett. Schuldig. Seien Sie versichert, bei dieser Spurensuche helfen alle mit. LKA, BKA, Verfassungsschutz. Rütters, er war ein sonderbarer Kerl. Wir wollen das rasch abschließen. Sonst kommt doch keine Geisterbahn mehr zur Annakirmes, nicht wahr, Fett.«

Lachend hob er die Tasse zum Mund, die prompt überschwappte und dunkle Flecken auf der eh schon dunklen Krawatte hinterließ.

»Sakra«, sagte der Präsident, »wird meine Frau mich wieder vorführen. War ein Geburtstagsgeschenk, die Krawatte. Wo war ich? Ach ja, Geisterbahn, so was, wer macht denn so was. Kommt und geht ungesehen. Erschießt so einen alten Mann mit Schalldämpfer. Mann, Fett, die Welt wird immer schlimmer. Haben Sie Aktien, nein, gut. Da ist alles weg, alles. Diese Amerikaner reißen uns in den Abgrund. Alles weg. Puff. Blase. Weg. Und wir, wir suchen Geisterbahnmörder. Ist das normal, Fett? Ich frage Sie, ist das normal?«

Fett wusste, dass er keine Antwort erwartete. Nie erwartete der PP eine Antwort. Er gab sich selbst Antworten. Dabei ging er auf und ab in seinem Büro. Er redete mit sich selbst, stellte sich Fragen, die er dann beantwortete. Fett vermutete eine besondere Form von Autismus.

»Nein, das ist nicht normal, Fett. Wir, wir müssen ruhig bleiben. Ruhig, besonnen, klar. Das ist sehr wichtig. Sagen meine rotarischen Freunde auch. Wenn wir montags im Hotel ›Quellenhof‹ unser Treffen haben, dann ist das wie ein Quell des Lebens. Heißt ja auch ›Quellenhof‹. Da, Fett, da sind die Entscheider, die Macher, die Beweger. Professor Handschuh, Sie wissen, der Durchstarter, er sagte mir am Bunker: Paul, wir brauchen mehr Exzellenz.«

»An welchem Bunker, Herr Präsident?«

»Golf, Fett, beim Golf, ein wunderbarer Sport, dort oben, Loch neun, am Bunker, Herr Fett. Eisen sieben. Wir, Fett, wir dort, wir sind die Stützen der Gesellschaft, die Macher, Fett, die Macher. Glauben Sie mir, wir sind ruhig. Ruhig in stürmischen Zeiten. Meta-Ebene. Kopf oben halten. Nicht im Klein-Klein versinken. Exzellenz, Fett. Dieses Land braucht mehr Exzellenz. Wir brauchen ein Momentum für mehr Exzellenz. Damit wir mit den Asiaten auf Augenhöhe verhandeln können. Augenhöhe, Fett, da müssen Zeichen gesetzt werden. Geisterbahn-Mörder. Rütters war in Düren bestimmt bei den Rotariern. Er war falsch beraten. Alles im Griff. Damals, 1978. Und wir heute auch. Alles im Griff. Denken Sie dran, wir, unsere Generation, wir sind endlich auf der Seite des Guten. Wir haben den Kompass. Wir haben Gefühle, wir sind nicht kalt. Kalt, das sind die anderen. Wir müssen diese Vergangenheit aufklären, so wie wir das Schmelzen der Polkappen jedem Schüler klar machen müssen. Ob sie wollen oder nicht. Polkappen und Geschichte. Fett, wir verstehen uns. Keine Aktien mehr kaufen. Zeichen setzen. Setzen Sie ein Zeichen. Verstanden. Wir sind moralisch, wir müssen unsere Abhängigkeiten überwinden, wir, verstehen Sie, Fett, wir stehen vor großen Herausforderungen und müssen an unsere Kinder und die nachwachsenden Generationen denken.«

Der PP verfiel ins Sinnieren. Fett wollte »Amen« sagen, unterließ es und dachte an einen kalten Crémant, den er jetzt rappzapp vernichten würde. Mit einem kräftigen Schluck leerte er stattdessen seine Tasse. Man munkelte, eine Ablösung des PP sei in Vorbereitung. Er salbadere zu viel rum. Er sei nicht konkret und zupackend genug. Vielleicht würde er ja einen guten Rotarier-Governor abgeben. Wer weiß. Fett stand auf.

»Danke, Herr Präsident, wir sind dran. Vergangenheit, die nicht vergeht. Kann sein, dass da Überraschungen blühen. Danke für den Kaffee. Bis bald. Nächste Woche ist Italienwoche in der Kantine.«

»Italienwoche? Gut so, Italienwoche. Viel Erfolg. Viva Italia, Fett. Jede Unterstützung. Tot ziens, wie die Niederländer sagen.«

Mit einem laschen Händedruck verabschiedete der PP Fett und widmete sich wieder seinem PC, um die nächsten Spielpaarungen des Golfklubs zu checken. Er hatte erst spät mit dem Sport begonnen und seine Platzreife mit Ach und Krach bestanden. Wie bei so vielen Spätberufenen sprach er nun ständig von dem Sport, als ob er schon mit acht Jahren auf der Driving Range tagein, tagaus trainiert hätte. Hätte er mal, kann man da nur sagen. Schließlich verschwand sein Ball ständig in einem Teich, Gebüsch oder Feld.

WER IST MEPHISTO?

»Amen, ich sage euch. Beileid, Herr Fett. Wieder Ausflüge in die stürmischen Zeiten vom PP mit Golf, Bunker, Handicap, Eisen fünf?« Schmelzer saß an seinem Schreibtisch und schaute erwartungsvoll seinen Chef an.

»Nein, Eisen sieben an Loch neun. Ach, Schmelzer, ich halte es mit Mephisto:

›Von Zeit zu Zeit seh' ich den Alten gern,
Und hüte mich, mit ihm zu brechen.
Es ist gar hübsch von einem großen Herrn,
So menschlich mit dem Teufel selbst zu sprechen.‹«

»Geht es um die Schuhmarke, können Schuhe sprechen? Vom wem stammt das denn? Doch wohl nicht von der Schuhreklame?« Schmelzer merkte, dass er mit Vollgas in eine Peinlichkeit raste. Zu spät. Jeder blamiert sich, so gut er kann.

»Ja, Chef, müsste ich im gehobenen Dienst wissen. Hab aber immer ›Batman‹ gelesen, ›Gotham City‹. Und nicht Böll, Grass und all die Großpoeten. Sorry. Kann ich einen Publikumsjoker ziehen?«

»Ja, einen, Schmelzer. Wen rufen Sie an?«

»Meine Frau, Moment.«

Er kramte sein Handy raus, säuselte was ins Ohr der Ehefrau. Es war Nachmittag, sie korrigierte Klassenarbeiten oder kochte vegan. Fett habe hier so eine Art Mafia-Botschaft, ja, das sei ein berühmter Text, er wolle sie nur ein wenig aufheitern und der Text beginne mit »Von Zeit zu Zeit …«, ja, genau, wusste er doch. Mephisto, der mit den Schuhen. Also nein, mit dem Klumpfuß. Kleiner Versprecher. Danke. Ja, ja, Tofufrikadellen finde er auch gut. Er machte eine Grimasse in Richtung Fett.

»Mist, Mist, Mist. Goethe. Herr Fett, die nächste Bio-Milch geht auf mich. Also, was sagte der Göttliche aus dem Penthouse?«

»Ruhe, Schmelzer. Meta-Ebene. Immer Meta-Ebene. Verstanden?«

»Bahnhof, Chef. Mir fehlt wohl die Currywurst. Ich verstehe nur Bahnhof. Und dazu noch diese scheiß Asienwoche. Zäng hu, Wäng lang.«

»Was war das?«, fragte Fett.

»Altes chinesisches Sprichwort, wenn man nicht mehr weiter weiß. Habe ich aus der Apotheken-Rundschau: Zähne hoch, Wände lang.«

Fett schaute Schmelzer schräg an und berichtete ihm dann von dem Monolog des Präsidenten.

CALATRAVA

An einem Montag Anfang Oktober ruckelten und zuckelten Fett und Schmelzer nach Lüttich. Sie nahmen den Regionalexpress. Kein Auto zur Hand, der Vectra war in der Reparatur. Der alte Triebwagen schaukelte durch die Ausläufer der Ardennen, hinein in das Tal, dort wo Lüttich links und rechts des Flusses liegt. Sie landeten in einer grandiosen Baustelle. Der Bahnhof wurde zu einer Raumstation umgewidmet. Schmelzer staunte, Fett betrachtete die gigantische Architektur.

»Früher war der Bahnhof Guillemins das Zentrum eines Nachtjackenviertels. Dunkle Kneipen, Straßenstrich, Hehlerläden. Der Neubau ist umwerfend. Er wird das ganze Viertel verändern.« Fett sprach mehr zu sich als zu Schmelzer.

Sie stiegen aus, nahmen die Rolltreppe zur Empfangshalle und gingen in Richtung Parkplätze. Raymond Didier winkte ihnen.

»Bonjour, mes amis. Ah, Kollege Schmelzer auf Auslandsreise. Na, was sagt ihr zu unserem neuen gare, zum Bahnhof?«

»Wow«, entfuhr es Schmelzer. »Raymond, chapeau. Ich dachte, Lüttich sei arm und hoch verschuldet. Und nun das.«

»Der Architekt Santiago Calatrava hat den Wettbewerb gewonnen. Er wird uns in die Zukunft, wie sagt man, beamen. Auf in die Innenstadt, mes amis, Kaffee und Chantal warten. Außerdem ist bald Mittagszeit. Oder seid ihr auf Diät?«

»Raymond, wir haben gerade internationale Wochen in unserer Kantine, Hot-Dog belgique wäre nicht schlecht«, warf Fett ein.

Sie fuhren gemeinsam in Richtung Rue Georges Simenon. Passend zum Straßennamen lag ein Kommissariat mitten im Quartier Outremeuse, nicht weit entfernt vom ausgezeichneten Couscous-Restaurant.

Fett und Schmelzer schauten sich die Stadt an, die andere Bauweise, die Parks, die engen Gassen. Lüttich wirkt urbaner, großstädtischer, dachte Fett. Ihm gefielen die vielen Bistros, die Restaurants. Als sein Französisch noch besser war und es kein Internet gab, fuhr er zur Buchhandlung »Librairie Pax«, unweit der Fußgängerbrücke über die Maas, am Place Cockerill. Er kaufte Krimis, mal den neuen Kundera, der immer auf Französisch schrieb, Camus und Bücher über die Affäre Dreyfus, die ihn damals im Französischunterricht fasziniert hatte.

Didier nahm die Brücke Pont des Arches und fuhr hinein in das Quartier Outremeuse.

»Allez, meine Freunde. Wir haben schon fast midi. Chantal wartet.« Raymond ging vor, hoch in ein altes Stadthaus, in dem die Polizeistelle behelfsmäßig untergebracht war. Der Neubau wurde nicht fertig.

Lächelnd kam Chantal auf die beiden Kollegen zu. Schön wie immer, dachte Fett und genoss die Umarmung mit den Wangenküssen. Schmelzer war ein wenig unbeholfen und fing mit der falschen Wange an.

»Unsere beiden Supercops aus Allemagne. Voilà. Immer nur Männer in der deutschen Polizei. Habt ihr keine Frauen? Schreiben die nur, wie sagt man, Knöllchen?«

Chantal brachte wie immer Pfeffer ins Gespräch. Die langen schwarzen Haare waren zu einem Pferdeschwanz gebunden. Zu hellblauen Jeans trug sie ein blaues Hemd und darüber ihre schwarze Lederjacke. Ihre Dienstpistole steckte im Holster links, eine belgische FN, Kaliber 9 Millimeter, die hier in Lüttich hergestellt wurde.

Schmelzer lächelte verlegen.

»Liebe Chantal, bei uns in Deutschland werden die Frauen die Chefs. Das siehst du ja an der Regierung. Wir Männer ordnen uns unter. Fußvolk, sozusagen. Dafür sind wir charmanter als unsere Regierungschefin.«

Fett schaute Schmelzer nachdenklich an.

»So kann man es auch sagen. Chantal, du siehst hinreißend aus. Der Besuch hat sich bereits gelohnt. Wir können wieder retour«, legte Fett nach.

Fetts Charmeattacke überraschte Schmelzer. Der starke Kaffee wurde in das Zimmer gebracht, sie setzten sich an den Besprechungstisch.

»Chantal hat noch mehr Aspekte zusammengetragen. Womit fangen wir an, Chantal?«

REGEN AUS STAHL

»Bitte eine Frage vorweg, sonst vergesse ich es.« Schmelzer wandte sich an die beiden.

»Wir haben viele Baulücken gesehen, eben bei der Fahrt. Viele sehr verschiedene Häuser. Mal alt, mal aus den 60er-Jahren und so weiter. Warum ist die Bebauung in der Innenstadt so verschieden? Bitte nicht falsch verstehen, ich finde es einfach anders, nicht hässlich oder besonders schön, sondern einfach anders.«

»Die Deutschen haben unsere Stadt so auf den Weg gebracht.« Raymond wurde ernst. »Das war der Regen am Ende des Krieges. Ein Stahlregen. Ein Stahlregen mit viel Sprengstoff von einem, der später die Apollo-Raketen gebaut hat.«

Alle sahen ihn an. Keiner wusste genau, was er damit meinte.

»Ab Herbst 1944 bis Frühjahr 1945 und vor allem während der Ardennenoffensive regneten über 1.500 V1 und V2 Raketen auf Lüttich nieder. Ohne Vorwarnung. Sie fielen wie aus heiterem Himmel und brachten Tod und Verderben. Mitten in die Stadt. Die Baulücken und die ganz verschiedene Bauweise verdanken wir eurem Führer und seinen Vergeltungswaffen. Einer unserer Dezernenten hat fünf Familienmitglieder bei einer Attacke verloren. Ein anderes Mal traf es eine Warteschlange vor einer Boulangerie. Dann Kinder, die draußen spielten. Terreur. Es war terreur am Ende des Krieges. Völlig überraschend. So auch in Anvers, also Antwerpen, und London.«

Sie nippten am Kaffee.

»Mist«, sagte Schmelzer betroffen. »Das wusste ich nicht. Wir wohnen so nah beieinander, und doch kommen immer wieder Fakten ans Tageslicht, die wir nicht kennen. Tut mir leid.«

»Ihr wart noch nicht geboren. Aber Alexander Rütters. Kommen wir zum Thema. Alors. Chantal, bitte.«

»Liebe Kollegen, ihr habt nach van Bellen gefragt, den Diamanten und der Familie van der Felde. Ich möchte es so sagen, es ist alles sehr, sehr delikat. Très delikat.«

Sie schaute zu Raymond. Der nickte zustimmend, und sie fuhr fort.

»Premièrement, also zuerst die Familie. Wir haben mit Kollegen in Antwerpen gesprochen, mit unserem Sicherheitsdienst, und wurden eingeladen zur Familie van der Felde. Zum Schluss kam ein Anruf von der Spitze der Regierung und aus dem Königspalast. Was für Signale. Für einen alten toten deutschen Papierfabrikanten. Beaucoup de bruit. Viel Aufregung. Niemand von allen möchte das. Aber, sie möchten auch keine offiziellen Anfragen und Untersuchungen von eurem BKA, vom LKA und von Innenminister zu Innenminister. Compris? Was haben wir nun. Was können wir euch sagen? Raymond, du unterbrichst mich bitte, es ist alles so kompliziert. Silvie van der Felde, die kommunistische Tochter der einflussreichen Juweliersfamilie aus Anvers: Sie wird im Mai 1940 verhaftet, nach Deutschland gebracht. Alles geht drunter und drüber, der Blitzkrieg, wie ihr sagt, der läuft noch. Silvie kommt zur Gestapo nach Aachen, wird verhört, es gibt politische Bestrebungen, Proteste, die

Familie hat großen Einfluss, die Nazis machen noch nicht den, wie sagte euer Propagandaminister, guerre totale, den totalen Krieg. Silvie wird ohne Wissen der Angehörigen zur Zwangsarbeit nach Düren in die Papierfabrik geschickt. Zu Rütters, der alte Rütters wird informiert, er hat nur ein paar polnische Zwangsarbeiter, jetzt bekommt er eine besondere Gefangene, Silvie van der Felde. Mai 1940. Unser Service Général du Renseignement et de la Sécurité, also der Geheimdienst, hat zur Zeit des Verteidigungsministers van der Felde Nachforschungen angestellt. Ein Auftrag von ganz oben. Sie haben die Namen der polnischen Zwangsarbeiter gefunden, die ab Ende 1939 bis 1942 deportiert wurden und bei Rütters arbeiteten. Darunter auch Jugendliche, die von der Straße weg verhaftet wurden. Drei von ihnen leben noch, sie waren 1939 beim Einmarsch der Deutschen 15 und 16 Jahre alt. Sie wurden einfach nach Deutschland gebracht und mussten schuften. Jan, Tomasz und Pawel. Sie haben bei Rütters überlebt und, attention, sie alle drei konnten sich an Silvie erinnern, auch wenn sie zu verschiedenen Zeiten mit ihr Kontakt hatten. Incroyable. Sie sei im Sommer 1940 in die Kolonne gekommen. Papier verpacken, stapeln, sortieren und später auch in der Produktion. Silvie sei wunderschön gewesen. Eine besondere Frau. Voller Energie und Kraft. Sie habe den jungen Polen von ihrer Essensration abgegeben. Denn die Polen befanden sich am Ende der Hierarchie. Ganz unten. Bis die russischen Kriegsgefangenen kamen. Der alte Rütters habe Silvie oft in sein Büro geholt. Er habe ihr auch im Frühjahr 1941 bessere und leichtere Arbeit gegeben. Den jungen Rütters hätten sie fast nie gesehen, bis Anfang 1942, da sei er der Chef geworden. Nach Stalingrad, Anfang

1943, habe der junge Rütters sie besser behandelt. Die Arbeit sei leichter und das Essen besser geworden. Und im Februar 1945, als die Amerikaner vor Düren standen, habe Rütters die Polen zu sich ins Haus gebeten. Er habe ihnen gedankt und jedem etwas Schmuck gegeben, für die Zeit nach dem Krieg. Sie mussten schwören, nie darüber zu sprechen, denn überall seien noch SS-Kommandos gewesen. Für den Endsieg hätten die dauernd Leute an Bäumen aufgehängt. Die Polen mussten für Rütters noch einen Kanal von der Rur zur Fabrik vertiefen und irgendwie abdecken. Das sei eine Scheißarbeit gewesen. Aber danach bekamen sie genug zu essen und zu trinken und Rütters versteckte sie zum Schluss, bis die Amerikaner in Düren Ende Februar 1945 einmarschierten. Das haben alle drei übereinstimmend erzählt. Silvie habe, als sie noch lebte, immer Lebensmittel für sie besorgt und die anderen Gefangenen, die abends nach Arnoldsweiler in ein Gefangenenlager mussten. Morgens wurden sie wieder gebracht. Jan, einer der drei Polen, später Bergmann in Zabrze, erzählte, dass Silvie im Herbst 1941 oft übel war. Er habe sich schon gedacht, dass sie schwanger sei. Man habe ihr Arbeit abgenommen, aber sie mussten alle immer wieder ins Lager zurückkehren. Rütters sei oft an den Arbeitsplatz gekommen. Kurz vor der Geburt, Silvie habe immer mehr Kleidung getragen, um das Kind zu verheimlichen, habe sie Jan ihre Schwangerschaft gestanden. Auf die Frage nach dem Vater habe sie gesagt: le patron.«

FAMILIENBANDE

»Moment mal.« Fett hatte konzentriert zugehört und nun arbeitete es in ihm. »Wenn der alte Rütters der Vater ist, dann ist Marie Utzerath eine Halbschwester von Alexander Rütters.«

»Ja, und Robert, der Sohn von Marie Utzerath, war der Neffe von Alexander Rütters«, ergänzte Schmelzer.

»Hat euer Geheimdienst mit Marie Utzerath gesprochen? Weiß sie das alles oder wusste sie es?« Fett war elektrisiert. Raymond schaltete sich ein.

»Non, rien, es wurde alles zusammengetragen. Ein Dossier, sehr geheim, wurde angefertigt und, nun ja, es wurde den Nachfahren der Familie van der Felde übergeben. Der alte Verteidigungsminister ist 1985 gestorben. Seine Frau, traumatisiert von dem Verlust ihrer Tochter, war lange in Behandlung. Es gab noch einen Bruder des Verteidigungsministers mit mehreren Kindern. Er hat in London überlebt und ist heute noch im Diamantengeschäft und in der Politik.« Raymond holte tief Luft.

»Marie Utzerath hat nach unseren Recherchen nicht gewusst, wer ihr Vater ist. Vielleicht weiß sie es immer noch nicht. Dann hat sie ebenfalls keine Ahnung, dass Alexander Rütters ihr Halbbruder war, der Ermordete, bei dem sie gearbeitet hat. Alles sehr mysteriös und wieder so ein Schatten der histoire.« Raymond schaute Fett und Schmelzer an.

»Und das Kind von Marie Utzerath, Robert, unehelich, auch ohne Vater, hat euer Geheimdienst da auch gesucht?«, wollte Fett wissen.

»Non. Pas notre devoir. Nicht unsere Aufgabe. Fini«, sagte Raymond knapp.

»Das könnte die Absetzung des alten Rütters erklären«, sagte Schmelzer. »Die Nazis bekamen Wind von der Vaterschaft. Das war ja so was wie Rassenschande in deren Augen. Er muss seinen Stuhl räumen für den Sohn, Ende 1941, bekommt eine Art Hausarrest und stirbt im Bombenhagel am 16. November 44. Der Bürochef des Kreisleiters, der Utzerath, der schnappt sich das Baby, weil er selbst kinderlos ist. Schließlich stammt es von einem Volksgenossen und einer Belgierin aus den besten Kreisen der Antwerpener Gesellschaft. Utzerath schweigt und stirbt 1958 bei einem Verkehrsunfall. Mit seiner Frau, der Adoptivmutter von Marie.«

Chantal und Raymond schauten sich an und schwiegen. Der Kaffee war kalt geworden. Die Leichtigkeit verflogen.

»Bon oder auch nicht bon«, fuhr Chantal fort. »Wir müssen darüber reden, sonst haben wir mindestens zwei große Probleme. Wir haben eine Krise in der Relation mit Deutschland. Alles pas bien. Richtig schlecht. Denn es hängt mehr dran, als wir hier im Kommissariat in Liège ahnen. Alors: Fortsetzung oder wie sagt man. Die Diamanten gingen an David Goldbach. Im Oktober 1941, per Kurier. Goldbach sollte Silvie helfen, unterstützen. Doch das klappte nicht, warum auch immer. Im November stirbt sie. Goldbach hat Diamanten für drei Millionen Euro. Was macht er damit? Wir wissen es nicht.«

»Das müssen wir erst mal verdauen«, sagte Fett. »Wenn ihr noch einen Kaffee habt, das wäre gut. Ich bin euch sehr,

sehr dankbar. Wir haben mittlerweile drei andere Spuren verfolgt, die aber alle in eine Sackgasse führten. Die Informationen, die nicht total geheim sind, können wir gebrauchen. Sogar die Daten der Polen, bitte Chantal.«

»Pardon, j'ai oublié quelque chose, ich hab noch was vergessen«, sagte Raymond.

»Chantal und ich mussten zusagen, dass Marie Utzerath, oder Marie van der Felde, geschont wird. Wir bitten euch, sehr, sagen wir, taktvoll mit ihr umzugehen. Die Familie in Antwerpen steht mit uns in Verbindung. Sie möchten wohl gerne Kontakt aufnehmen mit Marie. Aber das ist nicht einfach, bei all diesen alten Geschichten. Über einen Mord finden sie eine Nichte. Alles schwierig. Compliqué.«

Fett schaute aus dem Fenster des Lütticher Kommissariats auf das gegenüberliegende Haus. Im Hause sterben die Geschichten, dachte er einen Satz, der nicht von ihm stammte. Zwei deutsche Nachkriegskinder und zwei belgische Nachkriegskinder sitzen hier, eine wunderschöne Frau mit Vorfahren aus dem Kongo, keiner von uns lebte vor 1950, und wir alle beschäftigen uns mit dem Grauen der Nazi-Zeit. Kaum schaut man um die Ecke, hebt man einen Stein hoch, schon kommt wieder eine von diesen schrecklichen Erzählungen, die Spuren hinterlassen haben.

Fett schaute seine Kollegen an: »Mein Gefühl sagt mir, wir sollten gemeinsam Marie Utzerath aufsuchen, mein Verstand sagt mir, als Kommissar musst du warten, warten, bis alles reif ist für die Erzählung, für die Story, für die Beichte. Marie Utzerath ist noch nicht reif oder, andersherum, sie macht mir einen so lebendigen Eindruck, dass diese Informationen sie um die Lebensfreude bringen könnten. Chantal, meine Liebe, du bist eine Frau. Weih uns drei ein in die Psyche, in die Gefühle einer Frau, die mit 67 Jahren erfahren soll, dass ihr Vater zu wenig getan hat, um die Mutter zu retten. Dass ihr Vater ein Feind war. Dass sie mütterlicherseits aus einer großen Familie stammt. Dass sie bei dem Sohn ihres Vaters gearbeitet hat als Hausdame, als bessere Putzfrau, als Schatten. Ob Alexander Rütters das wusste? Die Absetzung seines Vaters hätte ihn stutzig machen müssen. Andererseits waren die Angst, die Unruhe 1941, die Tatsache, dass der Vater nicht Mitglied in der NSDAP war, Indikatoren für die Ablösung. Alexander könnte es übersehen haben. Dann war das Baby weg. Bei Utzerath. Alexander musste die Reichskanzlei beliefern und zudem Göring, Goebbels, Himmler. Alle bezogen sein feines Büttenpapier.«

Chantal sprach ruhig in die Runde:

»Oui, Michel. Attends, warte. Wir müssen professionell die Sache betrachten. Ist es möglich, dass Madame Utzerath mit dem Mord etwas zu tun hat? Vielleicht, also, dann attention. Vorsicht. Prudence. So oder so kann es nur schaden, sie zu informieren. Sie wird entweder geschockt oder gewarnt. Beides ist très schlecht.

Und dann haben wir noch eine Geschichte. Kleine Historie. Auch nicht sehr schön. Aber wahr. Major van Bellen. Bitte, Raymond.«

»Très kompliziert. Auch van Bellen. Er stammt aus den Ardennen, Saint Vith, kleiner Ort da oben. Nicht weit von der deutschen Grenze entfernt. Einzelkind, Vater war Lehrer in Saint Vith und dort mal im Gemeinderat, conseil communal. Van Bellen ging nach Eupen, machte dort Abitur und verpflichtete sich als Berufssoldat. Alles noch einigermaßen normal. Aber im Haus des Vaters oder in direkter Nachbarschaft wurden bei der Ardennenoffensive im Dezember 1944 gefangen genommene afroamerikanische Soldaten von der SS gefoltert und erschossen. Kriegsverbrechen. Der Vater hat das Erlebte nie verwunden, er wurde Dorfschullehrer, belastet von diesem Grauen. Van Bellen hat es sowohl bei seiner Eignungsprüfung als Offizier und bei seinen Beförderungen immer wieder erwähnt. Um diese Gräuel zu verhindern und um für ein freies Belgien zu kämpfen, dafür sei er Offizier geworden. Wir haben aus den Unterlagen den Eindruck gewonnen, dass van Bellen sich in Camp Vogelsang, sagen wir mal sehr vorsichtig, etwas radikalisierte. Seine Akte ist voll mit Beschwerden der Zivilbevölkerung und Kommunalverwaltung. Er ließ tief in der Nacht die Panzer durch Dreiborn fahren, befahl stundenlange Artillerieübungen von Elsenborn aus, sodass die Granaten in Vogelsang einschlugen. Erntereife Felder wurden für Panzermanöver benutzt, alles vernichtet. Altes Öl ließ er in den Boden kippen. 2003 wurde es dem Armeestab zu viel. Van Bellen wurde vorzeitig in den Ruhestand geschickt. Ein Knick in der Karriere, normalerweise hätte er es bis zum Colonel bringen müssen. Und van Bellen hat auf Anweisung von Colonel Rouland diese komische Jagdhütte mit dem kleinen Grundstück geschützt, die Hütte, in der Goldbach Zeit verbrachte und nachher auch Rütters. Das bekommen wir nicht zusammen.«

Eine Kirchturmuhr in der Nachbarschaft schlug 13.00 Uhr.

»Baguette oder Croque Monsieur im Bistro um die Ecke?«, fragte Raymond.

»Ehrlich, Raymond, mir ist ein wenig der Appetit vergangen. Wir können in das Café gehen, vielleicht noch einen Kaffee, aber, Schmelzer, korrigieren Sie mich, wir müssen mal Luft holen. Viele Aspekte, viele Neuigkeiten. Wie finden wir die Spur zum Mörder?«

CROQUE MONSIEUR

Sie schlängelten sich durch den stehenden Verkehr. Chantal und Raymond wurden mit einem herzlichen »Salut!« im Bistro begrüßt.

»Du café, s'il vous plait.« Fett bestellte für alle. Ihm ging die Fülle an Informationen, die er gerade erhalten hatte, durch den Kopf. Silvie, van Bellen, Goldbach, Antwerpen, der Geheimdienst, die drei Polen Jan, Tomasz und Pawel. Sortieren, sagte er sich, du musst sortieren. Raymond hatte für alle Croque Monsieur bestellt. Sie aßen eher schweigend. Chantal schaute besorgt zu den deutschen Kollegen, die nun am Zuge waren.

»Chantal, schau nicht so betrübt, dafür sind deine Augen nicht gemacht. Was macht Paris, fährst du weiter jedes Wochenende?«, fragte Fett mit ehrlichem Interesse.

»Mais oui, mein lieber Michel, Freitagabend oder Samstagmorgen, wenn mich der liebe Raymond entlässt, husch, springe ich in den Thalys. Zwei Stunden und ich bin am Gare du Nord, dann die Metro und ich bin in einer anderen Welt.«

»Paris.« Schmelzer meldete sich aus den Tiefen seines Croque. »Da war ich mal auf Klassenfahrt, mit dem D-Zug, dauerte ellenlange. Und das Geld reichte nicht, alles super teuer. Der kleine Park am Pont Neuf, den fand ich cool. Da machten wir Picknick.«

»Sqare du Vert-Galant«, warf Fett ein. »Wer eine Frau

dorthin einlädt, sollte wissen, was er tut, nicht wahr, Chantal?«

Chantal lächelte.

»Mit dir würde ich mich auf die Parkbank setzen, Michel, mit einem Baguette und etwas Käse und auch Wein. Wer weiß, vielleicht erfahre ich dann mehr über die Geheimnisse der deutschen Männer, die immer nur arbeiten und auf die Bundesliga warten und immer ein deutsches Auto fahren.«

»Herr Fett fährt Alfa«, meldete sich Schmelzer mit vollen Backen, »und ich einen Passat.«

»Oh, wie raffiniert. Der Alfa, nicht der Passat, da müssen die Frolleins sehr aufpassen, wenn so ein Marcello Mastroianni kommt.«

»Wenn wir den Fall lösen, fahren wir zusammen nach Paris, einverstanden?« Raymond schaute in die Runde und danach auf die Uhr. »14.00 Uhr, wir müssen zum Chef du Commissariat.«

»Ich bin dabei, Paris, meine ich.« Schmelzer schien motiviert.

»Ja, wenn wir den Fall lösen. So oder so lösen«, sagte Fett, »dann nehmen wir den Thalys. Danke, euch beiden. Danke für die Unterstützung und die Einladung. Wir kommen wieder und ihr mailt uns, was wir brauchen können.« Raymond zahlte alles, und der Wirt verabschiedete sie fast wie Stammgäste.

»Kollege Dupont wird euch zum Bahnhof fahren. Schaut noch mal genau auf die Architektur. Nächstes Jahr wird der Bahnhof offiziell eröffnet. Und nicht zögern pour des questions, für Fragen. Immer. Salut, Michel, salut, Bernd.«

Chantal lächelte, Wangenkuss, salut.

Das monotone Rattern der Regionalbahn nach Aachen beförderte die beiden Polizisten der Aachener Mordkommission allmählich in den Schlaf. Eine Stunde später fuhren sie in den Hauptbahnhof ein und nahmen den nächsten Bus in Richtung Krefelder Straße. Schweigend gingen sie in ihr Büro.

»Schmelzer, was hat uns das heute gebracht, was war die wichtigste Information?«, fragte Fett seinen Kollegen, der die Kaffeemaschine einschaltete und dabei nach draußen schaute.

»Der alte Rütters als Vater von Marie Utzerath. Sie hätte damit ein Motiv: Rache an der Familie. Aber sie hat ein Alibi.«

»Ja«, sagte Fett, »sehe ich auch so. Ob Doktor Gisbert Sahm das wusste? Unser Heimatforscher und Nazi-Jäger. Bestellen Sie ihn mal für morgen um 9.00 Uhr. Die Diamanten, Schmelzer, einer ist wieder aufgetaucht, vermutlich. Der für Anton Eisenhut. Es fehlen noch viele. Schluss für heute. Ich muss mal raus. Bis morgen, Schmelzer.«

»Tschüss, Herr Fett.« Das sagte Schmelzer, wenn er einen interessanten Tag gehabt hatte. Und dieser Tag war interessant.

MONSIEUR JAUNE

Am Abend dieses Montags verließ Doktor Gisbert Sahm nach 19.00 Uhr das Büro des Geschichtsvereins. Er spürte seinen Rücken, wie so viele Deutsche. Eine Volkskrankheit. Sie hatte zu seiner Frühverrentung geführt. Im Alter von 60 Jahren hatte er seinen Job als Lehrer für Politik und Geschichte an den Nagel gehängt und das Berufskolleg verlassen. Ein Segen für ihn. Er lebte in der Geschichte, die Gegenwart war nicht sein Ding. Er zog die Tür zu und steckte den Schlüssel ins Schloss. In dem Moment spürte er einen harten Druck im Rücken. Dann eine Stimme, die er nicht kannte.

»Sie schließen wieder auf, Monsieur Sahm. Und Sie drehen sich nicht um. Das wäre nicht gut für Sie.«

Sahm hörte, wie eine Pistole entsichert wurde. Es klang jedenfalls so. Irritiert drehte er den Schlüssel zurück in die andere Richtung und drückte die Klinke.

»Sie kennen den Spruch: keine falsche Bewegung. Nicht umdrehen.«

Schweißperlen schossen aus Sahms Poren. Sein Atem ging schneller.

»Was wollen Sie von mir? Wer sind Sie?«

»Aufklärung, Doktor Sahm, nur Aufklärung.«

Ein kräftiger Stoß in seinen Rücken, genau dort, wo seine Physiotherapeutin sonst die warmen Steine auflegte, beförderte Doktor Sahm auf das Regal mit der Regionalliteratur zur Annakirmes, das er mit beiden Händen umfing und das unter dem Druck seiner rund 85 Kilo in Zeitlupe nach vorne kippte. Mit einem lauten Poltern schlug es gegen den Bürotisch. Sahm lag mitten in den Prospekten der Schausteller aus den 50er-Jahren und dachte gar nichts. Doch, er dachte daran, dass in der Etage unter und über ihm niemand wohnte und keiner den Lärm hören würde.

Jemand zog Sahm am Hemdkragen hoch und postierte ihn auf den Bürostuhl.

»Was wollen Sie von mir? Geld, bitte, nehmen Sie meine Brieftasche. Alles. Bitte.«

»Schweigen. Doktor Sahm, nur Schweigen.«

Der kalte Lauf einer automatischen Pistole berührte Sahms rechte Wange.

»Wer sind Sie, was wollen Sie?«

»Ich komme aus der Vergangenheit, Doktor Sahm, da, wo Sie zu Hause sind. Nennen Sie mich Monsieur Jaune. Sie geben mir nun die Akten über Arnoldsweiler, über Silvie van der Felde und die Papierfabrik. Verstanden? Und Sie werden schweigen. Für immer.«

»Wollen Sie mich umbringen? Was wollen Sie? Nehmen Sie alles.«

»Sie werden sich nicht umdrehen. Compris? Verstanden? Sonst sind Sie tot, Doktor Sahm. Erschlagen von Ihren Regalen. Erstickt an den Akten.«

Der Druck des Pistolenlaufs an seiner Wange wurde härter. Sahm hörte eine zweite Stimme.

»Dort, Regal drei. Alles über Arnoldsweiler. Und in der Schublade, hinten à gauche, van der Felde, das Dossier.«

»Doktor Sahm, wir wissen, dass Sie der Vater von Robert sind. Lassen Sie Marie Utzerath in Ruhe. Verstanden? Kein Wort zur Polizei. Den Einbruch melden Sie morgen. Monsieur Jaune möchte effektiv nicht wiederkommen. Verstehen Sie? Sonst wird es für Sie sehr, sehr gefährlich.«

Sahm war nass geschwitzt. Sein Herz pochte. Robert, Marie, van der Felde, alles ging ihm durch den Kopf.

»Allez!«

Er wurde heftig am Genick gepackt, bekam eine Plastiktüte über den Kopf und wurde zur Tür gestoßen. Er hörte das Brechen und Splittern von Holz, bekam einen Schlag in die Magengrube und sackte zusammen.

»Das ist kein Spaß, Doktor Sahm. Sie schweigen, sonst brennt hier alles ab. Und Sie mittendrin. Morgen entdecken Sie den Einbruch.«

Sahm saß, nach Atem ringend, vor seiner Bürotür. Er hörte die beiden Personen die Treppe hinunterlaufen, die Haustür schlug zu, ein Wagen startete, und Gisbert Sahm zog sich die Plastiktüte vom Kopf. Er war fertig. Fix und fertig. Er zog sich hoch und ging zurück ins Büro, machte das Licht an. Alles weg. Arnoldsweiler, Dossier van der Felde. Robert, woher wussten sie das? Sahm sackte in sich zusammen. Die Vergangenheit kehrte zurück. Seine Augen wurden feucht. Das waren Belgier oder Franzosen. Ja, sie hatten einen französischen Akzent. Und morgen musste er zur Polizei. Alles kreiste in seinem Kopf. Jaune, Monsieur Jaune. Das hieß doch gelb. So viel Französisch konnte er. Sahm schleppte sich nach Hause, er musste duschen. Seine Katze wartete auf ihn. Er ließ die Tür einen Spalt offen stehen. Es war ungefähr 20.00 Uhr, alles war so schnell gegangen. Zu Hause trank er zwei Gläser Bordeaux hintereinander. Die Katze musste fasten.

DER NÄCHSTE TAG

Sahm hatte schlecht geschlafen. Seine Katze auch. Er hatte ihren Thunfisch vergessen. Was war das, gestern, wer war das? Die Bedrohung war real. Woher wussten die das mit Robert? Würde er sich verstellen können? Sahm ging mit leerem Magen aus dem Haus. Ob er beobachtet wurde? Mit schlaffen Schritten von der Valencienner Straße in Richtung Tivolistraße über die Rurbrücke. Er verweilte einen Moment am Fluss. Der Fluss fließt seit Millionen Jahren. Sahm dachte nach über die Geschichte, die Industrialisierung, die Überschwemmungen. Mit seinen Schülern hatte er oft Ausflüge zur Rur gemacht. Sie wollten technische Berufe ergreifen. Manche in der Papierindustrie. Er wollte ihnen zeigen, dass dieser Fluss ihre Berufswahl beeinflusste. Ohne das Wasser der Rur kein Papier, ohne die Papierindustrie keine Zulieferer, ohne die Zulieferer keine Arbeitsplätze. Und ohne die Rur kein Reichtum. Reichtum für bestimmte Leute. Sahm wusste alles über die Rur. Und über die Geschichte der Stadt während des Nationalsozialismus. Alles, was zugänglich war. Sahm fühlte sich an diesem Vormittag so einsam wie noch nie. Er spürte, dass die Geheimnisse ans Tageslicht drängten, dass die Sonne die Schatten verbrennen würde. Er musste über sein Bild der Sonne lächeln. Schließlich wirft sie die Schatten. Sahm war konfus. Sein Leben geriet aus den Fugen. War es nicht schon sehr früh aus den Fugen geraten? Sahm war mit Marie Utzerath in dieselbe Klasse gegangen. 1946/47. Sie war ein Jahr älter als er. Notklassen, so hieß es damals. Dann trennten sich die Wege. Sahm wechselte zum Gymnasium, Marie Utzerath ging zur Handelsschule. Sie hatte ihn immer angezogen. Seit der Grundschulzeit. Sie war anders, fröhlicher, aufgeweckter. Später, ganz viel später, er war Gymnasiast, da tauchten Andeutungen auf. Über Herrn Utzerath, seine Vergangenheit. Düren war klein, man kannte sich. Gisbert Sahm wollte als Jugendlicher mehr wissen, mehr über die Geschichte, über die Gründe, warum seine Großeltern beim Bombenangriff der Royal Air Force in der Hauptpost, am Schalter wartend, um 15.30 Uhr am Nachmittag von Trümmern erschlagen wurden. Warum sein Vater von den Raketen einer Stalinorgel irgendwo vor Leningrad in Stücke gerissen wurde. Geschichte. Der junge Gisbert bearbeitete die Geschichte, und als er ein Fahrrad bekam, fuhr er herum in Düren und traf eines Tages auf Marie Utzerath, die schöne Marie, die immer noch fröhlich war, und sie spazierten entlang der Rur. Auch im Spätsommer 1959, da waren sie jung und lebenshungrig und ein wenig verliebt. Marie hatte ihre Adoptiveltern verloren, und doch hatten sie ihr alles gegeben, was sie geben konnten. Nur die Schatten der Vergangenheit, die störten Marie, auch bei Gisbert Sahm. Sie lachte, machte Blödsinn, alberte und stellte doch kluge Fragen. Sie mochte Gisbert, aber nicht den Grübler, den geschichtsbeladenen. Es war der Spätsommer der großen Gefühle, der Sommer 1959, und es passierte, was immer unter jungen Menschen passiert: Lust, Liebe, Leidenschaft. Für beide war es das erste Mal. Ruhe hatten sie keine, dort im Gras der Rurwiesen. Alles ging so schnell. Sie waren rot, schämten sich ein wenig. Marie war erwachsener, selbstbewusster, sicherer. Gisbert tat sich schwer, das Erlebte zu verarbeiten. Er meldete sich nicht mehr bei ihr. Eine Störung. Er büffelte wie verrückt und lenkte sich ab. Er wollte kein Kind. Sie wollte es. 1960 kam Robert zur Welt. Gisbert drückte sich. Nein, er könne nicht der Vater sein, er wolle nicht der Vater sein. Er ließ Marie alleine. Alleine mit dem Kind. Er verkroch sich, verkroch sich in die Geschichte. Wie eine Obsession. Er verschwand aus Düren 1961 und studierte in Aachen Geschichte und Politik, promovierte 1968 über »Pädagogik der Erinnerungskultur«. Ab und zu kehrte er zurück zu seiner Mutter, die allein lebte mit karger Rente und 1964 starb. Marie zog Robert alleine auf. 1960, ein uneheliches Kind, eine Mutter, die bei Adoptiveltern aufgewachsen war. Eine schwierige Situation, aber Marie Utzerath forderte nie etwas von Gisbert Sahm. Sie kam zurecht. Sahm wusste nicht wie, doch Marie war stark und unabhängig. Dann 1965 die Explosion. Robert war fünf Jahre alt. Sahm studierte in Aachen, er erfuhr erst lange nach der Beerdigung von diesem Schicksalsschlag für Marie Utzerath und für ihn. Er wurde Lehrer am Berufskolleg, gründete den alternativen Geschichtsverein 1985.

Alles kam zusammen im Kopf von Gisbert Sahm. Wäre die Brücke höher und die Rur tiefer gewesen, vielleicht wäre er in einem Anfall von Selbstmitleid gesprungen. Bei einer Wassertiefe von 80 Zentimetern und eine Fallhöhe von 1,50 Metern wäre daraus nur eine blamable Nummer geworden. Er fühlte sich lächerlich genug, nach all dem, was passiert war. Sein Leben war gelebt. Seine Chancen hatte er verpasst. Immerhin, er hatte Schüler neugierig gemacht, sie auf die Schatten der Geschichte gestoßen, so hoffte er.

Er bog in die Rurstraße ein, dann die Goethestraße. Sein Herz schlug schneller. Er war nicht mehr gesund. Er war alt, ein Schatten lag über ihm. Der Schatten des Zynischen, der Verbitterung, der Enttäuschung. Er war 66 Jahre und musste nun diesen Zirkus mitmachen. Sich bedrohen, überfallen lassen. Sahm öffnete die Tür und ging hinauf in den ersten Stock. Er stand vor der aufgebrochenen Tür. Es war 9.05 Uhr.

»Leitstelle Düren, Kufferath.«

»Ich möchte einen Einbruch melden. Goethestraße 217, Sahm, Geschichtsverein. Die Tür ist aufgebrochen.«

»Ich schicke einen Wagen vorbei. Warten Sie. Nichts berühren.«

Die Kollegen des Kommissariats Einbruch aus Düren erkannten sofort die Profis und fragten sich doch, was es denn beim Geschichtsverein zu holen gab. Portokasse, Computer, Drucker – alles noch da. Die Portokasse war auch vor dem Einbruch leer. Der Computer noch aus der Steinzeit und der Drucker brachte auf dem Schwarzmarkt auch nichts.

»Was fehlt denn, Herr Doktor Sahm?«, fragte Kommissar Schneidmüller.

»Nun, auf den ersten Blick nichts von Wert, aber die Werte hier sind immateriell. Ich muss das alles in Ruhe sortieren. Meine Vereinskollegen müssen mithelfen. Ich kann es Ihnen auch nicht ad hoc sagen. Bestimmt waren die Einbrecher enttäuscht, dass alles hier so karg ist.«

Komischer Kauz, dachte Schneidmüller. Da brechen die ihm die Bude auf, und der wirkt so, na, so gefasst. Und sieht auch noch keinen Diebstahl. Schneidmüller machte seine Notizen, trug alles zusammen. Fingerabdrücke null, Profiwerkzeug, ein Regal umgekippt. Keine erkennbaren Verluste. Der Geschädigte wird das aber noch genau prüfen.

»Das war es dann, Doktor Sahm.« Schneidmüller schaute sich nochmals um. Bei den Aktenordnern gab es eine Lücke, nun ja, Sahm hatte nichts erwähnt. Wird schon seine Richtigkeit haben, dachte er. Außerdem lagen schwierigere Fälle auf seinem Tisch. Also los, sagt er sich und verließ den Tatort. Auf zur nächsten Baustelle.

Sahm hatte den Termin mit Fett und Schmelzer vergessen. Er war aus der Zeit gefallen. Oder war er in die Zeit gefallen? Sein Leben war durcheinandergeraten. Im Grunde seit der Grundschulzeit, seit er Marie Utzerath gesehen hatte. Seit er etwas für sie gefühlt hatte, das er bis dahin nicht kannte. Die karge Liebe seiner Mutter, geschwisterloses Aufwachsen, Gisbert Sahm war ein introvertiertes Kind, und das Lachen und die Lebensfreude von Marie Utzerath hatten eine neue Seite in seinem Buch des Lebens aufgeschlagen. Davon war er nicht mehr losgekommen. Aber die Verstrickungen hatten ihn überwältigt, so sehr, dass er nach Aachen geflüchtet war. Nun holten ihn die Schatten ein, und als um 9.20 Uhr das Telefon im Büro des Geschichtsvereins klingelte, griff er beinahe erleichtert zum Hörer, denn er musste wieder in die Spur kommen.

»Sahm, hallo?«

»Fett, guten Morgen, Herr Doktor Sahm, wir warten auf Sie. Kollege Schmelzer hatte Sie doch für 9.00 Uhr zu uns bestellt.«

»Oh ja, guten Morgen, Herr Fett. Ich bitte um Entschuldigung. Aber hier ist eingebrochen worden. Jemand ist eingebrochen. Ihre Kollegen aus Düren waren gerade im Büro. Entschuldigung. Ich bin dadurch etwas durcheinander.«

»Einbruch. Was fehlt denn, Herr Doktor Sahm?«

»Ich versuche gerade, mir einen Überblick zu verschaffen, Herr Fett, ich kann es noch nicht sagen.«

»Herr Doktor Sahm, ich bin gegen 12.00 Uhr in Düren. Bitte seien Sie im Büro des Geschichtsvereins. Dann sprechen wir.«

»Ja gut. Bis um 12.00 Uhr, Herr Fett. Auf Wiederhören.«

»Schmelzer, bitte rufen Sie mal die Kollegen in Düren an. Einbruch. Bei Sahm ist eingebrochen worden. Was können die uns darüber sagen. Irgendwas stimmt nicht. Normalerweise hätte Sahm gegen 8.15 Uhr losfahren müssen, er war aber in seinem Büro. Vielleicht ist er informiert worden. Kommt mir komisch vor.«

»Der ganze Typ ist komisch, wenn Sie mich fragen. Aber Sie haben mich ja nicht gefragt.«

Schmelzer griff zum Hörer und rief in Düren an.

Die Tür sei professionell aufgebrochen worden. Doktor Sahm habe dort gewartet. Keine erkennbaren Spuren. Warum die Täter auf die zweite Etage und diesen Verein gekommen seien, das sei schon etwas schräg. Wohnungstür öffnen, dann hoch zum Geschichtsverein, der nun nicht unbedingt für Wohlstand bekannt sei. So richtig Sinn mache es nicht. Nach Beschaffungskriminalität sähe es auch nicht aus. Ein Regal wurde umgestoßen, aber sonst kein Vandalismus. Mehr hatten die Kollegen nicht für Schmelzer. Der war nun auch ratlos und berichtete Fett von den fulminanten Ergebnissen.

SCHATTEN

Der Druck im Kopf von Gisbert Sahm wurde stärker. Es braute sich etwas in ihm und über ihm zusammen. Druckerhöhung, schoss ihm durch den Kopf. Er, der immer für die Vergangenheit gelebt hatte, er wurde nun eingeholt. Gleich würde der merkwürdige Kommissar kommen. Alexander Rütters, alles wegen einem ermordeten 88-Jährigen, der genug vom Leben gehabt hatte. Rütters, er, Sahm hatte alles zusammengetragen. Rütters der Funktionär, Rütters der Kriegsgewinnler, Rütters der Mitläufer. Marie Utzerath war eine Zeit lang dessen Hausangestellte. Und Robert, Robert. Sein Sohn, den er nur einmal gesehen hat. Robert, der nur fünf Jahre alt wurde. Gisbert Sahm ging in den Keller. Er stieg hinab. Hinab zu den alten Geschichten. Es rauschte in seinem Kopf. Er ging in die dunklen Räume. Er hatte gemacht, was er konnte. Junge Menschen unterrichtet, Artikel veröffentlicht. Das war sein Beitrag zur Geschichte, zur Verbesserung des Menschengeschlechts. Er schloss die Tür zu dem Kellerraum des Geschichtsvereins auf. Er ging zu einer Metallkiste, deren Schlüssel er immer bei sich trug. Das Schloss sprang auf. Da lag sie, die Walther P.38, die er von einem Offizier der 116. Panzerdivision, der »Windhund-Division«, bekommen hatte. Am Ende eines langen Gesprächs über die Kämpfe im Hürtgenwald, über all die Toten, das Grauen, hatte er sie aus einer Schublade geholt.

»Nehmen Sie die Pistole mit, Herr Doktor Sahm. Man weiß nie. Ich schon. Leben Sie wohl.« Das waren die letzten Worte gewesen. Und der junge Doktor Sahm war mit der Pistole aus dem Haus gegangen. Eine Woche später hörte er, dass der alte Mann sich in die Luft gesprengt hatte. Mit einer Handgranate aus dem Zweiten Weltkrieg.

Nun hielt Gisbert Sahm die Pistole in der Hand. Er wusste, dass sie geladen war. Sie war geölt und voll funktionstüchtig. Er setzte sich auf einen alten Stuhl, den er vor Jahren in den Keller getragen hatte. Sahm war müde. Die Pistole roch nach Waffenöl. Ob der Offizier damit geschossen hatte, fragte er sich. Damals, bei der Ardennenoffensive. Als alles drunter und drüber ging. Sahm hatte die Ereignisse studiert, den Aufmarsch, die Einheiten, das Hauptquartier. Rundstedt war der Oberbefehlshaber für den letzten Angriff der Wehrmacht. Die Amerikaner wurden vollkommen überrascht. Eifel und Ardennen wurden zum Blutacker. Massaker. Blutacker. Er spielte mit den Worten. Dachte an das Massaker von Malmedy. An SS-Standartenführer Peiper, Kampfgruppe Peiper, der gnadenlos die gefangenen Amerikaner massakrierte. Im Schnee der Eifel. Bluteifel. Oft war Sahm in Henri-Chapelle und Margraten, in Vossenack und Hürtgenwald. Auf den Militärfriedhöfen. Namensverwandte. Viele tote Amerikaner trugen deutsche Namen. Europäische Namen. Die Nachfahren von ausgewanderten Deutschen, Italienern, Polen, Iren. Sie lagen im Winter 1944/45 im Matsch der Eifel, in der Rur, in der Kall, in den Wäldern um Saint Vith. Hemingway hielt sich irgendwo bei Großhau im Hürtgenwald auf und bekam diesen Dreck mit. Ja, Sahm kannte die Stelle in »Across the River and Into the Trees«. Die Stelle, in der Hemingway über den Tod im Hürtgenwald schreibt. Er, Sahm, war im Venn, dort, wo das Kreuz für die US-Bomberbesatzung und der geknickte Propeller an den Absturz erinnern. Sahm war in Vogelsang, als Vogelsang zugänglich wurde. Er wusste, dass die Wehrmacht den Kermeterstollen gesprengt hatte, um Hochwasser zu erzeugen. All das rauschte durch seinen Kopf. Er lenkte sich ab von Marie Utzerath, Silvie van der Felde und Robert. Er war randvoll mit diesem Grauen und nun hatte er genug. Monsieur Jaune. Eine unbekannte Macht hatte die Hand nach ihm ausgestreckt. Jemand wusste mehr als er. Er was zu spät. Er konnte nicht noch einen Kampf kämpfen, der die alten Wunden aufreißen würde. Peiper, Peiper, da war doch was. Peiper, der zum Tode verurteilt worden war, wurde nicht gehenkt. Er saß ein, kam frei und, erinnere dich, sagte er zu sich. Ja, Peiper wurde in seiner Wahlheimat Frankreich umgebracht, ermordet. Von einem Aktionskomitee. Das war 1976.

Müdigkeit, unendliche Müdigkeit bemächtigte sich seiner. Gisbert Sahm saß auf dem Stuhl und schaute auf die Walter P.38. Hauptquartier. Ja, Burg Dalbenden, da saß Rundstedt und schickte die Truppen in den Tod, die Vergeltungswaffen rauschten aus dem Hunsrück, dem Westerwald, dem Siebengebirge in Richtung Belgien, die Königstiger durchpflügten die Felder und Wälder um Bastogne, die 6. SS-Panzerarmee rückte unter dem grausamen SS-Oberstgruppenführer Sepp Dietrich in Richtung Elsenborn vor. Alles, alles war präsent. Ein Inferno. Inferno. Müde ging er mit der Pistole in der Hand die Treppe hoch ins Büro. Er setzte sich auf den Boden, lehnte sich an ein Regal. Langsam hob er die P.38.

KAMPFMITTELRÄUMDIENST

»Schmelzer, bevor wir nach Düren fahren: Der Tod von Robert Utzerath, dem unehelichen Sohn von Marie, wodurch wurde der genau ausgelöst?«

»Ein Blindgänger, Herr Fett, eine Bombe der Engländer, die nicht explodiert war, so steht es in den Unterlagen.«

»Rufen Sie den Kampfmittelräumdienst an, Schmelzer. Die bewahren alles auf, weil immer noch Bomben rumliegen. Fragen Sie nach, wie das war 1965. Einfach mal absichern. Ich hab so ein komisches Gefühl.«

Jetzt wieder Gefühle, dachte Schmelzer.

Schmelzer rief bei der Zentrale des Kampfmittelräumdienstes in Düsseldorf an.

Ja, 1965, da müsse im Archiv nachgeschaut werden, so die aufgedrehte Stimme der Sachbearbeiterin. Hier habe man halt viele Bomben. Schmelzer verdrehte die Augen und fragte sich, ob jeder Anrufer so bedient würde. Nun, es sei wichtig, Mord, ob sie das verstehe, die Frau Schneidebeck, da am anderen Ende der Leitung. Frau Schneidebeck, elektrisiert bei dem Wort Mord, wurde noch lebendiger. Ob er, Schmelzer, das mal erklären könne.

»Liebe Frau Schneidebeck, es ist schon wichtig. Die Lunte brennt, sozusagen. Und 1965, Rur, Düren muss fürs Erste genügen. Können Sie mir sofort helfen, oder?«

»Oder was, Herr Schmelzer, nein, Scherz beiseite. Ich rufe Sie gleich zurück. Aber Mord kommt hier auch nicht jeden Tag vor. Bis gleich, Herr Schmelzer.«

Schmelzer wartete auf so Formulierungen wie »immer gerne« oder »einen schönen Tag noch«. Dann wurde für ihn der Tag nie schön. Doch Wunder gibt es immer wieder. Nach nur knapp 30 Minuten kam ein Rückruf aus Düsseldorf.

»Sauerbier, Abteilungsleiter Kampfmittelräumdienst, Herr Schmelzer?«

»Ja, am Apparat.«

»Also, das ist eine furchtbare Sache gewesen, dieses Unglück an der Rur.«

Sauerbier, Abteilungsleiter für den Regierungsbezirk Köln des Kampfmittelräumdienstes, hatte die alten Unterlagen vor sich liegen. Kein Blindgänger, sondern eine Mine war es, eine Panzermine. Ein Junge muss an der Uferböschung oder ein wenig im Fluss auf eine deutsche Panzermine aus dem Zweiten Weltkrieg getreten sein. Alle fünf wurden zerfetzt. Das war sehr schlimm. Man habe dann die Umgebung abgesucht und in der unmittelbaren Nähe, im Wasserbett, noch drei weitere Minen entdeckt, eine sei circa zehn Meter flussabwärts gefunden worden. Keine Ahnung, wie die dahin gekommen sein könnten. Aber am Ende des Krieges sei viel Material einfach weggeschmissen worden.

Schmelzer dankte, legte auf und machte sich einige Notizen. Dann berichtete er Fett.

»Panzerminen in der Rur, wo genau lagen die denn? Gibt es da noch eine Markierung oder einen Plan, irgendetwas?« Fett war irritiert.

»Kommt gleich, hab ein Fax mit Zeichnung von der Stelle angefordert.« Schon brummte das Faxgerät und spuckte Papier aus.

Schmelzer ging hin und entnahm zwei Seiten.

»Hier, Herr Fett, hier kommt der Plan mit der Stelle, an der die Mine explodierte. Ist etwas unscharf, Moment, hier ist Düren, dort die Rur, der Annakirmesplatz, die Fabrikanlagen. Hier, genau hier ist es passiert.«

Fett schaute auf den Plan.

»An der Stelle bin ich doch mit dem Rad vorbeigefahren. Kurz nach dem Mord. Da steht ein Kreuz. Das ist doch ganz nah an den Fabrikanlagen. Wir werden uns die Stelle heute noch mal anschauen, wenn wir mit Sahm gesprochen haben. Wir müssen los, Schmelzer.«

Beide nahmen den grünen Opel Vectra und fuhren wieder über die A 4 in Richtung Düren. Dienstagmorgen. Am Vortag waren sie in Lüttich, am Abend der Einbruch bei Sahm, heute das Gespräch mit ihm. Er war unruhig. Die Ereignisse und Informationen verdichteten sich. Zwei Monate waren seit dem Mord vergangen. Nur wenige Begegnungen mit Iska Sonntag, die Welt, die sich vor seinen Augen geöffnet hatte, all die Schritte und Spuren in die Vergangenheit, wenn man mal von der trüben Gegenwart im Domizil Sankt Irmgardis und Rur-Energie absah. Vogelsang, van Bellen, Lüttich, Antwerpen, Düren. Alles liegt doch vor uns, sagte sich Fett. Warum sehen wir es denn nicht, warum können wir die Zusammenhänge nicht erkennen?

Schmelzer nahm die Abfahrt, fuhr über die B 56 in Richtung Schoellerstraße, dann rechts ab die Eisenbahnstraße, Tivolistraße, Goethestraße. Kurz vor 12.00 Uhr erreichten sie das Büro des Geschichtsvereins. Die Haustür stand offen. Fett und Schmelzer gingen hoch in den ersten Stock. Die Tür war nur angelehnt. Sahm auch. Er lehnte gegen eines der Ikea-Regale und saß in einer Blutlache.

»Puls, schnell, Schmelzer. Ich rufe an. Ja, Fett, Kripo Aachen, einen Notarzt in die Goethestraße 217, Schussverletzung in Höhe des Herzens, rasch.«

Schmelzer leistete, so gut es ging, Erste Hilfe, nach fünf Minuten kamen die Rettungssanitäter.

Fett nahm Sahm die P.38 aus der rechten Hand. Sahm hatte noch Puls, war aber nicht bei Bewusstsein. Alles sah nach versuchtem Selbstmord aus.

Fett und Schmelzer schauten sich um, als die Sanitäter fort waren. Die Kriminaltechnik aus Düren traf ein. Niemand hatte angerufen, niemand hatte etwas gehört. Wollte Sahm gerettet werden? Unwahrscheinlich. Es sah aus, als ob er die Pistole auf sein Herz gerichtet hatte. Sein Hemd war blutüberströmt. Man würde Schmauchspuren an seiner rechten Hand finden. Sahm war Rechtshänder.

Gestern der Einbruch, heute der versuchte Selbstmord. Fett suchte nach Zusammenhängen.

EIER-TONI

»Schmelzer, fragen Sie in der Nachbarschaft, ob gestern Abend oder heute Morgen jemand etwas gesehen und gehört hat. Vielleicht haben wir Glück.«

Schmelzer begann im gegenüberliegenden Haus, einem Mehrfamilienhaus mit sechs Mietparteien. Dienstagmittag, 12.30 Uhr, Oktober, wer soll da bitte schön zu Hause sein?

»Ja!«, klang es aus der Gegensprechanlage.

»Polizei, Kommissar Schmelzer, ich habe einige Fragen, würden Sie bitte öffnen.«

»Moment.«

Der Türöffner summte, Schmelzer öffnete und nahm sofort die Geruchsmischung von gekochtem Gemüse, angebratenem Fleisch und Reinigungsmittel für Treppenhäuser wahr.

»Hier oben!«

Eine Männerstimme rief aus der zweiten Etage. Schmelzer ging hinauf.

»Kripo Aachen, Schmelzer.« Er hielt seinen Ausweis hoch. »Darf ich reinkommen?«

»Ja, hier lang, Sevenich, Anton.«

»Danke, Herr Sevenich. Ich mache es kurz. Haben Sie vielleicht gestern Abend, gestern Nacht drüben, im Büro des Geschichtsvereins etwas bemerkt, gesehen, ein ungewöhnliches Geräusch gehört. Ist Ihnen in der Straße etwas aufgefallen. Auch heute Morgen?«

Anton Sevenich, genannt Eier-Toni, weil er den Kollegen im Werk Eier vom Hof seiner Mutter verkaufte, garantiert Bodenhaltung und Handfütterung, Eier-Toni überlegte. Zumindest sah es so aus. Schmelzer dachte nur: ernster Fall und schaute sich in der Wohnung um. FC Köln-Wimpel, ein Sammelsurium von Nippesfigürchen, eine Urkunde für 25 Jahre treue Pflichterfüllung als Pförtner der Teppichfabrik Pfeiffer. Toni Sevenich dachte immer noch nach.

»Also, gestern Abend, da hatte ich ja frei. Ich hatte bei meiner Mam die Eier für heute geholt. Ja. Da war ich abends hier. Denn heute muss ich um 14.00 Uhr an die Pforte. Also gestern Abend. Ja.«

Der Eier-Toni dachte und dachte und Schmelzer wurde langsam unruhig.

»Ach, da stand ne Belgier ob de Eck.« Anton Sevenich verfiel in einen mundartlichen Singsang, eine Mischung aus Eifel und Köln.

»Ne Belgier ob de Eck.«

Er wiederholte seine Worte. Und Schmelzer beobachtete den Prozess der Wortfindung für die Eindrücke und Erinnerungen von Anton Sevenich.

»Ich denk noch, wat det der Belgier dann he. Su e rud Nummernschildchen. Die sind ja kleiner als unsere. Dann bin ich mit die Eier von de Mam na Huus gejange.«

»Also ein Wagen mit belgischem Kennzeichen. Was für ein Wagen? Haben Sie ihn hier schon einmal gesehen?«

»Nee. Dat wor sune schwere Daimler. Also mein Chef, der von Fabrik, der fährt auch so einen. Schwarz. S-Klasse. Ich denk noch. Dicke Daimler. Belgier. Schwarz. Un dann bin ich mit die Eier erop. Mit die Eier erop.«

»Und dann, Herr Sevenich. Um wie viel Uhr war das?«

»Kurt vür ach. Ich habe dann die Tagesschau geguckt. Tagesschau.«

»Darf ich mal fragen, wo Sie dann waren, Herr Sevenich?«

»Do, ob dem Fernsehsessel. Fernsehsessel.«

»Dann können Sie auch das Fenster vom Geschichtsverein sehen.«

»Ja logo. Der Doktor Sahm, der is ja immer do. In die Regale und so. Do brennt immer Leet. Immer.«

»Haben Sie ihn gestern gesehen, Herr Sevenich? Denken Sie nach.«

»Jo, os noch ens. Also der Sahm, wie wo dat och noch. Also, in die Kiste kom nüs. Auch kein Fußball. Da habe das Fenster aufgemacht und eine geraucht. Mach die Mam net, evver das moss och ens sinn. Oder? Also. Do woor der Doktor Sahm. Ja. Der arbeitete noch.«

Diese dauernde Mischung zwischen Platt und Hochdeutsch nervte Schmelzer, aber er ließ den Eier-Toni reden und reden.

Und was herauskam, aus der Aussage des Pförtners Anton Sevenich, hörte sich so an. Sahm war im Büro, saß am Schreibtisch. Irgendwann ging das Licht aus. Nur manchmal sah Toni etwas wie eine Taschenlampe. Und gegen 20.00 Uhr, als Toni Sevenich die Tagesschau gucken wollte, da war wieder volles Licht. Kurz nur. Er sah nochmals Sahm. Dann war alles dunkel. Auch bei Toni Sevenich. Denn er schlief den Schlaf der Gerechten und der Eierverkäufer und stand erst gegen 10.00 Uhr an diesem Tag auf. Sahm war also abends im Büro gewesen. Einen Knall oder Schuss hatte der Eier-Toni nicht gehört. Er habe halt den Fernseher recht laut gestellt, auch am Morgen. Und knallen tue immer was. Meinte der Toni.

»Sie haben uns sehr geholfen, Herr Sevenich. Vielen Dank. Und Gruß an die Mutter, unbekannterweise.«

»Wollen Sie ein paar Eier, Herr Kommissar?«

»Danke, sehr freundlich. Wir haben gerade Eierwoche in unserer Kantine. Etwas viel. Sie verstehen.«

»Eierwoche? Wat it nit alles jit. Moss ich de Mam verzälle. Eierwoche. Wat is denn überhaupt los mit Doktor Sahm? All die Polizeiautos und der Krankenwagen.«

»Nun, Herr Sevenich, wenn Sie es nicht weitersagen, aber Doktor Sahm hat sich wohl verletzt und es ist eingebrochen worden. Vielleicht auch in der umgekehrten Reihenfolge. Wir versuchen, das alles herauszubekommen. Sie verstehen. Da ist jede Beobachtung wichtig und Sie haben uns sehr geholfen. Ich betone sehr. Sollte Ihnen noch etwas einfallen, dann zögern Sie bitte nicht und rufen Sie mich einfach an. Vielen Dank, Herr Sevenich, und Grüße unbekannterweise an Ihre Frau Mutter. Auf Wiedersehen.«

Diese langen Ausführungen war Anton Sevenich nicht so gewohnt. Er blieb mit offenem Mund und einem Eierkarton in der Hand stehen und sah Schmelzer nach, der mit raschen Schritten die Wohnung verließ.

»Verletzt, Einbruch oder andersrum, Grüße an die Mam«, Anton Sevenich murmelte es wieder und wieder wie eine Zauberformel, und so langsam dämmerte ihm, dass gegenüber etwas passiert sein musste.

Schmelzer atmete tief durch und klingelte danach bei den anderen Bewohnern des Hauses. Sie bestätigten die Aussagen von Eier-Toni. Einige hatten auch den dunklen Mercedes mit einem belgischen Kennzeichen gesehen, andere wiederum hatten Doktor Sahm in seinem Büro erkannt. Alles in allem eine Reihe von Merkwürdigkeiten in dieser Straße, die den Namen von Goethe trug.

Schmelzer kehrte zurück in das Büro des Geschichtsvereins, wo Fett mit Kollegen aus Düren den Tatort untersuchte. Er nahm Fett beiseite und berichtete über die Beobachtungen von Anton Sevenich.

Fett dachte nach, wollte Ruhe haben, die Dürener Kollegen redeten ununterbrochen. Die Aktenordner waren durchnummeriert. Dann musste es auch eine Liste geben, jemand wie Sahm hat eine Liste, in der der Inhalt der Aktenordner verzeichnet ist. PC, gibt es hier einen PC? Eine alte Gurke stand in einer Ecke, mehr verstaubt als benutzt. In den Schubladen des Schreibtischs fand Fett endlich die Kladde, die er suchte. Aktenordnung, stand drauf. Er ging die Aufstellungen durch. Mehr als 200 Aktenordner zu Themen rund um die NS-Zeit in Düren und der Region.

Strafgefangenenlager. Lager, Gefangenenlager, Arbeitslager, Zwangsarbeiter. Fett suchte, sprach leise die Stichwörter und fuhr mit seinem Zeigefinger durch die Liste. Straf- und Arbeitslager – Arnoldsweiler. Aktenordner 55.

»Schmelzer, suchen Sie mit mir den Aktenordner Nummer 55. Arnoldsweiler. Gefangenenlager.«

Sie nahmen einen Ordner nach dem anderen zur Hand. 54 ja, 53 ja. Alles war da. Nur nicht die Nummer 55. Weg.

Und im Karteikasten, da war doch ein Karteikasten, nein, eher eine Hängeregistratur, voller Namen, Namen aus der Dürener Gesellschaft, fremdländische Namen. Alles sortiert. Van der Felde, Felde, Silvie. Fett wühlte sich durch die Registratur. Ihm wurde heiß. Sahm hatte die ganze Zeit auf Informationen gesessen, die sie dringend brauchten, um endlich eine Spur zu finden. Nichts. Nichts. Van der Felde gab es nicht. Weg.

»Verdammter Mist, Schmelzer. Irgendwas haben wir übersehen. Fragen wir die anderen Mitglieder des Geschichtsvereins. Vielleicht weiß einer mehr. Ich rufe Marie Utzerath an. Sie verschweigt uns immer noch etwas. Und die drei Polen. Schmelzer, checken Sie die drei Polen, die angeblich noch leben.«

Fett und Schmelzer waren am Nachmittag wieder in Aachen. Sie wussten nicht genau, wo sie anfangen sollten. Ein Anruf im Krankenhaus Düren ergab, dass Sahm weiter im Koma lag. Er sei noch nicht bei Bewusstsein, so der Arzt von der Intensivstation. Ja, er werde sie informieren, sobald Sahm ansprechbar sei. Das könne noch dauern.

Die Kriminaltechnik teilte mit, dass es sich mit sehr hoher Wahrscheinlichkeit um einen Selbstmord handele und zu Spuren des Einbruchs Fehlanzeige. Keine Fingerabdrücke. Nichts.

»Schmelzer, prüfen Sie mal die Radarfallen und mögliche Kameras auf den Zufahrtsstraßen nach Düren. Vielleicht taucht der schwarze Daimler auf. Mit etwas Glück. Und die drei Polen nicht vergessen. Bis morgen, Schmelzer.«

Fett hatte genug von diesem Tag und dem gestrigen. Lüttich, Aachen, Düren. Er fuhr mit dem Aufzug nach unten, ging zum Parkplatz, stieg in seinen roten Alfa Romeo und war froh, als der Wagen ansprang und ihn mit dem Klang des Motors in eine andere Welt holte. Es war die blaue Stunde des Abends, »Waldschenke«, »Katschhof«-Terrasse oder »Quellenhof«, »Entenpfuhl« oder »Hangeweiher«. Fett entschied sich für die »Katschhof«-Terrasse, der Blick auf den Dom, die Ruhe des Platzes und die Möglichkeit, rasch in die Altstadt einzutauchen, verlockten ihn. Einen Abstecher zum »Domkeller« wollte er machen, ja, im Hof könnte er zunächst einen Cappuccino nehmen, im »Café zum Mohren«. Langsam fuhr er die Krefelder Straße entlang, vorbei am Tivoli, dem alten Stadion, der Spatenstich für das neue Stadion hatte im Mai stattgefunden. Dann an der Bastei vorbei, Seilgraben. Er stellte den Wagen ab und ging zu Fuß durch die Pontstraße hinauf zum Markt, der voller Menschen war. Abschied vom Sommer. Abschied von der Wärme. Noch einmal auftanken. Fett dachte an Sahm, der in Düren auf der Intensivstation lag, an Chantal in Lüttich, Iska in Bonn, Marie Utzerath in Düren. Überall Geheimnisse, Schatten. Er lächelte beim Anblick all der jungen Menschen. Studenten zumeist, die mit einer Bierflasche in der Hand auf dem Markt abhingen oder in Richtung obere Pontstraße schlenderten. Fett brauchte Ruhe und Alleinsein unter Menschen. Er hatte die richtige Wahl getroffen, zunächst das »Café zum Mohren«, danach die Terrasse vom »Ratskeller«. Der Hof war voll, kaum ein Platz frei. Er fand direkt an der Fassade einen Stuhl, kleiner Bistrotisch. Die Kellnerin, eine Studentin, brauchte lange, um ihn zu entdecken. Der Cappuccino war gut wie immer. Er sortierte seine Gedanken und öffnete einen Knopf des blauen Hemdes.

Sein Handy klingelte leise, er blickte auf das Display, Vorwahl Belgien.

»Hallo, Fett.«

»Chantal, Michel, nur ganz kurz, für dich. Persönlich. Ja.«

»Chantal, quel plaisir. Ich dachte eben noch an dich. Ach, komm rüber, wir trinken ein Glas zur blauen Stunde. Heure bleue.«

»Michel, für dich, oui. Wir haben nicht telefoniert, bitte, nur eine vertrauliche Info. Oui?«

Fett wurde ernst und richtete sich im Stuhl auf.

»Sahm ist der père, also der Vater, von Robert Utzerath. Compris? Für dich. Ist schon dunkel genug alles. Salut.«

Beebeep. Sie hatte aufgelegt. Chantal hatte nicht von ihrem Büro und ihrem Handy aus angerufen. Warum das Geheimnis, warum kein offizieller Anruf? Und das einen Tag, nachdem ein Mercedes mit belgischem Kennzeichen in Düren in der Goethestraße stand, bei Sahm eingebrochen worden war und Sahm versucht hatte, Selbstmord zu begehen.

»Zahlen bitte.«

Fett ging hinüber zur Rathaus-Terrasse, dort war es ruhiger. Er bestellte einen eiskalten Crémant, setzte sich auf einen Stuhl in einer Ecke nahe am Granusturm und hing seinen Gedanken nach.

Stimmte das, was Chantal ihm gesagt hatte? Warum hatte sie es ihm gesagt, warum so geheimnisvoll, warum von einer anderen Nummer, warum heute?

Wenn Sahm der Vater war, warum waren sie nicht zusammengeblieben, warum hatten Marie Utzerath und Sahm das verschwiegen? Was bedeutete dies für den Mord an Rütters?

Hat Sahm sich an Rütters gerächt für irgendetwas, aber warum jetzt, 43 Jahre nach dem Tod von Robert? Er hatte ein Alibi, war in Hergarten bei einer Vorstandssitzung. Oder hing es mit Silvie van der Felde zusammen? Die Akten sind weg. Die von Arnoldsweiler und die Personalakte. Hat Sahm das alles inszeniert, um von sich abzulenken? War der Mercedes nur zufällig dort in Düren und Sahm hat alles nur erfunden? Ablenkung durch Suizidversuch?

Der eiskalte Crémant pritzelte wohltuend, und Fett

genoss die Gedankenspiele mit Blick auf den Aachener Dom. Karl der Große, Oktogon, Reich, Bildung, Frauen. Der schwimmende Souverän. Nur wegen der heißen Quellen. Darum saß er hier. Weil es hier heiße Quellen gibt. So viel hatte er verstanden. Ansonsten lag Aachen in einem Talkessel, umgeben von Wäldern voll Rotwild. »The Deer Hunter«, Michael Cimino, ging ihm durch den Kopf.

Er spielte mit seinem Handy und las die letzte SMS von Iska Sonntag: »Alarmeinsatz OK. Bornheim. Kann nicht kommen. K. I.«

OK – immer wieder Organisierte Kriminalität rund um Bonn. Sie mussten wohl einen Paten ausheben oder bei einem gefährlichen Frauenschleuser einen Zugriff machen. Kuss. Iska. Das tat gut. Die richtigen Küsse noch mehr.

»Noch ein Glas bitte.«

Die schwarzhaarige Bedienung lächelte und nickte.

»Gerne. Sofort.«

Fett sah ihr nach. Dann rief er Iska an.

»Ich bin nicht erreichbar. Nummer hinterlassen. Danke.«

»Noch ein Glas bitte.«

Die Kellnerin lächelte weiter. Was sie wohl über den Endfünfziger dachte, der da um diese Uhrzeit einen Crémant nach dem anderen bestellte. Auch egal, dachte Fett. Iska war wieder im Dienst. Irgendwo rund um Bonn. Mit all den Infos und der Stimmung wollte er das Beste aus dem Abend machen. Als das dritte Glas kam, zahlte er. Sie bekam ein gutes Trinkgeld für ihre Freundlichkeit, und er ging über den Katschhof in Richtung Dom. Vorne, vor dem Rathaus, war alles voll. Die Mülleimer platzten bereits. Die Flaschensammler kamen im Minutentakt. Hier, auf dem Katschhof, war eine himmlische Ruhe. Ein paar Schritte zum Elisenbrunnen würden ihm guttun. Fett drehte seine Runde. Manchmal grüßte er jemanden, den er flüchtig kannte. Manchmal übersah er jemanden. Er kam gegen 22.00 Uhr nach Hause in seine Appartement-Wohnung am Templergraben. Da lagen noch die Zeitungen vom Wochenende. Der Anrufbeantworter war leer. Schlaf. Fett war müde. Er schlief. Bis der Wecker um 5.30 Uhr den Tag einläutete und er seine Turnschuhe packte, den Trainingsanzug und rasch eine Runde in Richtung Lousberg lief.

JAN PAWLAK

Er hatte die Zwangsarbeit überlebt, war zurückgekehrt nach Krakau und fand später Arbeit in Zabrze, war jahrelang in das Bergwerk »Guido«, eine Versuchszeche für Bergbaumaschinen, eingefahren. Sein Sohn, Jahrgang 1960, der junge Lech Pawlak, machte 1989 rüber nach Deutschland, studierte nach seinem Abschluss in Gliwice noch Markscheidewesen an der RWTH Aachen, der Rheinisch-Westfälischen Technischen Hochschule, und arbeitete nun bei Rheinbraun im Tagebau Garzweiler. Er holte seinen Vater nach Deutschland, die Mutter war 2002 gestorben, und nun lebte Jan Pawlak, der von 1941 bis 1945 bei Rütters Papier geschleppt, gestapelt, verpackt hatte, bei seinem Sohn und seiner deutschen Schwiegertochter in Herzogenrath. Er sprach leidlich gut Deutsch und fuhr regelmäßig mit dem Busunternehmen Sindbad nach Krakau, in seine Geburtsstadt, um in der alten Heimat nach dem Rechten zu schauen, wie er sagte. Manchmal verdiente er im Sommer ein paar Zloty hinzu, dann führte er Touristen durch die Zeche »Guido«, die nun für Besucher hergerichtet war.

Das alles ahnte Schmelzer noch nicht, als er am Mittwochmorgen die Namen der drei polnischen Zwangsarbeiter in den Computer eingab. Erst als er Jan Pawlak mit Wohnort Herzogenrath fand, wurde er wacher, machte einen Ausdruck und ging zu Fett, der mit einer noch nicht ganz einzuordnenden Laune heute bereits um 7.15 Uhr im Büro aufgetaucht war. Er hatte Schmelzer mit der Information von Chantal überrascht und sie hatten vereinbart, nachmittags Marie Utzerath zu kontaktieren. Das waren schon einige Neuigkeiten: Sahm als Vater, Roberts Tod durch eine Mine, der Einbruch in Düren, der versuchte Selbstmord von Sahm.

»Wir sollten mal zu den Bockreitern fahren, Herr Fett.«

»Bock was?«

»Bockreiter, Herzogenrath war eine Bockreiterstadt, ganz üble Gesellen, Herr Fett. Da treffen wir jemanden. Also keinen üblen Gesellen. Jan Pawlak, einer der drei Polen, die bei Rütters gearbeitet haben, der lebt bei seinem Sohn und seiner Schwiegertochter in Herzogenrath. Wenn wir etwas über Silvie van der Felde von jemandem hören wollen, der sie erlebt hat als Zwangsarbeiterin, dann Jan Pawlak. Er kann bestimmt auch Deutsch, wenn er schon hier lebt.«

»Sehr gute Idee, Schmelzer. Nehmen Sie Kontakt auf. Rasch. Wer weiß, wie lange die Alten noch unter uns sind. Seien Sie behutsam. Nach allem, was der als Jugendlicher hier erlebt hat. Ein Wunder, dass er nach Deutschland gezogen ist. Wir sollten ihn sprechen, bevor wir zu Marie Utzerath fahren.«

Schmelzer erreichte den Sohn, Lech Pawlak, Ingenieur im Tagebau Garzweiler. Ja, der Vater sei zu Hause und er sei auch sehr rüstig. Er werde ihn anrufen und den Besuch ankündigen. Er selbst, Lech Pawlak, werde gegen 15.00 Uhr daheim sein. Sie verabredeten sich für diese Uhrzeit.

Mit dem reparierten Opel fuhren sie nach Herzogenrath, Reihenhaussiedlung, irgendwann Ende der 80er-Jahre entstanden, als Tagebau und Bergbau langsam in eine Schieflage gerieten. Kleiner Vorgarten, Garage daneben. Sie klingelten.

»Ah, die Herren von der Polizei. Guten Tag. Kommen Sie. Ich bin Lech Pawlak, kommen Sie. Kaffee oder Herbata, also Tee, Wasser? Was kann ich Ihnen anbieten?«

Fett und Schmelzer waren von der Gastfreundschaft überrascht. Sie folgten Lech Pawlak in das Wohnzimmer, wo ein älterer Herr gerade TV Polonia schaute und mit einem »Gutten Tak!« die Herren begrüßte.

»Bitte nehmen Sie Platz. Meine Frau Monika arbeitet noch, sie kommt erst gegen 18.00 Uhr. Unser Sohn ist beim Fußballtraining. Und ich habe die Frühschicht eben beendet. Bitte, bitte. Tatusz, Papa, das sind die Herren von der Polizei aus Aachen, die wollen was aus deiner Zeit in Düren wissen.«

»Herr Pawlak, vielen Dank für Ihre Zeit. Mein Name ist Fett und das ist mein Kollege Schmelzer. Wir kommen von der Aachener Kriminalpolizei und wir, wie soll ich es sagen. Also, Alexander Rütters ist ermordet worden. Vor zwei Monaten wurde er erschossen. Sie wissen, wer Alexander Rütters war.«

»Natürlich. Soll ich nicht wissen, wer das war. Habe ich verbracht fast fünf Jahre in seine Fabrik. Ermordet, ich nicht wissen. Was ist passiert? Papier auf Kopf gefallen?«

»Nein, er wurde erschossen, Herr Pawlak. Und wir haben noch ein paar Fragen zu der Zeit, die Sie im Zweiten Weltkrieg in Düren verbrachten.«

Jan Pawlak war rüstig und in Erzähllaune.

»War ich ein junger Mann. Fast Kind. Gehe ich über Rynek Główny, großer Markt, Krakau, im Sommer 1941, werde ich kontrolliert. Kein Papier. Du mitkommen, Dreckspole, sagt der Soldat. Sie lachen mich aus. Soll ich in Transport nach Sobibor oder Auschwitz oder Treblinka. Ganz neu. Gute Behandlung. Sie lachen. Stehen wir an Rampe mit Güterzug, kommt einer und sucht Arbeiter für Fabrik. Zeigt auf mich. Du da, raus. KZ kann warten. Kam ich da in die Papierfabrik. Kollegen alle tot. Ich fahre in Zug nach Deutschland. Weiß nicht wohin. Auf einmal Düren. Bahnhof. Alle raus. Mit Lkw in Papierfabrik. Nachts in Lager nach Arnoldsweiler. Junge Rütters war Chef. Beide, junge und alte Rütters, waren gut. Arbeit schwer. Papier ist schwer. Sehr. Beide waren gut. Gab es auch Essen und Weihnachten auch etwas mehr. Nur Arnoldsweiler war nicht gut. War ein Lager. Kalt. Starben viele. Russen. Kamen immer mehr russische Soldaten. Bekamen nichts zu essen. Wir ihnen geben was. Nicht genug. Starben. Arme Kerle. Ganz jung. Noch jünger als wir.«

Er wollte immer weiter erzählen, und Fett und Schmelzer hörten ihm gebannt zu. Von Feindseligkeit war nichts zu spüren.

»Herr Pawlak, bitte, eine Frage. Können Sie sich an Silvie van der Felde erinnern und an den Graben, den Sie 1945 an der Rur ausheben mussten?«

»Tak, tak. Ja, ja. Habe ich schon mal erzählt alles. War sich vor lange Zeit. Lech noch nicht geboren, oder doch. Ich mich nicht erinnern. War ich noch in Zabrze. Kamen zwei Männer aus Belgien, haben mich ausgefragt. Waren sehr nett. Sehr. Wollten alles über Silvie van der Felde wissen. Habe ich erzählt alles. Auch von Kind, und dass sie mir hat gesagt, Patron sei der Papa.«

»Wer war das aus Belgien, Herr Pawlak?«

»No, war so Polizei oder so. Kamen mit Mann von polnische Polizei oder Geheimdienst. Wollten wissen, wie es war da in Düren. Vielleicht wegen Prozess oder so. Waren sich zwei Männer. No. War sich lustig. Hießen Monsieur Jaune und Monsieur Rouge. Musste ich schweigen danach. War sich geheim alles. Alles habe ich erzählt. Ja. Alles. Aber der Graben nicht. Waren sie nicht interessiert. Ja, war eine Scheißarbeit damals. Kurwa! No, war sich etwas merkwürdig. Hat er gewollt tiefes Loch in Fluss. Haben wir gegraben. Kaltes Wasser. War Ende Januar 1945. Hörten wir Amerikaner. Befreiung. Angst vor SS. Hingen in die Bäume überall Leute. Aufgehängt. Schild vorne. Stand sich was mit Deserteur. Wir haben gegraben Loch. Loch war so groß.« Jan Pawlak maß ungefähr 50 x 100 Zentimeter ab.

»Musste sein sehr tief. Wir haben gemacht Verschalung. Damit Wasser nicht läuft rein. Und dann Kanal nach Fabrik. Hatte Direktor Rütters schwere Tafel von schwere Stein. Ganz czarne, wie sagt man, schwarz. War sich schwarze Schiefer. Große Platte. Schwer. Haben wir getragen an Flussufer. Für nächste Tag. Chef uns hat gegeben Cognac an die Abend. Wir waren kalt. Kaltes Wasser. Fluss mit Eis. Sehr kalt.«

»Wofür brauchte Rütters das Loch, Herr Pawlak?«

»Ich nicht wissen. War viel los. Amerikaner. Viele deutsche Soldaten auf Flucht. Kamen mit Lkw. Verwundet. Fliehen in Richtung Rhein.«

»Bitte, Herr Pawlak, es ist sehr wichtig. Erinnern Sie sich. Bitte.«

»No, wurde ich wach in die Nacht. Musste ich machen Pipi an die Fluss. Kommt Chef mit noch eine Mann. Tragen so eine Kiste zu Loch im Fluss. No. Haben reingestellt Kiste in unsere Loch und Dreck drauf. Mehr ich nicht wissen. Habe ich geschlafen fest. Nächste Morgen wir heben schwarze Platte auf Loch. Dann Verschalung weg und Wasser von Fluss war da. Nur im Fluss war so dunkle Stelle. Sah sich aus wie Schatten in die Rur.«

»Rurschatten«, schoss es aus Fett und Schmelzer heraus.

»No, war sich Rurschatten in die Fluss. Stelle war sich gut markiert. Nächste Tage dann Angst vor SS. Bis sich kamen Amerikaner. Chef war gut. Wir haben gesagt, Chef gute Mann. Nicht SS. Chef uns hat gegeben neue Anzug und Geld und Essen. Wir warten, bis Hitler kaputt. Dann Chef uns gibt noch mehr Geld und was Schmuck. Wir können nach Hause.«

»Herr Pawlak, gab es noch etwas Besonderes damals, bitte, rund um die Rur, am Kriegsende in Düren.«

»War große Aufregung zwei Tage, bevor kamen Amerikaner. Viele SS und Wehrmacht kamen. Warfen weg alles. Ging ein Lkw kaputt von Pioniere. Hatten so Hund auf Lkw gemalt. Beschossen von Mustang. Volltreffer in Motor. Hatten Soldaten Glück gehabt. Alles voll. Lkw mit Minen. Alles. Schwere, große Minen für Panzer. Soldaten kamen zum Haus von Chef mit eine Verwundete. Chef hat Soldaten geholfen. Gegeben Geld und Cognac. Haben Soldaten fünf Minen gebracht an die Kanal. Chef sagte, sollen Minen vergraben, damit Amerikaner nicht kaputtmachen Kanal. Soldaten haben gelegt fünf Minen. Chef hat geholfen Soldaten. Sind schnell verschwunden. Zwei Tage später kommen Amerikaner.«

»Moment mal. Rütters hat Minen, Panzerminen, an der Stelle vergraben lassen, wo Sie das Loch gemacht haben?«

»No, in die Fluss vier gelegt und an die Ufer eine. War sich gefährlich. Aber Chef wollte so. Ich denke wegen Kästchen. Kästchen von Chef und Kollege.«

»Wer war der Kollege von Rütters, Herr Pawlak? Kannten Sie den Mann. Was war in der Kiste, was denken Sie?«

»Ich nicht kennen Mann. Aber kein Arbeiter. Konnte nicht arbeiten. Nein. Muss gewesen sein wertvoll in die Kiste. Ich nicht wissen. Aber bestimmt wertvoll. War große Durcheinander. Wir, Tomasz, Pawel und ich nicht wollen noch sterben so kurz vor Ende. Keine Fragen. Nichts. Haben alles gemacht und dann warten, bis Hitler kaputt.«

Fett schaute ihn aufmerksam an, dann sagte er: »Herr Pawlak, wissen Sie, was aus dem Kind von Silvie van der Felde geworden ist?«

»Ich nicht wissen. Silvie war auf einmal weg. Wir gehört, sie sei gestorben. Wir immer weiterarbeiten. Wir gedacht, dass sie gestorben mit Kind bei Geburt. Ich nicht mehr wissen.«

Lech Pawlak bot seinem Vater einen Tee an.

»Hilft Ihnen das weiter, meine Herren? Mein Vater ist alt. Aber diese Zeit in Düren hat er nie vergessen. Er erzählt immer, dass es Solche und Solche gab. Im Lager von Arnoldsweiler war es wohl schlimm. In der Papierfabrik ging es. Er kam im Oktober 1945 zurück nach Krakau zu dem Rest seiner Familie. Und dann wurde Polen kommunistisch. Die nächste Diktatur. Sehen Sie, uns geht es hier gut. Ich habe Arbeit, meine Frau, sie ist Deutsche, arbeitet hier, und unser Sohn geht hier zur Schule. Wir möchten meinem Vater noch einen angenehmen Lebensabend ermöglichen.«

»Ja, Herr Pawlak, Ihr Vater hat uns sehr geholfen. Glauben Sie, er könnte uns nach Düren begleiten, um uns zu zeigen, wo er damals in der Rur gegraben hat?«

»No, kann ich kommen mit. Ja. War ich mit Lech schon mal in Düren. Habe ihm gezeigt, wo stand Fabrik. Komme ich mit. Zeige ich Ihnen, wo ich gegraben habe mit Pawel und Tomasz Kanal und Loch für Kästchen.«

»Na bitte, mein Vater kann für sich selber sprechen, tak, ja.«

»Herr Pawlak, wir kommen Sie morgen um 9.00 Uhr abholen. Dann fahren wir nach Düren und Sie zeigen uns die Stelle, ja.«

»Tak, tak. Ja, kommen mit Polizeiauto, bitte sehr.«

»Wir tun, was wir können.«

»Was hat das alles mit dem toten Rütters zu tun, Herr Fett?« Lech Pawlak wunderte sich über die alten Themen.

»Nun, es gibt da Spuren in die Vergangenheit. Die müssen wir auch verfolgen. Das Motiv für die Ermordung ist wohl komplizierter, als wir bisher vermutet haben.« Fett sah ihn ruhig an und dachte, dass es wohl wirklich so war. Alles etwas komplizierter.

»Ach, Herr Pawlak, wo waren sie beide am Freitagabend, dem 1. August? Ich muss die Frage stellen, Routine, tut mir leid.«

»No, waren wir doch in Zabrze. Großes Fest für alte Bergleute. Ganze Familie. Viel Wodka, viele Lieder. War sich doch lange geplant.«

»Ja«, sagte Lech Pawlak, »wir waren mit meinem Vater im Bergwerk ›Guido‹. Es war ein großes Fest. 19 Jahre nach dem Fall der Mauer. Viele Kumpel kamen dorthin. Wir sind ein paar Tage später nach Hause gekommen.«

»Vielen Dank, Herr Pawlak. Sie haben uns sehr geholfen. Wir holen Sie morgen um 9.00 Uhr ab, dann fahren wir nach Düren und Sie zeigen uns bitte die Stelle an der Rur, an der Sie gegraben haben.«

Am nächsten Morgen waren Fett und Schmelzer pünktlich in Herzogenrath. Sie holten Jan Pawlak mit einem alten VW-Passat von der Hundestaffel ab. Er roch ein wenig nach nassem Schäferhund. Dem alten Herrn machte die Fahrt trotzdem Freude, stellte sie doch eine willkommene Abwechslung im ansonsten eher ruhigen Alltag des ehemaligen Bergmanns dar. Sie parkten am Stadtparkrestaurant in Düren, überquerten die Brücke und gingen entlang der Rur flussaufwärts in Richtung Lendersdorf. Ungefähr nach 400 Metern blieb Jan Pawlak stehen. Links von ihnen tauchte im Gebüsch entlang des Wanderwegs ein Kreuz auf.

»No, hier, hier isses. Hier muss es sein gewesen, wo wir haben gegraben in die Rur das Loch und den Kanal.«

Er wurde still und die anfänglich noch gelöste Stimmung verhärtete sich. Fett und Schmelzer bemerkten, wie die Bilder der Vergangenheit vor dem Auge des alten Mannes auftauchten, während die Rur an diesem Oktobertag träge dahinfloss. Mücken flogen, Enten kamen ihnen entgegen. Fett und Schmelzer schauten sich um. Und Fett erinnerte sich an seine Radtour unmittelbar nach dem Mord entlang der Rur. Da war er auch hier vorbeigekommen. Das Kreuz, ja, das Kreuz hatte er aus dem Augenwinkel wahrgenommen.

»Hier starben beim Spielen fünf Kinder, als ein Blindgänger aus dem Zweiten Weltkrieg explodierte. Düren, 1965.«

Fünf Namen. Einer davon: Robert Utzerath.

»Was machen wir nun, Herr Fett?«

Schmelzer schaute auf das Kreuz. Fett blickte über die Rur hinweg auf das andere Ufer. Dort verlief die Dr.-Overhues-Allee und er erkannte das Haus von Marie

Utzerath. Wenn die Bäume kahl waren, konnte man von ihrem Haus bis zu dem Kreuz auf dieser Seite schauen. Falls es nicht wieder zugewachsen war.

»Schmelzer, da drüben wohnt Marie Utzerath. Sie kann uns eigentlich sehen.« Fett verstummte einen Moment.

»Wir bringen Jan Pawlak nach Hause. Hier haben Rütters und Goldbach ein Kästlein vergraben. Wohl kaum das NSDAP-Mitgliedsbuch des einen und die Kippa des anderen. Die haben hier Diamanten aus Antwerpen vergraben. Ganz klar. Und um diesen Zukunftsschatz abzusichern, haben die Pioniere der ›Windhund-Division‹ noch ein paar Panzerminen vergraben. Zur Abschreckung. Am Ende des Kriegs. Gekümmert hat sich keiner mehr darum. Und so sind fünf spielende Jungs zerrissen worden. 20 Jahre nach dem Ende des Krieges. Wissen Sie, Schmelzer, für so eine Schweinerei, die der Rütters und der Goldbach hier liegen gelassen haben, da würde ich als Vater eines der Jungen auch Mordgedanken bekommen. Rurschatten. Die Jungs, das sind die Rurschatten. Das sind die Todesschatten. Warum aber erst 2008? Warum 43 Jahre nach der Explosion die Ermordung von Rütters?«

»Herr Fett, Goldbachs Tod auf dem Rursee 1999, das war 34 Jahre später. Die Zahlen 3 und 4. Na ja, Spekulation. Aber vielleicht hat jemand erst spät von alldem erfahren.«

»Trotzdem vergehen wieder neun Jahre, Schmelzer. Ach, kümmern Sie sich um Pawlak. Er geht da hinten ein wenig verloren am Ufer der Rur entlang. Die Erinnerungen holen ihn ein. Laden wir ihn zu einem Kaffee oder Tee in das Stadtparkrestaurant ein. Nicht, dass er uns hier zusammenklappt. Er hat auch so ein merkwürdiges Leben gehabt. Kommen Sie, holen Sie Pawlak. Hier sind mir zu viele Schatten. Todesschatten.«

Sie tranken mit Pawlak einen Tee, unterhielten sich ein wenig mit ihm. Doch er wirkte seltsam abwesend. Die Vergangenheit hatte ihn eingeholt und er bat darum, nach Hause gebracht zu werden. Nach Hause, das sei für ihn sein Sohn mit der Familie in Herzogenrath. Sie waren gegen Mittag zurück, und sein Sohn Lech, der nun Nachtschicht gehabt hatte, erwartete sie.

»Herr Pawlak, vielen Dank. Sie haben uns sehr geholfen. Und wir bedauern, was Sie alles hier erlebt haben. Danke, leben Sie wohl. Falls wir noch Fragen haben, melden wir uns bei Ihnen. Danke und alles Gute.«

Schweigend fuhren Fett und Schmelzer nach Aachen in ihr Büro. Sie wussten, dass nur Marie Utzerath den Schlüssel für all das besaß. Darauf mussten sie sich vorbereiten. Es würde kein einfaches Gespräch werden.

FEUER

An diesem frischen und klaren Morgen Mitte Oktober 2008, etwa 50 Kilometer von Düren entfernt, Fett, Schmelzer und Pawlak waren noch nicht an der Rur gewesen, da wurde der Schein der milden Herbstsonne eingetrübt.

Als der Lokführer Kevin Schmickerath mit dem Dieseltriebwagen von Kall über Sötenich aus kommend die lang gezogene Kurve in Richtung Dalbenden nahm, sah er den schwarzen Rauch, noch bevor er die Ursache erkennen konnte. Es war früher Morgen, gegen 6.00 Uhr etwa, der erste Zug in Richtung Trier, und dann der fette schwarze Rauch. Gebannt starrte Kevin Schmickerath, Lokführer seit nunmehr drei Jahren, auf den Qualm. Er rief die Leitstelle an.

»Schmickerath, Strecke Trier, Höhe Burg Dalbenden. Die Burg brennt lichterloh. Richtig großes Feuer. Ruft die Feuerwehr an. Keine Beeinträchtigung für die Strecke. Ich fahre weiter.«

Die Anwohner waren bereits wach geworden von einem explosionsähnlichen Geräusch. Auch die Nachbarn in der alten Mühle. Da rauschte Kevin Schmickerath vorbei, laut hupend und läutend, um auch den letzten Schläfer zu warnen. In Kall sprangen Feuerwehrleute in die Magirus-Deutz Löschfahrzeuge, die Freiwillige Feuerwehr Sötenich alarmierte ihre Mitglieder, heute blieben die Schnitzel am Stück, der Kuchen wurde nicht gebacken, und manche Kuh musste bis zum Mittag auf das Melken warten. Es brannte. Die Burg Dalbenden, dort, wo einst der Eifelmaler Fritz von Wille gelebt, wo der Landschaftsverband Rheinland eine Infotafel angebracht hatte, sie wurde ein Raub der Flammen. Nur das Vordergebäude, links vom Haupthaus, überstand den Brand nahezu unbeschädigt. Eine Brandwache blieb und die Lokalreporter vom Kölner Stadtanzeiger kehrten am frühen Nachmittag zurück in die Redaktionsräume, werteten die Fotos aus und schrieben ihre Artikel über den Verlust einer Sehenswürdigkeit. Ob sie den Eifelmaler erwähnen sollten, der Lokalchef riet ab. Aber da war noch jemand, der in der Burg sein Hauptquartier aufgeschlagen hatte: Generalfeldmarschall von Rundstedt hatte sein Hauptquartier für die Ardennenoffensive im Dezember 1944 auf der Burg Dalbenden aufgeschlagen, die nun von den Flammen zerstört worden war.

Ein Explosionsgeräusch. Es gab keine Verletzten, keine Toten. Aber es gab auch kein erkennbares Motiv, so die Ermittler aus Euskirchen, die in Bonn um Unterstützung baten, wo man über ausreichend Kriminaltechnik verfügte.

Die Kriminaltechnik, Spezialisten der Abteilung Brände, lokalisierten den Brandherd: eine Propangasexplosion im Keller des Gebäudes. Da niemand der Bewohner mit Propangas kochte oder handelte, stellte sich die Frage, wie das Gas dort in den Keller kam. Eine Frage, die nicht lange unbeantwortet bleiben sollte. Jedenfalls lag die Burg Dalbenden in Schutt und Asche; ein Kleinod im Tal an der Urft mit einer wechselvollen Geschichte, unweit von Kloster Steinfeld und den Resten der Stolzenburg, nun der Erde gleichgemacht.

MARIE UTZERATHS GEHEIMNISSE

Während also in Dalbenden die Brandwache stand, überlegten Fett und Schmelzer, wie sie das Gespräch mit Marie Utzerath führen würden. Erneut trugen sie alle Informationen zusammen.

Dann griff Fett zum Telefonhörer und wählte die Nummer von Marie Utzerath, die er mittlerweile auswendig wusste.

»Das ist der Anrufbeantworter von Marie Utzerath. Nachrichten nach dem Signalton.«

Fett legte auf, ohne eine Nachricht zu hinterlassen. »Sie ist nicht da. Ich habe das Gefühl, dass wir immer noch Dinge übersehen«, sagte er mehr zu sich als zu Schmelzer. »Wie geht es übrigens Sahm?«

»Immer noch im Koma. Er wird so schnell nicht wach werden, sagt der behandelnde Arzt. Sahm hilft uns nicht weiter.«

Schmelzer nahm einen Schluck aus dem Kaffeebecher. Mittlerweile war Bayerische Woche in der Kantine. Mit Verspätung, wie Schmelzer anmerkte, schließlich war das Oktoberfest längst vorbei und die ersten Termine für die langweiligen Weihnachtsfeiern machten bereits die Runde in den Büros.

»Schmelzer, wir fahren nach Düren. Wir schauen uns die Wohngegend von Marie Utzerath an und hören uns ein wenig bei den Nachbarn um. Wir haben nicht alles im Blick. Was halten Sie davon?«

Selten fragte Fett seinen jüngeren Kollegen. In der Regel, wenn er in eine Sackgasse geriet.

Schmelzer gab vor nachzudenken. Er wusste, dass der Chef feststeckte. Johnny Kaiser, Rur-Energie-Anschlag, Forschungszentrum Jülich und nun die alten Geschichten aus dem Zweiten Weltkrieg. Er schwelgte währenddessen in Gedanken an Leberkäse mit Spiegelei und Bratkartoffeln und überlegte, ob die Zustimmung zur Fahrt nach Düren dieses vorzügliche Mittagsmahl verhindern würde. Ihm grauste vor den Tofufrikadellen seiner Ehefrau. Mittlerweile gerieten immer mehr seiner geliebten Grundnahrungsmittel auf den Index. Bockwürste und Fleischwurst waren der vegetarischen Inquisition geopfert. Wiener Schnitzel nur noch einmal pro Monat, und Currywurst schien mittlerweile ein Scheidungsgrund. Schmelzer dachte also nach, tat so, als ob, und sagte dann mit wohlgewogenen Worten:

»Das lässt sich so leicht nicht in einem Satz zusammenfassen. Einerseits stimme ich Ihnen zu, andererseits sollten wir heute vielleicht in Ruhe alles zusammentragen, dann ein Fazit ziehen und dann die Entscheidung fällen, wie wir mit Marie Utzerath umgehen.«

Ob der Chef das schlucken würde? Rettung für den Leberkäse?

»Ja, Schmelzer, einerseits, andererseits. Mit welchem Argument klingeln wir bei den Nachbarn. Frau Utzerath wurde bedroht, hat jemand etwas bemerkt? So lässt sich das machen. Bestellen Sie einen Dienstwagen. Wir fahren nach Düren. Rufen Sie die Karte aus der Wohngegend auf. Wir schauen uns an, welche Häuser an der Zufahrt zu ihrem Haus liegen. Wer weiß, vielleicht hat jemand etwas gesehen. Also. Erst den Check, dann die Fahrt, okay?«

»Sorry, Chef, vielleicht erst den Leberkäs und dann den Rest, wäre das auch okay?«

Fett nickte, Leberkäs, klar, der Kollege war auf Entzug, da half nur Brotzeit, sonst kam der heute nicht auf Touren.

»Also gut, erst den Käse, dann die Arbeit.«

Gegen 15.00 Uhr, Schmelzer hatte noch einen Nachschlag genommen, Leberkäs natürlich, und mit seinem jugendlichen Leberkäs-Charme die Thekenserviererin umgarnt, wie immer, also gegen 15.00 Uhr bogen ein leicht ermatteter Schmelzer und ein etwas angespannter Fett in die Dr.-Overhues-Allee in Düren ein. Diese Allee liegt flussabwärts linksseitig der Rur, direkt an der Johannisbrücke. Eine ruhige Straße, in der nicht alle Wohnhäuser bei der Bombardierung am 16. November 1944 ausradiert wurden. Fett parkte den Wagen kurz hinter der Kreuzung. Das Haus von Marie Utzerath lag am Ende der Straße, die nach circa 100 Metern hinter ihrem Haus und der Caritas Altenstation in eine Wiesenlandschaft mündete.

EVELYN NEUMANN GENANNT PÜPPI

»Im Grund brauchen wir nur die direkten Nachbarn zu fragen. Gegenüber liegt der Annakirmesplatz. Dazwischen die Rur. Wir gehen zusammen zu den Anwohnern, Schmelzer. Überlassen Sie das Reden mal mir. Sie sehen etwas komatös aus.« Fett konnte sich den Seitenhieb nicht verkneifen.

Die Straße präsentierte ein großbürgerliches Ambiente. Gepflegte Vorgärten, Autos der oberen Mittelklasse parkten vor den Häusern.

Ding-Dong.

»Wer ist da?«

»Die Kommissare Fett und Schmelzer von der Polizei. Wir haben nur ein paar kurze Fragen. Frau Neumann?«

»Polizei. Bitte zeigen Sie mir Ihren Ausweis an der Tür. Man weiß ja nie, nicht wahr.«

»Sicher doch, Frau Neumann. Sie können auch anrufen bei 110, wenn Sie mögen.«

»Nun denn.«

Frau Neumann, eine Dame schwer schätzbaren Alters, öffnete die Tür einen Spalt, sah sich die Ausweise genau an und sagte dann:

»Ach, treten Sie doch ein. Nichts für ungut. Aber Sie wissen. So alleinstehende Damen. Man liest so viel. Da wird man ganz nervös.«

»Danke. Sie machen das absolut richtig, Frau Neumann. Mein Name ist Fett und das ist Kommissar Schmelzer.«

»Bitte sehr, meine Herren. Wer wird denn so unhöflich sein, zwei Staatsdienern einen Kaffee zu verweigern. Bitte, bitte ins Wohnzimmer. Mein Mann Ludwig sagte immer: Püppi, der Rock des öffentlichen Dienstes ist eng, aber er wärmt. Und mein Karl-Heinrich sagte stets: Püppi, biete Kaffee an. Wer Kaffee mit uns trinkt, der kann kein schlechter Mensch sein. Also: schwarz, Milch, Zucker?«

»Herr Schmelzer nimmt immer alles, ich nur Milch, danke, sehr liebenswürdig. Schön haben Sie es hier, Frau Neumann.«

»Komme gleich!«

Frau Neumann gehörte der Gruppe von Damen an, die sich schwer mit dem natürlichen Verlauf der Körperlichkeit abfinden. Anders gesprochen, sie hatte augenscheinlich ein Abonnement bei einem plastischen Chirurgen. Fett war irritiert. Die betonierte Frisur, mit grauen Strähnen geadelt, zog den Blick des Betrachters ebenso an wie die sehr kleinen Augen. Äuglein, kam ihm in den Sinn. Um den Mund erkannte man den Versuch, der Natur nachzuhelfen. Die Pausbäckchen schienen von innen mit einer Apfelhälfte ausgestopft. Madame Tussauds schoss es ihm durch den Kopf. In Verbindung mit einem jugendlichen Outfit, zweifellos Designerware, entstand die Anmutung einer Frau um die 70, vielleicht 75, die einen Kampf kämpfte, der längst verloren war, der sie ärmer, die Ärzte reicher und das Auge des Betrachters unfokussiert hinterließ. Wartend auf den Kaffee, geplagt von den Gedanken an den Kampf gegen die Vergänglichkeit des Körpers, schauten sich die Kommissare um und blieben im Unklaren darüber, ob es hier, außer Kaffee, etwas für sie zu holen gab.

Wie sich herausstellte, lebte Frau Neumann seit rund 40 Jahren in diesem Haus und sie kannte die Geschichte der Dr.-Overhues-Allee genau. Endlich stellte sie die Frage, auf die Fett gewartet hatte.

»Was bringt Sie denn zu mir, meine Herren? Hier bitte, Kaffee, Filterkaffee, nicht so ein Gebräu aus Automaten oder Kapseln. Bitte sehr, Sahne und Zucker, Sie bedienen sich.«

»Frau Neumann, Sie kennen Ihre Nachbarin, Frau Utzerath, nicht wahr?«

Fett hob etwas geheimnisvoll an, in der Hoffnung, den Damm der nachbarschaftlichen Beobachtung zu öffnen. Volltreffer.

»Ach, die Marie Utzerath, nun ja, was man so kennen nennt. Ein Hascherl, wie man in Österreich zu sagen pflegt. Sie wissen, was das bedeutet, meine Herren?«

»Bitte, Frau Neumann, erläutern Sie es uns.«

Fett schaute sie aufmerksam an, was ihm schwerfiel, denn er wusste nicht, wohin, ob auf die Apfelbäckchen, die Äuglein, den nachgezogenen Mund oder, ja, das sah er erst jetzt, die zurückgebaute Nase.

»Ein Hascherl, meine Herren, das ist so ein Wesen, weiblich, ein weibliches Wesen eben, das so daher lebt, das ohne die Männer nichts ist, gar nichts. Also eher so pflanzenhaft, so passiv. Kein Esprit, keine Leidenschaft, nun ja, sagen wir mal so, vielleicht dort, wo man die Nacht verbringt, aber am Tag doch sehr grau.«

»Ach, Frau Utzerath ist also ein Hascherl?«

Schmelzer nippte am Kaffee und warf ein Auge auf die Sandkekse.

»Meine Herren, nichts für ungut. Sie hat das Haus übernommen von dem alten Rütters selig, den sie auf der Geisterbahn erschossen haben. Armer Mann, ein Herr, meine Herren, ein Herr war er. Immer galant, immer höflich, immer ein Kompliment auf den Lippen. Ja, der Rütters. Und jetzt wohnt seine Putze in dem Haus. Na, vergessen Sie das. Aber Hascherl bleibt. Nein, die hat ja rein gar nichts mitzuteilen.«

»Also haben Sie kein nachbarschaftliches Verhältnis, Frau Neumann?«

Fett hakte nach.

»Bitte sehr, Herr Kommissar, was soll ich denn mit ihr für ein Verhältnis haben? Bei ihr kann man höchstens Eier borgen, wenn sie fehlen. Mehr aber auch nicht. Und ob sie frisch sind, weiß man auch nicht, die Eier meine ich.«

Merkwürdig, wie sie sich in Rage redete. Ob Eifersucht oder Neid im Spiel war? Fett ließ sie reden.

»Ist Ihnen in letzter Zeit etwas aufgefallen, Frau Neumann? Irgendwas?«

»Auffallen, was soll mir bei einem Hascherl auffallen? Das Wesen des Hascherls ist es, nicht da zu sein. Nur, wie gesagt, in der Nacht. Aber tags, da ist es grau. Aber warum interessieren Sie sich für die Utzerath, meine Herren, zwei so fesche Kommissare und das Hascherl.«

Schmelzer arbeitet sich an einem Keks ab, der das Haltbarkeitsdatum um Monate überschritten hatte. Er signalisierte, dass er auf diese Frage, siehe Keks, nicht antworten könne.

Fett holte aus: »Frau Neumann, das ist etwas delikat.«

»Delikat?« Frau Neumann stieß einen glucksenden Seufzer aus. »Delikat und die Utzerath, Herr Kommissar, das gibt es nicht, delikat und Utzerath schließen sich aus. Ich bitte Sie.«

Die Apfelbäckchen hüpften vor Lachen.

»Frau Utzerath wird bedroht, wir möchten sichergehen, dass wir nichts übersehen, liebe Frau Neumann. Der Kaffee ist übrigens vorzüglich.«

»Bedroht, das Hascherl bedroht, ach was. Da macht sie sich wichtiger, als sie ist. Wer will die denn bedrohen? Ich kann nicht mehr. So ein Quatsch, meine Herren. Das sind die Neurosen der alten Frauen, meine Herren, Neurosen von denen, die sonst nichts mehr haben im Leben.«

»Frau Neumann, die Bedrohung steht im Zusammenhang mit der Ermordung von Herrn Rütters. Deshalb müssen wir nachfassen, Sie verstehen.«

»Mit der Ermordung? Vielleicht hat sie ihn ja, na, Sie wissen schon. Woher kommt das Geld für das Haus? Und dann diese Herrenbesuche.«

»Herrenbesuche?«

Fett versuchte, seine Neugierde zu verbergen.

»Sie wohnt hier, seitdem der alte Rütters im Altenheim lebte. Und da kamen schon mal Herren. Einer klingelte aus Versehen bei mir. Ein hübscher Kerl. Franzose oder Belgier, hört man ja direkt. Er muss sich in der Tür geirrt haben. Dieser Monsieur. Ich frage mich schon, was diese Herrenbesuche denn sollten. Beinahe wäre ich mal zu Rütters gegangen. Das ist hier eine vornehme Gegend.«

Der Mund zog sich zusammen, die Augen wurden noch eine Nuance kleiner, die Betonfrisur saß bombenfest.

»An was können Sie sich erinnern, wie sah der Mann, der bei Ihnen klingelte, aus?«

»Jedenfalls nicht wie ein Mörder, das kann ich Ihnen versichern. Der war zu fesch. Vielleicht hat sie ja Verwandte oder so was. Ich habe das alles nicht richtig verstanden. Er fragte, als er drinnen war, nach Ützerath, da hab ich dann gesagt, nein, Evelyn Neumann. Mit einem ›Pardon‹ ist er rasch verschwunden. Draußen stand ein schwarzer Mercedes mit dunklen Scheiben, der gehörte ihm, glaube ich. Er klingelte zwei Häuser weiter beim Hascherl. Das war alles. Und der soll sie bedrohen? Ach was. Ich bitte Sie. Warum überhaupt bedrohen?«

Fett merkte, dass er auf Grund lief. Abgesehen von Hascherl-Beschimpfungen war aus Evelyn Neumann nichts herauszuholen. Die Sache mit dem Besucher ließ ihn allerdings nicht los.

»Wann kam denn dieser Herrenbesuch, Frau Neumann?«

»Ja, wann war das, wann war das, das ist schon einige Jahre her. Das muss so, also nachdem Rütters ins Altersheim gezogen ist, das muss vor fünf bis sechs Jahren gewesen sein. Nun greifen Sie zu, meine Herren. Man bekommt nicht alle Tage zwei so lebendige Kommissare ins Haus. Müssen Sie denn nun die Utzerath mitnehmen? Oder Tag und Nacht bewachen? Ich hätte da noch ein Gästezimmer, falls es Ihnen bei ihr zu eng wird, beim Hascherl.«

Sie kriegte sich nicht ein vor Lachen, und langsam dämmerte es Fett, dass sie beim Gang in die Küche an einem Fläschlein Likör vorbeigekommen sein musste. Vorbei, nun ja. Vielleicht mit einem Zwischenstopp. Püppi drehte jedenfalls immer mehr auf, entschuldigte sich nochmals für einen Moment, ging in die Küche und kehrte gut aufgelegt zurück. Schmelzer versenkte derweil die Kekse in den Kaffee, wo sie langsam untergingen und dem Versuch des Angelns mit dem Teelöffel widerstanden.

»Also, meine Herren, Sie erinnern mich irgendwie an die jungen feschen Kommissare bei Erik Ode.«

Schmelzer verstand nur Bahnhof und wunderte sich über das Steh- oder Sitzvermögen seines Chefs. Diese

Festung aus Botox und Silikon hatte alles Wichtige gesagt. Irgendwo gab es eine Belgien- oder Frankreich-Connection. Nun konnte man doch in Gottes Namen mal zur Utzerath rübermachen.

»Frau Neumann«, Fett hob an.

»Sagen Sie bitte Evelyn, meine Herren, dann spricht es sich leichter.«

»Bitte, wie Sie wünschen, liebe Evelyn. Sie haben uns sehr geholfen. Wäre nur jede Nachbarin so aufmerksam wie Sie, es würde auf der Welt ruhiger und gerechter zugehen. Bitte, wir müssen nun unsere Erkundigungen einholen. Sie schweigen bitte wie eine ägyptische Mumie, entschuldigen Sie, aber ein schöneres Bild fiel mir gerade nicht ein.«

»Kleopatra«, krümelte Schmelzer mit vollen Backen dazwischen. »Wie Kleopatra, so schön.«

Evelyn Neumann war sichtbar gerührt. Sanft touchierten ihre Apfelwangen die der Kommissare. Es war ihr Tag gewesen. Der Tag von Evelyn Neumann, genannt Püppi.

NIEMAND DAHEIM

»Nun, Schmelzer, Analyse. Nicht vom Keks, bitte. Daran haben Sie sich ja abgearbeitet.«

»Frau Püppi hat nicht viel im Leben, außer den beiden Ehemännern und einem soliden Grundeinkommen. Sie kämpft gegen die Alterung wie Don Quijote gegen die Windmühlen und hasst die Aufmerksamkeit, die eine ehemalige Haushaltshilfe oder Hausdame bekommt. Aus ihrer Sicht wohl ein anderes Niveau. Und dass Marie Utzerath ohne Schönheitsoperationen besser aussieht als sie, ist wohl der Stachel im Botox von Frau Neumann.«

Fett sah seinen Kollegen überrascht an. Selten hatte Schmelzer ein Gespräch so kompakt zusammengefasst.

»Nicht schlecht, Schmelzer. Die Belgien-Connection nicht vergessen. Das ist wohl kaum eine Erfindung von Püppi.«

Ding-Dong. Sie standen vor dem Haus von Marie Utzerath. Ding-Dong. Niemand öffnete. Der Besuch war nicht angekündigt, keine Vorladung, kein Anruf. Fett hatte auf den Überraschungsaspekt gesetzt. Früher Nachmittag. Die Rollläden waren halb heruntergelassen. Marie Utzerath nicht zu Hause.

»Was macht Sahm eigentlich?«, fragte Fett.

»Er ist immer noch im Koma, so schnell wird das nichts, sagen die Ärzte.«

»Wir fahren nach Aachen. Rufen Sie Frau Utzerath an. Wenn der Anrufbeantworter läuft, sagen Sie ihr, dass wir noch Fragen haben. Der Fall sei nahezu abgeschlossen. Sie soll sich bitte melden.«

Schmelzer nickte, nahm sein Mobiltelefon und wählte die Nummer. Tatsächlich lief der Anrufbeantworter. Er hinterließ seine Nachricht.

»Sollen wir noch andere Nachbarn befragen oder war es das?«

Fett überlegte einen Moment. Er schaute sich die Häuser in der Allee an der Rur an.

»Das reicht. Mehr bekommen wir auch bei den anderen nicht raus. Es gab wohl eine Belgien-Connection und diesen geheimnisvollen Monsieur Jaune. Alles Weitere muss Marie Utzerath erzählen.«

Schmelzers Mobiltelefon klingelte und siehe da, Marie Utzerath rief zurück. Sie habe ein wenig geruht, und falls die beiden Kommissare noch in Düren seien, sei sie durchaus bereit, sie zu empfangen.

Fett übernahm das Gespräch und machte sie mit neuen Informationen im Fall Rütters neugierig. Ja, sie würden gleich kommen, sie seien quasi um die Ecke.

VOILÀ

»Ach, die Herren Kommissare, an diesem milden Oktober-Mittwoch. Bitte kommen Sie, meine Herren. Darf ich Ihnen etwas anbieten? Bitte setzen Sie sich.«

Fett und Schmelzer nahmen Platz.

»Sie haben mich neugierig gemacht. Der Fall steht kurz vor der Aufklärung? Bitte. Was kann ich da noch für Sie tun?«

»Frau Utzerath, Sie hatten mehrfach Kontakt zum belgischen Geheimdienst. Erzählen Sie uns davon.«

Marie Utzerath lachte.

»En fin. Endlich, meine Herren. Das hat ja lange gedauert. Ich hätte gedacht, dass Sie früher draufkommen. Dann will ich mal die ganze Geschichte erzählen. Es wird auch Zeit, nicht wahr. Die guten Tage sind lange vorbei. Auch wenn sie nicht richtig gut waren, diese Tage, hier, in diesem Kaff Düren, wo ich auf die Welt gekommen bin in diesem Dreckslager in Arnoldsweiler.«

Ihr Lächeln wich einer bisher nicht gekannten Härte. Sie wurde ernst.

»Jeder hat so sein Leben, nicht wahr. Meines ist ganz anders verlaufen als andere, natürlich. Jedes ist anders, aber meines war schon besonders. Da nimmt sich so ein Dürener Papierfabrikbesitzer eine junge Frau aus Lüttich ins Haus. Eine junge Frau aus einer der reichsten Antwerpener Familien. Eine junge Frau, die gegen ihre Familie rebelliert, die zur Kommunistin wird im Kampf gegen den Faschismus. Die in Lüttich Arbeiter unterrichtet. Diese junge Frau wird nach dem Einmarsch der Wehrmacht in Belgien verhaftet. Ihr Name steht auf einer Liste. Einer Liste, die von Kollaborateuren aufgestellt und der Gestapo überreicht wird. Und plötzlich findet sich die junge Frau in einem Duckslager in Arnoldsweiler wieder. Der Herr Papierdirektor, der wirft ein Auge auf sie und zeugt ein Kind mit dieser jungen Frau. Das Kind spricht gerade mit Ihnen, meine Herren. Das Kind, dessen Mutter bei der Geburt stirbt. Sie sollte nicht sterben. Dafür hatten ihre Eltern dem Geschäftspartner in Düren, einem Herrn Goldbach, Diamanten im Wert von drei Millionen Euro zukommen lassen. Bestechung. Bestechung klappt meistens. Goldbach hatte wohl den guten Willen, aber er kam zu spät. Oder er versuchte es an den falschen Stellen. Auch Goldbach hatte jüdisches Blut. Er war selbst in Gefahr, also vertraute er sich einem guten Freund an, Alexander Rütters. Die beiden jungen Männer wussten zu dem Zeitpunkt nicht, dass der alte Rütters der Kindsvater ist. Rütters bekam Diamanten. Utzerath bekam Diamanten. Sie versuchten, über den Kreisleiter an Silvie van der Felde heranzukommen. Sie blieben bei Utzerath, dem Büroleiter, hängen. Ein kluger Kopf. Der sah schon im Herbst 1941 voraus, dass Moskau nicht fallen wird. Er wusste von den Schweinereien und verschaffte sich durch die Zusammenarbeit mit Goldbach eine Lebensversicherung für die Zeit danach. Utzerath kaufte mit den Diamanten Grundstücke. Goldbach hatte ihn in der Hand und umgekehrt. Warum wurde Rütters nach 1945 so schnell entnazifiziert? Weil Goldbach für ihn bürgte. Und ich bin die Lebensversicherung für den Parteigenossen Utzerath gewesen. Mit ein paar

Diamanten als Zugabe. Die Utzeraths, die keine Kinder bekommen konnten, nahmen mich auf und behandelten mich wie ihr eigenes Kind. Goldbach musste im Krieg untertauchen. Dabei halfen ihm der junge Rütters und vielleicht Liesel Bach. Auch Rütters ahnte, dass die Geschichte mit dem Tausendjährigen Reich nicht gut ausgehen würde. Er versteckte Goldbach in der Jagdhütte in Jägersweiler. Ich wuchs bei meinen Adoptiveltern auf, ohne von alldem etwas zu ahnen. Erst kurz vor dem tödlichen Unfall meiner Eltern erzählten sie mir von der Adoption. Die Identität meiner richtigen Mutter verschwiegen sie. Ich war erschüttert. Von den Diamanten war übrigens nie die Rede. Ende der 50er-Jahre tauchte dann Gisbert Sahm in meinem Leben auf. Aber das wissen Sie bestimmt. Und über meinen Sohn Robert wissen Sie sicher auch alles.«

Fett hörte gebannt zu. Schmelzer vergaß, den Kaffee zu trinken.

»Frau Utzerath, wann hatten Sie das erste Mal Kontakt zum belgischen Geheimdienst?«

»Nach Roberts Tod. Ich arbeitete bei Goldbach. Eines Tages erhielt ich einen Anruf. Ein Monsieur Jaune meldete sich bei mir. Er bat um ein Gespräch. Es sei sehr persönlich. Handle von der Kriegszeit. Wir trafen uns. Im Stadtpark. Dort drüben. Ein eleganter Mann. Er sprach ganz gut Deutsch. Er kam im Auftrag der Verwandten meiner leiblichen Mutter. Sie hätten lange nicht erfahren, dass ich existiere, und nun fragten sie, ob ich sie kennenlernen wolle. Ich war wie erschlagen. Plötzlich ging eine Tür zu einer anderen Vergangenheit auf. Ich wusste nicht, was ich sagen sollte. Ich war Mitte 20. Hatte meinen Sohn verloren. Keinen Kontakt zu Sahm und gerade eine Stelle bei Goldbach angenommen. Von meinem leiblichen Vater wusste ich auch noch nichts. Ich fürchtete mich vor diesen Neuigkeiten und bat den Mann zu gehen. Er sagte, wie wichtig für die Familie meiner Mutter der Kontakt zu mir sei, denn sie hätten ihre Tochter auf schreckliche Weise verloren. Ich sei schließlich ihre Enkeltochter. Das war alles zu viel für mich. Ich wollte damals nicht wissen, wer mein Vater ist, und ich bat um Bedenkzeit. Er fragte, ob er nach einer gewissen Zeit wieder anrufen dürfe. Schließlich ginge es auch um eine Form von Gerechtigkeit. Justice. Ja, sagte ich ihm, fast wie in Trance. So bekam ich Kontakt zur ›Action Justice‹. Gerechtigkeit. Gibt es das?«

»Wir versuchen, die Wahrheit herauszufinden, Frau Utzerath. Für die Gerechtigkeit sind die Richter, Staatsanwälte, Anwälte zuständig. Wir tragen alles zusammen.«

Marie Utzerath lächelte, es war ein kaltes Lächeln. Nicht das Lächeln der früheren Besuche.

»Um es kurz zu machen. Lange verweigerte ich jeden Kontakt. Bis zu Beginn der 90er-Jahre. Monsieur Jaune besuchte mich mehrfach. Es war nicht immer derselbe Mann. Er erzählte mir von den Diamanten aus dem Besitz meiner Großeltern, von Goldbach, der fast alles an Rütters und Utzerath verteilt hatte. Dass der alte Rütters mein Vater ist, erfuhr ich, als ich den Mut hatte, danach zu fragen. Beide, Goldbach und der junge Rütters, die wussten es irgendwann, haben aber nie mit mir darüber gesprochen. Ich habe für beide gearbeitet. Ich wurde gut bezahlt. Ich hatte alles, was ich brauchte. Für mich war das Wichtigste, nahe bei meinem Sohn sein zu können, der so tragisch gestorben ist. Von der Vergangenheit wollte ich nichts wissen, bis ich erfuhr, warum die Mine, die meinen Sohn tötete, dort an der Rur lag. Monsieur

Jaune klärte mich eines Tages darüber auf. Der Tod von Robert war absurd und überflüssig. Vollkommen überflüssig. Goldbach und Rütters hatten die letzten Diamanten in der Rur versteckt. Und dann diese Minen ausgelegt, ohne es je zu melden. Aus Angst vor dem Diamanten-Coup? Aus Vergesslichkeit? Aus Blödheit? Eines Tages kam ein Monsieur Rouge. Er erzählte mir von dem Reichtum der alten Männer. Gerechtigkeit falle nicht vom Himmel, meinte er. Auch nicht in Belgien. Und er bat mich, Gerechtigkeit üben zu dürfen. Ich weiß nicht, ob ich das alles richtig verstanden hatte. Fast wie betäubt sagte ich ja. Oui. Bitte sehr. Das war in dem Sommer, als Goldbach auf dem Rursee verunglückte. Ich war geschockt, aber ich war mir nicht sicher über die Ursache seines Todes. Bis vor ungefähr vier Monaten hörte ich nichts mehr von den Belgiern. Bis sich ein Monsieur Noir meldete. Gerechtigkeit sei in meinem Fall noch nicht vollzogen. Rütters lebe noch zufrieden im Altersheim. Ich schaue fast jeden Tag auf die Stelle an der Rur, wo diese verdammte Mine explodiert ist. Ich sagte Monsieur Noir nur ›oui‹. Das ist es, meine Herren. Voilà.«

Fett räusperte sich.

»Frau Utzerath, Sie haben quasi zwei Mordaufträge erteilt. Anstiftung zum Mord – ist Ihnen das klar?« Fett sprach das sehr ruhig und betont aus.

»Mordaufträge, meine Herren, ich bitte Sie. Wir haben über alte Zeiten gesprochen. Und auf die Frage, ob denn Gerechtigkeit angebracht sei, da habe ich nur ja gesagt. Das war alles. Mehr nicht. Nur Gerechtigkeit. Am Ende des Lebens.«

Sie blickte aus dem Fenster, hinüber auf die andere Seite der Rur, dort, wo sie ihren Sohn verloren hatte,

Robert, der jetzt, im Jahre 2008, 48 Jahre alt geworden wäre. Robert, der nur auf die Welt gekommen war, weil seine Großmutter Silvie van der Felde an eine bessere Welt geglaubt hatte, damals in Lüttich. Sie wehrte sich gegen den aufkommenden Faschismus, gegen den Krieg. Und sie stand auf einer Liste. Einer Liste, von Kollaborateuren angefertigt, bereit zur Übergabe an die Gestapo nach dem 10. Mai 1940. Ein sonniger Tag damals, so Jean Monnet in seinen »Erinnerungen«.

»Frau Utzerath, Sie werden dies alles zu Protokoll geben müssen.« Fett sah sie von der Seite an. Er war sich nicht sicher, ob sie ihn überhaupt hörte.

»Was, Herr Fett, lieber Herr Fett. Sie sind sehr freundlich. Ja, Sie beide, meine Herren, sind sehr korrekt und auch freundlich. Danke, ich merke, dass Sie beide mitfühlen. Sie sind nicht geschichtsvergessen wie so viele. Und Sie sind nicht kalt. Ja, ich bin Ihnen dankbar.«

Sie drehte ihren Kopf zum Fenster. Eine Pause entstand.

»Ich werde nie mehr über das sprechen, was Sie eben gehört haben. Nie mehr. Danke. Gehen Sie. Bitte. Wenn Sie mich brauchen, dann holen Sie mich. Wir können über das Wetter reden. Alles ist vorbei.«

Ihre letzten Wörter klangen hart und endgültig. Fett spürte, dass es sinnlos war, weiter auf sie einzugehen. Er blickte zu Schmelzer und gab ihm mit einem kurzen Nicken zu verstehen, dass er bereits gehen sollte.

»Frau Utzerath, Gerechtigkeit ist auch unsere Aufgabe. Wir danken Ihnen. Aber wir werden uns wiedersehen.«

»Vielleicht, Herr Fett. Ich bin jetzt sehr müde. Bitte, ich brauche etwas Ruhe. Leben Sie wohl.«

Sie erhob sich und ging die Treppe empor in die erste Etage. Fett stand einen Moment unschlüssig im Wohnzimmer, dann folgte er Schmelzer und zog die Wohnungstür kräftig hinter sich zu.

Schmelzer wartete im Wagen. Er setzte sich schweigend neben ihn.

»Fahren Sie noch nicht, einen Augenblick, Schmelzer. Wir müssen sortieren.«

»Was nun, Chef?«

Schmelzer war unruhig. So viele Informationen und eine so verwickelte Geschichte machten ihn unruhig.

»Schmelzer, bevor wir Marie Utzerath vorladen, und ich glaube, sie meint es ernst mit dem Schweigen, sollten wir Raymond und Chantal kontaktieren. Alle Spuren führen nach Belgien. Dort liegt der Schlüssel, und wie es aussieht, bei aller Vorsicht, wurde von dort aus die sogenannte Gerechtigkeit ausgeübt. Fahren wir zurück ins Präsidium. Lassen Sie uns Raymond anrufen. Wir müssen mit ihm und Chantal alles besprechen.«

Von Aachen aus telefonierte Fett mit Raymond und es gelang ihm, für den nächsten Tag einen Termin in Lüttich zu verabreden. Donnerstag, Jeudi, hatte Raymond gesagt.

MONSIEUR GRAND

Noch einmal fuhren Fett und Schmelzer mit dem alten Opel Vectra nach Lüttich. Sie nahmen die Auffahrt in Hauset und fuhren vorbei an Verviers in Richtung Westen. Wenn alles glatt lief, brauchten sie 40 Minuten bis zu einem Parkplatz in der Nähe des Büros von Chantal und Raymond. Diesmal sollten sie bitte zum Rathaus kommen. Raymond klang morgens, als er den Ortswechsel telefonisch mitteilte, ein wenig reserviert. Also fuhren Fett und Schmelzer an diesem herbstlichen Tag, die Sonne schien, die Felder bei Hervé leuchteten, in Richtung Place Saint Lambert, um dort in der Tiefgarage zu parken. Nach jahrzehntelangen Bauarbeiten war der Platz wieder befahrbar, und an den Säulen erkannte man, wo einst die Kathedrale stand, bevor sie von der französischen Revolutionsarmee entweiht wurde. Fett und Schmelzer waren noch nie im Rathaus in Lüttich gewesen. Raymond hatte einen Termin dort erwähnt, weshalb ihm der Treffpunkt besser passen würde. Fett und Schmelzer gingen die wenigen Schritte von der Tiefgarage zum Rathaus und trafen pünktlich ein, kurz vor 13.00 Uhr. Das Rathaus in Lüttich war gut gesichert, Fett nannte den Namen des Kollegen Raymond Didier und der Beamte am Eingang des Rathauses zeigte ihnen den Weg in einen der barocken Räume des Lütticher Rathauses. Vorne, vor dem Rathaus, schauten die drei Grazien vom Freiheitsbrunnen auf diesen Ort der politischen Selbstbestimmung.

»Bonjour, Michel, bonjour, Bernd. Venez. Darf ich vorstellen, Monsieur Grand. Chantal kennt ihr.«

Raymond hatte nichts von einem Monsieur Grand erwähnt. Fett war gespannt. Er begrüßte Chantal wie immer mit Wangenküssen und nahm eine Prise ihres Parfums auf, das ihn wie immer faszinierte.

»Schön, dich zu sehen, Chantal. Guten Tag, Monsieur Grand, Fett, Aachen, Kripo. Mein Kollege Schmelzer. Danke für den Termin. Merci. Wer fängt an?«

Selten kam Fett so direkt zum Punkt. Vor allem, wenn er noch nicht einmal einen Schluck Kaffee genommen hatte. Doch diesmal hatte er es eilig.

»Monsieur Grand kennt den Sachverhalt. Er ist von uns informiert worden. Er kommt vom Büro SN. Sécurité Nationale. Er wird eher berichten, als Fragen beantworten«, begann Didier.

»Nun, Monsieur Grand«, Fett wurde etwas ungehalten, »dann wollen wir mal. Wir haben einen Toten auf der Annakirmes. Professionell erschossen mit einer amerikanischen Pistole aus dem Zweiten Weltkrieg. Es wurde ein Schalldämpfer benutzt. Keine Spuren. Mitten im Getümmel. ›Rurschatten‹ war das Codewort, das ihn direkt in die Geisterbahn lockte. Das Opfer war Alexander Rütters, Sohn des Mannes, der mit Silvie van der Felde 1941 ein Kind zeugte. Ob freiwillig oder unter Zwang, wissen wir nicht. Der alte Rütters hat sich einen Scheißdreck um die Schwangere gekümmert. Sie war in einem Lager. Die Tochter des späteren belgischen Verteidigungsministers. Sie wissen das ja. Sie starb bei der Geburt. Das Kind Marie überlebte. Es lebt noch immer. Lange Zeit wusste Marie nichts von ihrer Herkunft. Bis sie Besuch von belgischen Herren bekam. Monsieur Jaune. Fast so gut wie Monsieur Grand. Nicht wahr? Und mit dieser Marie Utzerath haben wir gestern ein langes Gespräch geführt. Sie erwartete uns. Sie bestätigte die Kontakte zum belgischen Geheimdienst und auch indirekt die Freigabe zum Mord oder, wie wir sagen, die Anstiftung zum Mord. Zum Mord an Rütters. Und auch zum Mord an Goldbach vor neun Jahren. Und jetzt haben wir eine schöne Schweinerei in den deutsch-belgischen Beziehungen, denn Sie, Monsieur Grand, hängen mit drin.«

Fetts kalkulierte Heftigkeit überraschte Schmelzer, der verlegen in seinem Kaffee rührte und dabei Chantal und Raymond beobachtete. Beiden schaute betreten. Nur eine Person blieb souverän: Monsieur Grand, ungefähr Mitte 60, graues Haar, Oberlippenbart, stahlblaue Augen, gut sitzender Anzug, vernarbtes Gesicht.

»Voilà, Commissaire Fett, gut gespielt. Entspannen Sie sich. Nehmen Sie den guten Kaffee. Danken sollten Sie Raymond und Chantal. Sie haben sehr gute Arbeit geleistet. Histoire, meine Herren, chère Chantal, meine liebe Kollegin, histoire, Geschichte, die nicht vergeht. Vergeht sie nicht? An was erinnern wir uns. An die guten Ereignisse? An die schlechten Ereignisse? Was bleibt in unserem Gedächtnis? Schmerz, Trauer. Oui. Oft bleibt nur der Schmerz. Der tiefe, der bohrende, der nie aufhörende Schmerz. Ja, ich spreche gut Deutsch. Ich war auch bei Ihnen in Deutschland. Beim Verfassungsschutz. Wir stehen in Kontakt. Die Dienste. Wir müssen unsere Bürger beschützen. Und Gerechtigkeit ausüben. Auch das. Wenn die Bürger das Gefühl für den Rechtsstaat verlieren. Schlecht. Dann passiert Böses. Die Schicht der Zivilisation ist dünn. Eis kurz vor der Schmelze. Die Menschen werden schnell, wie sagt man, zu Mitläufern. Oder sie gucken weg. Oder sie bereichern sich. Oder beides. Wenn der Damm erst mal gebrochen ist, dann rauscht das Wasser ins Tal. Alles wird verschlungen. Nur starke Bäume bleiben stehen. Manchmal auch schwache Bäume, die Glück haben, die nicht von den Wassermassen getroffen werden. Und wenn alles vorbei ist, dann beginnt das Wegräumen. Dann werden Schuldige gesucht. Wer sucht die Schuldigen? Wenn fast alle Schuld auf sich geladen haben. Wer bleibt dann, um Gerechtigkeit auszuüben. Gerechtigkeit. Ein großes Wort. Oui, justice. Justice nach dem Zweiten Weltkrieg. Wie sollte das gehen? So viel Grauen. Licht und Schatten überall. Auch hier. Im besetzten Belgien. Viele sind mitgelaufen. Viele haben mitgemacht. Und noch mehr haben gelitten. Gelitten wie die Familie van der Felde. Und sie fanden keine Ruhe. Keine Gerechtigkeit. Was ich Ihnen nun sage, das habe ich nie gesagt. Wir sind gar nicht hier. Schauen Sie. Wir sind nur Geister, die sich unterhalten, die etwas erzählen, damit es alle wissen und alle Geister dann ruhig schlafen können. Raymond und Chantal sind nicht hier. Sie sind sehr gute Kommissare, die beiden. Sie haben gewusst, dass es eine Spur gibt, dass es keine Zufälle waren, dass es etwas gab in Belgien, das von ganz oben kam, aus den höchsten Kreisen von Politik und Gesellschaft. Très haut. Justice. ›Action Justice‹. Die ›Action Justice‹. Männer und Frauen, die für Gerechtigkeit gesorgt haben. Nach dem Krieg. In Belgien und in Deutschland. Doch nun ist es an der Zeit, einen Schlussstrich zu ziehen. Fin. Ende. Machen wir es kurz. In Belgien gab es von den 50er- bis weit in die 80er-Jahre einige ungeklärte, nun sagen wir mal, Unfälle. Accidents. Männer und Frauen, die während des Zweiten Weltkriegs Schuld auf sich geladen hatten, wurden zur Rechenschaft gezogen. Das war eine Selbstreinigung. Hier in Belgien. Das ist beendet. Wir sprechen nicht mehr darüber. Doch einige der Vollstrecker hatten auch Deutsche im Blick, die sich an belgischen Staatsbürgern versündigten. Rütters und Goldbach gerieten ins Visier. Zwei Männerfreunde. Sehr kompliziert, denn der eine, Goldbach, war selbst Opfer. Der andere hatte Zwangsarbeiter ganz passabel behandelt, seine Schuld lag in der Behandlung seiner Halbschwester Marie. Die Juwelen aus Antwerpen haben Goldbach und Rütters einen Neuanfang ermöglicht, dabei hätten sie damit Silvie van der Felde retten sollen. Sie haben nicht genug getan, nicht für Silvie und nicht für Marie Utzerath, um ihr ein Leben zu eröffnen, das ihr zugestanden hätte. Nun, eine verwickelte Geschichte, die damals bei der ›Action Justice‹ auf dem Tisch lag. Sie wurde dort hingelegt. Von oben. Sie wissen, dass mit Diskretion und nie ohne Beteiligung von Marie Utzerath agiert wurde. Sie hatte die Entscheidung. Die ›Action Justice‹ führte aus. Das war bei Goldbach so. Ich will nicht verschweigen, dass es damit für uns genug gewesen wäre. Es hat da, sagen wir mal so, einige selbstständige Entwicklungen gegeben, die uns nicht gefielen. Europa hat genug Krisen und Herausforderungen. Da braucht es keine komplizierten Beziehungen zwischen Deutschland und Belgien, vor allem nicht hier, in der direkten Nachbarschaft. Uns in Brüssel überraschte der Tod von Alexander Rütters ebenfalls. Das war so nicht vorgesehen. Und wir haben festgestellt, dass es einige Eigenmächtigkeiten gab bei der ›Action Justice‹ oder dem, was noch von ihr vorhanden war. Ganz schlecht. Da dieses Gespräch nie stattgefunden hat, auch nicht stattfinden wird und wir hier nur als Geister im Rathaus von Lüttich stehen, um uns etwas umzuschauen, sage ich Ihnen nun, dass die betreffende Person, die autonom vorgegangen ist, nun aus dem, ja, sagen wir mal so, aus dem Verkehr gezogen wird. Genug ist genug. Mag sein, dass die außergewöhnliche Ausstrahlung von Marie Utzerath auf den Betreffenden einen Einfluss ausgeübt hat. Bon. Aber es rechtfertigt nicht das unabgestimmte Vorgehen auf der Kirmes. Dieser spektakuläre Mord hatte etwas Schreiendes. Als ob nun alles gesehen werden soll. So ein Quatsch. Auf der Geisterbahn. Sehr professionell in der Ausführung. Aber am falschen Ort. Zur falschen Zeit. Warum? Pourquoi? Damit ist nun Schluss. Auch mit brennenden Schlössern. Dalbenden. Sie haben davon gehört. Wir zerstören keine lieux de mémoires. Keine Erinnerungsorte. Dalbenden war das Hauptquartier von Generalfeldmarschall von Rundstedt, dem Oberbefehlshaber der Ardennenoffensive. Von dort aus wurden die Vergeltungswaffen auf Belgien losgelassen. Rundstedt befehligte auch die Henker der Waffen SS, die die Amerikaner in den Ardennen massakrierten, die gefangenen Amerikaner und ganz viele belgische Zivilisten.«

Monsieur Grand nahm einen kräftigen Schluck Kaffee. Er schaute allen tief in die Augen, stellte die Tasse ab und fuhr fort.

»Sie werden keinen Mörder finden, Herr Fett. Das waren Spezialisten, die im Namen der ›Action Justice‹ ihre Aufgabe durchführten. Spezialkräfte, für die wir in Belgien Männer ohne Geschichte ausbildeten. Waisenknaben, Jugendliche aus den Waisenhäusern. Wir haben sie systematisch nach dem Zweiten Weltkrieg für unsere Spezialkommandos aus den Waisenhäusern rekrutiert.

Glauben Sie, dass Israel das einzige Land ist, das die Lektion aus dem Krieg zog? Nie wieder wehrlos sein. Nie wieder so eine Niederlage, so ein Grauen. Die Besten der Spezialkräfte wurden lange trainiert und abgestellt. Jeder nur einmal. Für die ›Action Justice‹. So wurden sie für immer verpflichtet. Sie kannten sich nicht. Sie erhielten einmal einen Auftrag im Namen der Gerechtigkeit. Es war ein Kampfschwimmer, der Goldbach in die Luft jagte. So geschickt, dass es nach einem Unfall aussah. Goldbach, der die Millionen einsackte und der die verdammten Minen zusammen mit Rütters legte. ›Rurschatten‹, das war ihr Codewort für das Versteck. Er nahm den Tod von Robert Utzerath in Kauf. Marie Utzerath hat das den beiden nicht verziehen. 1999 war sie soweit. Ein kurzes ›Oui‹, und Goldbach erhielt seine gerechte Strafe. Warum neun Jahre später Rütters? Ich sagte bereits. Eigenmächtigkeiten, die wir nicht mehr tolerieren können. Wir werden nun für ein Ende sorgen. Die ›Action Justice‹ hat nie existiert. Und nun existiert sie definitiv nicht mehr. Fin. Ende. Adieu. Schließen Sie den Vorgang. Lassen Sie Marie Utzerath einen ruhigen Lebensabend. Unsere Nationen leben gut nebeneinander, trotz allem. Auf Wiedersehen, Chantal, meine Herren.«

Monsieur Grand stand auf und ging zur Tür, noch bevor das letzte Wort verklungen war. Fett hatte wie betäubt zugehört. Er fragte sich, in welche Verwicklungen er geraten war, welche Schatten der Vergangenheit in die Gegenwart hineingespielt hatten. Rurschatten, das Wort kam ihm in den Sinn. Er schwieg und nahm die Tasse, die leer war, gedankenverloren in die Hand, führte sie zum Mund. Schmelzer starrte vor sich hin, Chantal stand am Fenster, und Raymond klappte einen Aktendeckel hoch, mehr aus Verlegenheit, als um etwas darin zu lesen. Er räusperte sich.

»Wir sind nicht hier. Wir sind nirgendwo. Und doch wissen wir nun, was vorgefallen ist. Chantal hat die Spur gefunden. Sie entdeckte zahlreiche Unfälle, als sie sich auf die Suche nach den Kollaborateuren von 1940 machte. Das waren einige. Und einige sind unter merkwürdigen Umständen zu Tode gekommen. Nach dem Krieg. Wir haben Fragen gestellt. Bis wir dann, vor ungefähr zwei Wochen, eine Information erhielten. Von oben. Staatsgeheimnis. Immer noch. Geschichte, die nicht vergeht. Wir haben erzählt von euren Nachforschungen, dass ihr gute Kommissare seid, dass ihr euch nicht abhalten lasst. Und als du mich gestern anriefst, war mir klar, dass ihr auf der Spur zur ›Action Justice‹ seid. Deshalb ist Monsieur Grand heute Morgen aus Brüssel zu uns gekommen. Zwei alte Männer sind auf merkwürdige Art ums Leben gekommen. Ich glaube nicht, dass wir einen Mörder finden werden.«

»Danke, Raymond, gute Arbeit, Chantal. Sehr gute Arbeit. Wir hatten verschiedene Spuren. Ich glaube fast, dass Marie Utzerath uns suchen ließ. Was haben wir noch, Schmelzer?«

»Liesel Bach fällt mir ein, Chef. Die Fliegerin, die damals auch beteiligt war.«

Chantal drehte sich um, die Sonne schien von hinten durch das Fenster, sodass nur ihr Umriss erkennbar war.

»Liesel Bach ist 1992 in Südfrankreich gestorben. Wir haben durch unsere Quellen erfahren, dass es eine Begegnung zwischen Liesel Bach und Marie Utzerath gegeben haben könnte. Wohl zufällig bei einem Tennisturnier. Marie Utzerath deutete dies nur an. Sie habe dazu nur gesagt, dass sie von dem Turnier sehr verändert zurückgekommen sei. Mehr wissen wir nicht. Ach, da ist noch etwas. Auch der, sagen wir mal, Besuch bei Doktor Sahm war nicht vorgesehen. Das gehörte zu den Eigenmächtigkeiten, von denen Monsieur Grand sprach. Es ist wirklich nun Zeit, dass damit Schluss ist.«

Chantal berichtete dies alles in knappen Worten. Fett vermutete erstmals, dass beide, Raymond und Chantal, noch eine andere Wirklichkeit besaßen. Aber besaß er die nicht auch? Und Schmelzer?

»Merci, Chantal. Ja, auch bei Sahm tauchte der schwarze Mercedes mit belgischem Kennzeichen auf. Es ist Zeit, endlich einen Schlussstrich zu ziehen. Dalbenden, das habe ich in den Abendnachrichten gesehen. Die Burg ist total abgebrannt. Seid ihr sicher, dass die Aktionen nun enden werden?«

»Absolument«, sagte Raymond. »Juste dans ce moment là. Genau in diesem Augenblick.«

DER LETZTE COGNAC

Zwei schwarze Volvos der Sécurité Nationale aus Brüssel standen vor der Haustür. Die Klingel ertönte.

»Öffnen Sie, Major, Sécurité Nationale.«

Van Bellen ging langsam die Treppe hinunter. Im Arbeitszimmer nahm er die Pistole aus einer Schublade, legte sie auf den Tisch. Das Magazin war voll. Es war nun an der Zeit. Er hatte darauf gewartet. Mehr noch, er hatte es so gewollt. Genug. Assez. Zuletzt noch diese verdammte Burg Dalbenden, von der aus die vernichtenden Befehle gegeben wurden. Ein Denkmal. Van Bellen nahm einen kräftigen Schluck aus dem Cognacschwenker. Nichts hatte er vergessen. Damals, als die SS die gefangenen Amerikaner und die Zivilisten im Nachbarhaus einfach abknallte. Den Colt eines ermordeten Amerikaners hatte er behalten. Für einen besonderen Tag. Bis zum 1. August 2008.

Van Bellen war übrig geblieben von der »Action Justice«, nachdem der alte Verteidigungsminister van der Felde alles einstellen wollte. Gerechtigkeit war seine Aufgabe. Van Bellen lächelte. Er fühlte sich benutzt. Trotzdem lächelte er. Sein Leben war in Vogelsang vor die Hunde gegangen. Sie hatten ihn benutzt, sie, die alten Eliten, die für ihre Gerechtigkeitsaktionen einen Handlanger brauchten. Er schüttete etwas Cognac nach. Ach was. Man musste sein Leben in größere Zusammenhänge stellen. Er hatte seine Aufgabe erfüllt. Genug mit den

Grübeleien. Ihn würde man nirgendwo vorführen. Er nahm die Pistole in die Hand. Es klingelte erneut. Gleich würden sie die Tür aufbrechen. Oder von hinten durch den Garten einsteigen. Nein, kein Prozess. Rien. Ende. Es reicht. Er hatte auf eigene Rechnung weiter gemacht, den Kontakt zu Marie Utzerath gesucht, um endlich das Kapitel Düren, Vogelsang, Saint Vith zu schließen. Dem Leben einen Sinn geben. Racheengel van Bellen. Oui, ja, hatte Marie Utzerath gesagt.

Noch ein Schluck. Die Pistole, die FN, sie lag gut in der Hand. Wie immer. Wie seit Jahren. Er hob sie an die Schläfe.

ENDE

Olaf Müller
Allerseelenschlacht
Kriminalroman
288 Seiten, 12 x 20 cm
Paperback
ISBN 978-3-8392-2506-6
€ 12,00 [D] / € 12,40 [A]

Mai 2012: US-Veteran Ray Bell reist nach Belgien, um seinen Kameraden Eric und Gerald am Memorial Day auf dem amerikanischen Militärfriedhof in Henri-Chapelle zu gedenken. Ende des II. Weltkriegs kämpften sie gemeinsam in der Eifel und den Ardennen. Beide wurden damals von drei SS-Soldaten grausam ermordet. Paul Verhoven, einer der Täter, treibt nun, kurz vor dem Memorial Day, tot im Stausee von Obermaubach. Der Aachener Kommissar Fett übernimmt den Fall, dessen Spuren ihn bis nach Maastricht und Reims führen.

GMEINER SPANNUNG

WWW.GMEINER-VERLAG.DE
Wir machen's spannend